W0331290

Plötzlich ist alles anders

„Über den ängstlichen Gedanken,

was uns etwa morgen zustoßen könnte

,

verlieren wir das Heute, die Gegenwart

und damit die Wirklichkeit."

(Hermann Hesse)

Katrin Schwarz

Plötzlich ist alles anders

FSC
www.fsc.org
MIX
Papier aus verantwortungsvollen Quellen
Paper from responsible sources
FSC® C105338

Bibliografische Information der Deutschen Nationalbibliothek:
Die Deutsche Nationalbibliothek verzeichnet diese Publikation in der Deutschen Nationalbibliografie; detaillierte bibliografische Daten sind im Internet über http://dnb.dnb.de abrufbar.

© 2012 Katrin Schwarz

Herstellung und Verlag: BoD - Books on Demand, Norderstedt
ISNB 978-3-8482-3299-4

MAN WEIß SELTEN, WAS GLÜCK IST, ABER MAN WEIß IMMER, WAS GLÜCK WAR.
(FRANCOIS SAGAN)

Juli 2009

Urlaubsbeginn – einfach schön. Man hat eine Menge freie Zeit und alles noch vor sich, nimmt sich einiges vor, will sich aber auch überraschen lassen. Schon diese Aussicht ist einfach schön.

Die anderthalbe Woche auf Fuerteventura war schon lange gebucht und wird natürlich allmählich von uns herbeigesehnt. Die Kanaren kennen wir schon ganz gut von mehreren Kurzurlauben im Februar, und in diesem Jahr wollen wir es nun erstmals im Sommer probieren. Ganz so hohe Temperaturen sind hier jetzt auch nicht zu erwarten wegen des Meeresklimas, und zu große Hitze mögen wir überhaupt nicht gern.

Es soll ein „Urlaub zum Abhängen" werden, und so entschieden wir uns für Fuerteventura, wo lange und menschenarme Strände zu erwarten sind. Strandwanderungen, baden, wo es einem gerade einfällt, sonnen... Nicht fragen danach, wie die Zeit vergeht, weil das jetzt auf einmal so gar nicht interessant ist. Keine Verpflichtungen in irgendeiner Weise. Einfach alles Denkbare, was scheinbar wichtig ist, vergessen. Und mal sehen, was sich sonst noch ergibt. Vorfreude! Aber der Weg dorthin ist ja erst einmal nicht der kürzeste...

***

Der Wecker klingelt, natürlich so früh, dass man eigentlich beim Aufstehen noch gar kein Mensch ist. Zwei Uhr! Am Vorabend einschlafen kann ich bei solchen Gelegenheiten nie gut, weil ich mir ja dessen bewusst bin, dass die Nacht zeitig zu Ende sein wird. So ist es auch jetzt wieder. Das Frühstück - oder besser: das, was jetzt den Magen füllen soll - wird heruntergewürgt. Eine Buttersemmel und eine Tasse Kaffee.

Dann heißt es: auf nach Nürnberg, zum Flughafen, wie schon mehrmals in den letzten Jahren. Man ist in knapp zwei Autobahnstunden dort. Da wir beide die Sicherheit in vielerlei Hinsicht jeglicher Herumhetzerei vorziehen, machen wir uns rechtzeitig auf den Weg. Das Auto stellen wir im Parkhaus ab und begeben uns zum Flughafen.

Nun sind noch einige Stunden Zeit bis zum Abflug. Wir suchen uns zunächst Sessel zum Schlafen und schlafen einige Zeit so lange und so gut, wie es eben geht - oder was man eben so Schlafen nennt. Und irgendwann beginnen schließlich unsere obligatorischen Wanderungen durch den Flughafen. Von den Fenstern in Richtung Flugfeld aus kann man das Treiben beobachten - herumlaufende Leute und einige Busse und Lotsenfahrzeuge. Flugzeuge sind jetzt mitten in der Nacht keine zu sehen. Der Flugbetrieb beginnt erst wieder im Morgengrauen.

Dann checken wir endlich ein. Das große Gepäck wird gewogen, entgegengenommen und verschwindet schließlich, um in das Flugzeug befördert zu werden. Mit dem Handgepäck nähern wir uns der Sperre. Kosmetikartikel und sonstige Kleinflüssigkeiten müssen neuerdings in einen dafür vorgesehenen Plastbeutel, um sie gut sichtbar vorzeigen zu können. Getränke dürfen wir auch nicht mehr mitführen. Denn überall könnte sich ja eine Bombe verbergen... Irgendwie kommt man sich vor wie ein potenzieller Schwerverbrecher. Und diejenigen, die diese Maßnahmen für den „Normalverbraucher" erzwungen haben, lachen sich ins Fäustchen, weil sie schon längst neue Dinge erfunden haben, um das alles zu umgehen und neuen Terror in die Welt zu bringen. Das wird mir in solchen Situationen immer wieder bewusst. - Die Erinnerung: Alles ging einmal viel kürzer und reibungsloser ab. Wem verdanken wir diesen „Fortschritt"?!

Alle Gegenstände müssen schließlich in einer Plastschale abgelegt werden - die Handgepäckstücke, Fotoapparate, auch Uhren, Gürtel und Schmuckstücke. Alles wird durchleuchtet, und man selbst wird ziemlich genau kontrolliert. Manche „dürfen" auch ihre Schuhe ausziehen. Also: Absolute Kontrolle. Als wir vor ein paar Jahren nach der Gepäckkontrolle einmal stehen blieben und den Bildschirm betrachteten, auf dem die durchleuchteten Handgepäckstücke als bunte Objekte zu sehen waren, was recht hübsch anzusehen war, schickte man uns schnell weiter. Da durfte man nicht zusehen!

Eine gute halbe Stunde vor dem Abflug beginnt schließlich das Einsteigen. Auf unserem Sitz angekommen - diesmal übrigens mit Fensterplatz - machen wir es uns so gemütlich wie möglich. Ab und zu erscheint eine Einblendung am Monitor, wo wir uns gerade befinden, in welcher Höhe, welche Temperatur herrscht. Das Ganze wechselt in Abständen immer zwischen unseren gewohnten Maßen und den englischen, also Feet und Grad Fahrenheit. Schließlich sind die viereinhalb Stunden Flugzeit um, die sich nur wegen Windstärke und -richtung leicht verändern können.

***

Bei der Landung bietet sich das erwartete und bekannte Bild: im Meer die Insel Fuerteventura mit den braungelben Bergkegeln, die aussehen wie hingeschüttete Erdhügel. Hier und da sieht man weiße Häuser oder Häusergruppen.

Aus dem Flugzeug heraus gelangen wir über eine Reihe Gänge in die Gepäckhalle, wo am „Karussell" nach und nach für alle die großen Gepäckstücke erscheinen und entnommen werden können.

In der Empfangshalle halten wir Ausschau. Denn dort finden wir, wie wir das schon kennen, einige Leute, die dort stehen und mit großen Schildern winken. Das sind Angestellte der einzelnen Reisegesellschaften, bei denen die Urlauber ihre Reise gebucht haben, und sie befinden sich dort, um darüber zu informieren, mit welchem Bus von den vielen, die dann vor der Halle zu finden sein werden, man sich weiter zu seinem Hotel bringen lassen kann. Also suchen wir, wo das richtige Schild winkt, und die freundliche Frau sagt uns, dass wir uns den Bus mit der Nummer 45 suchen sollen. Mit den Koffern gehen wir dorthin.

Es dauert eine ganze Weile, bis alle Leute, die in unsere Richtung noch mitfahren wollen, da sind, und so fahren wir von Puerto del Rosario in südliche Richtung nach Jandia. Es dauert mit gelegentlichen Halts bei verschiedenen Hotels, wo immer wieder jemand aussteigt, weit über eine Stunde, bis wir unser Ziel erreicht haben und endlich in Jandia sind.

Unser Hotel befindet sich in der zweiten Reihe an der Hauptstraße. Straßenlärm ist nicht zu befürchten, denn wir wohnen in der fünften Etage und blicken vom Fenster aus über die Gebäude hinweg direkt auf den

Leuchtturm von Jandia. Also haben wir außerdem noch einen schönen Ausblick.

Die Umgebung ist uns bekannt, da wir im Februar vor zwei Jahren schon einmal hier waren. Da gab es zum Beispiel damals eine Bar, wo wir leckere Sangria getrunken hatten. Schon, wenn wir zuschauen konnten, wie der locker auftretende Kellner das Getränk in dem Krug zusammenmischte: Er langte nach oben ins Regal und füllte aus einigen der vielen Flaschen, die dort standen, etwas in den Halbliterglaskrug, natürlich zuletzt auch Rotwein und Früchte – und es schmeckte verdammt gut! Hmmm! Mal sehen, ob es diese Bar noch gibt??

Wir machen also zunächst einen Rundgang in die schon ziemlich vertraute Gegend - Strand, Laden- und Kneipenstraße. Die Preise haben sich erwartungsgemäß weiter straff nach oben entwickelt. Nach einem schönen Abendbrot und einem Verdauungsspaziergang durch die abendlichen Straßen trollen wir uns ins Bett.

***

Am nächsten Vormittag gibt es zunächst um zehn Uhr eine Zusammenkunft der neuen Gäste. Ganz so neu sind wir zwar nicht mehr, aber sich Möglichkeiten anhören, was man so machen kann, und dazu ein Gläschen Sekt trinken kann man immer.

Der Entschluss erweist sich als gut: Zum einen können wir jetzt gleich einen Jeep buchen, um in ein paar Tagen an die Südspitze der Insel fahren zu können. Beim letzten Mal hatten wir auf Grund der Piste dorthin, die ausdrücklich nicht für normale Mietautos geeignet ist, das lieber sein lassen. Wir hatten auch festgestellt, dass es keine gute Idee war, dorthin laufen zu wollen. Es war viel zu weit, und immer die Straße entlang wandern war nicht verlockend, von anderen Wegen ganz zu schweigen - die gab es meistens gar nicht.

Eine weitere Variante gefällt uns recht gut: Eine Fahrradtour, bei der wir - eine geringe Anzahl von Teilnehmern - auf hochgelegene Stellen gebracht werden sollen und von dort aus mit dem Fahrrad bergab fahren und die Landschaft ansehen können. Unten würde der Fahrer uns wieder aufsammeln und zum nächsten Punkt bringen. Das soll am kommenden Freitag sein.

Heute schultern wir nach dem Ende der Zusammenkunft unsere Rucksäcke und brechen auf zum Strand. Dort laufen wir am Meer entlang in Richtung Norden, via Costa Calma. Bis dahin wollen und werden wir sowieso nicht kommen, aber das ist ja auch völlig egal. Das wird eine schöne Wanderung. Nur auf eines müssen wir aufpassen: die Sonne. Denn sich gleich am Anfang des Urlaubs einen Sonnenbrand zu holen, das wäre wohl nicht so gut. Hier reicht schon eine halbe Stunde in der prallen Sonne aus, um sich zu verbrennen. Also sich möglichst nicht immer an der gleichen Stelle bescheinen lassen! Dort, wo wir erst mal keine Lust mehr haben weiterzulaufen, wird alles abgelegt - zum Sonnenbaden und um zwischendurch zur Abkühlung ins Wasser zu gehen. Hier spielt es überhaupt keine Rolle, was man anhat oder nicht und hier sind nicht viele Leute - eben so richtig schön. Wir bewegen uns allmählich in Richtung Norden und kehren am frühen Nachmittag auf die gleiche Weise wieder zurück. Gegen Abend kommt noch ein Anruf ins Hotel für uns, dass die geplante Fahrradtour anstelle am Freitag schon morgen stattfinden soll. Nach dem Abendessen gehen wir in der Dunkelheit noch einmal an den Strand. Nun ist es angenehm kühl. Aber nicht zu kühl dafür, jetzt noch einmal ins Wasser zu gehen. Das tun wir auch. Und natürlich hat Ralf den Fotoapparat mit und macht die verschiedensten Aufnahmen. Es wird ein richtig schöner Abend.

DER ZUFALL IST DER EINZIGE LEGITIME HERRSCHER
DES UNIVERSUMS.
(NAPOLEON I.)

Am nächsten Tag nach dem Frühstück kommt gegen neun Uhr unser Tourleiter Thomas zum Hotel, um uns, wie die anderen Teilnehmer auch, mit dem Auto abzuholen. Schließlich ist die schöne kleine Gemeinschaft von sieben Teilnehmern zusammengekommen: zwei Bayern aus Nürnberg, zwei Chemnitzer (Vater und Sohn), eine junge Dame und wir beiden. Hinten am Transporter hängt ein Wagen, auf dem sich neun Mountainbikes befinden. Während der Fahrt muss sich jeder kurz vorstellen, und natürlich wird jeder gleich mit seinem Vornamen angesprochen. Es sind also zwei Rentner aus Nürnberg, ein Chemnitzer Maschinenbauer mit seinem Sohn, eine Versicherungsagentin und wir zwei Lehrer.

Erste Station ist ein Platz im nächstgelegenen kleinen Ort, wo wir unsere Räder ausprobieren, auch der Sitzhöhe wegen, die leicht einzustellen geht. Thomas weist darauf hin, dass die Bremsen ziemlich griffig sind. Besonders vorsichtig sollte deswegen die Vorderbremse bedient werden. Jeder bekommt außerdem eine gelbe Warnweste und einen Helm.

Dann geht es auf zur ersten Etappe. Zunächst fahren wir auf den Berg, von wo aus man einen schönen Blick auf die Umgebung werfen kann, und von dort aus fahren wir bergab zur einer Kirche, welche wir besichtigen. Weiter geht es dann per Rad bergab in Richtung eines Stausees, den wir bereits von weitem ausmachen können. Leider erreiche ich dieses Ziel nicht ganz. Irgendwo auf dem Abwärtsweg bremse ich etwas scharf, und wegen der guten Bremsen, die augenblicklich und ziemlich straff reagieren, stürze ich über den Lenker vom Rad und lande auf dem harten Asphalt der Straße.

!!!

Ich stehe gleich wieder auf und schaue an mir herunter. Bewegen kann ich mich. An Knien und Armen sind Hautabschürfungen. Die bluten und tun ziemlich weh, aber das würde wieder vergehen. Ist bloß Mist, dass ich jetzt den ganzen Urlaub mit diesen Schürfwunden herumlaufen muss.

Thomas und natürlich Ralf sind gleich da und fragen, was los ist. Da mir nicht richtig gut ist, verfrachten sie mich zunächst in den Wagen, und ich bekomme Cola zu trinken wegen der Flüssigkeit und um Unterzuckerung zu vermeiden. Eine trockene Semmel findet sich auch.

Irgendwie trete ich dann mal kurz „weg". Ich bin hinterher aber der Meinung: „Es wird schon gleich wieder gehen!". Das ist überhaupt nicht meine Art, großen Zirkus zu veranstalten. Ich möchte, dass möglichst schnell alles weitergehen kann. Und wenn nicht gleich - spätestens auf der übernächsten Etappe will ich wieder mit dabei sein! Draußen am Auto laufen die anderen vorbei und winken mir kurz zu. Ja, ich komme dann gleich!

Zur Sicherheit und schon deswegen, weil ich bewusstlos war, bringt mich unser Tourleiter mit seinem Auto in die nächstgelegene Krankenstation, und die Ärztin untersucht mich. Mir ist nach wie vor nicht richtig wohl. Das kommt vom Sturz. „Es geht schon gleich wieder", denke ich wieder und sage das wohl auch.

Filmriss.

***

Mo., 6. Juli

Kurz vor dem Ende kracht es hinter mir, und als ich mich umdrehe, ist Katrin mit dem Rad gestürzt. Sie flucht, wollte wahrscheinlich den Fotoapparat aus der Hosentasche ziehen und hat dabei unachtsamerweise die Vorderbremse gezogen. (Es ist 11 oder 12 Uhr.)

Sie sieht ziemlich zerschunden aus: Sonnenbrille kaputt, Blut beim linken Auge, Nase, Kinn, Arme und Beine. Wir fragen (ich, Thomas), wie es ihr geht. Sie meint, dass sie in Ordnung sei bis auf die Schürfwunden. Wir gehen zum Auto. Katrin soll sich erst mal ausruhen. Sie schimpft über das Missgeschick und verhält sich völlig normal, schaut sich bloß immer wieder ihre Wunden an. Zehn bis fünfzehn Minuten später wird ihr aber schlecht, und sie ist für wenige Minuten bewusstlos. Ich beruhige sie, und sie kommt wieder zu sich.

Sie soll sich nun auf die Sitzbank legen, damit sie wieder mehr Blut in den Kopf bekommt, denn wieder einmal ist bestimmt ihr Blutdruck ganz weit unten. Thomas untersucht den Helm und zeigt ihn mir: keinerlei Schäden zu finden! Also keine Kopfverletzung. Wir fahren nun noch bis zum Treffpunkt am Staudammende (von hier aus sollte nämlich eine Wanderung stattfinden). Ich beruhige Katrin und frage sie dauernd, wie es ihr geht. Sie sagt wenig, geht aber auf die Fragen ein.

Sie wird nochmals kurz bewusstlos. Wir fahren nun, nachdem die anderen inzwischen losgewandert sind, hinunter zur nächstgelegenen Krankenstation. Thomas gibt Katrin Wasser zu trinken und ein Stückchen Semmel. Dann holt er im Laden des Ortes eine Colabüchse, damit Katrin (wegen Unterzuckerung!) noch mal trinkt. Er geht um die Ecke und fragt nach dem Arzt, und wir begeben uns in die Arztstation.

Katrin kommt auf eine Liege. Ihre Wunden von der Schwester versorgt. Eine junge Ärztin misst den Blutdruck - der ist natürlich niedrig! - und drückt den Bauch ab. Katrin geht es zunehmend schlechter, und sie muss brechen. Sie möchte auch nicht mehr aufstehen.

Nach einiger Zeit, einer knappen Stunde, haben sie einen Notarztwagen geholt und Katrin nach Gran Tarajal in die Klinik gefahren. Da ich nicht weiß, wie es weitergehen soll und wie ich fortkomme, gibt es große Probleme. Thomas ist mittlerweile wieder bei der Truppe - ich habe nur seine Telefonnummer, aber kein Telefon. Wir haben weder eine Uhr noch Dokumente noch Handy mit, lediglich insgesamt 50 Euro.

Nach langem Disput, bei dem ich im Grunde aber nur herumstehe, darf ich doch mit dem Ambulanzwagen mitfahren. Während der langen Fahrt wird Katrin oft von der Notärztin angesprochen. In Gran Tarajal wird Katrin hineingebracht und ich woanders hin in einen Warteraum. Überall fragt man natürlich nach der Krankenversicherungskarte. Aber die liegt im Hotel! Trotzdem geht alles sehr unbürokratisch und problemlos vonstatten, und ich werde dauernd informiert. Aber Spanisch kann ich überhaupt nicht, und mein Englisch reicht nur für das Gröbste.

Nun sagt man mir, dass Katrin ins Hospital Puerto de Rosario gebracht werden muss, weil sie nur noch wenig reagiert. Ich werde zu ihr geholt und sehe, dass sie die Augen kaum bewegt - sie zeigen zur Seite - und soll ihr sagen, dass sie etwas mit den Armen und Beinen machen soll. Rechts geht es ganz gut, aber als sie den linken Arm heben soll, geht das linke Bein hoch, und erst später kommt der Arm dazu.

Ich gebe ihr noch einen Kuss, und dann muss ich sie verlassen, da ich nun nicht mehr mitfahren darf (SMH - Schnelle medizinische Hilfe).
Die Krankenhausangestellten helfen mir sehr, dass ich nun nach Puerto del Rosario komme. Es sind jedoch über 40 km, und für ein Taxi habe ich kein Geld. Doch es fährt ein Linienbus Moro Jable - Puerto del Rosario, und eine nette Frau, die ihren Mann in die Ambulanz gebracht hat oder selbst zum Arzt will, fährt mich bis zur Bushaltestelle. Alle sind sehr nett und helfen mir.
In Puerto del Rosario zeigt mir der Busfahrer, wie ich zum Hospital komme (Bus Nr.3), und so kann ich 17 Uhr dorthin fahren. Im Hospital erkundige ich mich nach der Notaufnahme, und nach einigen Versuchen komme ich richtig an.
An der Rezeption ist glücklicherweise ein freundlicher Mann, der sehr gut verständlich mit mir Englisch reden kann.
Thomas hat mittlerweile unsere Reisefirma informiert, und die sollen mir einen Dolmetscher schicken (die Mitarbeiter dürfen in Krankenhäusern nicht übersetzen, da müssen spezielle Dolmetscher her!). Gegen 23 Uhr soll dieser kommen. Er kommt aber nicht.
Doch ich darf Katrin wenigstens sehen. Sie liegt in der Intensivstation (U.C.I.) an fahrenden Kabeln und Schläuchen und wird beatmet.
Erstaunlicherweise nehme ich alles gefasst auf. Ich bin auch nicht müde. Verstehe von einem Arzt, dass eine Computertomographie (CT) gemacht worden ist und keine Auffälligkeiten da sind. Mit dieser Auskunft und einem kurzen Streicheln von Katrin lasse ich mir an der Rezeption ein Taxi rufen und fahre damit die 85 bis 90 Kilometer zum Hotel. Dort heule ich zum ersten Mal, kann aber erstaunlich fest schlafen - vielleicht auch, weil ich außer Frühstück, vier Kitkat-Riegeln und Pepsi-Cola nichts zu mir genommen habe.
Das Taxi muss ich im Hotel bezahlen (115 €).
Mehrmals habe ich über Telefon mit einer Angestellten unserer Reisefirma gesprochen, auch nachts um 24 Uhr. Aber da ist niemand, auch kein Dolmetscher. So weiß ich im Grunde recht wenig.

***

Die., 7. Juli

Um sieben Uhr werde ich vom Hoteldienst geweckt, bin aber schon längst selber auf. Hunger habe ich überhaupt keinen. Trotzdem würge ich das Frühstück herunter; vielleicht hat wenigstens der Kaffee etwas genützt.

Diese elende Ungewissheit.

Ich habe unsere beiden Kinder Benjamin und Lisa-Marie mehrfach versucht anzurufen. Es ging aber niemand ans Telefon. Zum Glück war schließlich Benny da. Erst mal bei Benny ausgeheult (jedes Mal, wenn ich daran denke, heule ich). Die Handy-PIN ist zum Glück vorhanden. Damit kann ich endlich telefonieren und bin erreichbar. Auto gemietet etwa um elf Uhr und dann gleich zur Mud gefahren (etwa 85 bis 90 km und 1:20 h Fahrzeit). Zwischendurch muss ich irgendwo einmal anhalten, weil ich nicht mehr weiterfahren kann. Wie schnell man hier überhaupt fahren darf, interessiert mich momentan absolut nicht. Iich habe nur Angst, dass ich mir auch noch die Birne einfahre. So geht es nicht weiter! Ich atme mehrmals durch und fahre etwas langsamer und überlegter weiter.

Dann habe ich an der Rezeption im Krankenhaus nach Katrin gefragt - Mud ist nicht mehr auf UCI! Da habe ich vor Glück geheult, bin zum Haupteingang und will das Zimmer erfragen - wieder UCI! Ich bin zur Intensiv und habe auch gleich den Hospital-Dolmetscher beantragt (von 8-15 Uhr da). Wenigstens eine klitzekleine gute Sache.

Als ich sie doch besuchen kann, wird Mud gerade aus der UCI zum Fahrstuhl gefahren (voll angeschlossen). Und so warte ich ohne Auskunft, bis der Dolmetscher kommt und mir sagt, dass Katrin zu einem zweiten CT gebracht worden ist. Wenn das Ergebnis vorliegt, kann ichr dann mit dem Arzt sprechen.

Warten... warten... warten...

Dann bringen sie Katrin wieder mit tausenden Geräten, und ich warte weiter. Irgendwann kommt der Dolmetscher, und ich werde in die UCI gelassen. Der Arzt sagt, dass ein zweites CT gemacht worden ist und eine Lumbalpunktion. Beides wäre unauffällig, aber Katrin hätte einen großen Schlaganfall gehabt, vom hinteren Hals zum Hinterkopf hoch, also Blutleere und Verstopfung. Und ihre linke Seite sei dadurch beschädigt worden.

Ich habe das alles emotionslos entgegengenommen, wie wenn man ein Buch liest! Wenn ich das jetzt schreibe (Mi., 8.7., 23.50 Uhr), bin ich richtig erschrocken, dass ich das einfach so geschluckt habe.

Katrin sei zur Beruhigung in ein künstliches Koma versetzt worden, und sie sei nicht so richtig ansprechbar gewesen. Ich darf dann noch einmal zu ihr und habe mit ihr geredet und sie am Kopf und an den Armen gestreichelt, habe ihr von Lisa und Benny erzählt und dass alles wieder gut werden wird. Wie sie so daliegt, links Geräte, rechts Geräte, tausende Zuleitungen und Stromanschlüsse links und rechts über der Brust! Viele Pflaster über den Anschlüssen und verschiedene Beutel mit Flüssigkeiten. Ich habe mit ihr geredet und geredet und gestreichelt und gestreichelt, und sie hat etwas gewackelt.

Als ich wieder im Hotel bin, creme ich mich ein und gehe noch eine Stunde zum Strand, baden und sonnen, und habe zwischendurch geheult (wie jetzt gerade). Dann begebe ich mich zum Abendbrot. Es hat sogar geschmeckt!

Unsere zwei Mitfahrer - die zwei Bayern - habe ich dort getroffen, und ich habe ihnen alles erzählt, bin aber dann wieder gegangen. Ich bin nicht für Mitgefühl und Trost von anderen, das gibt mir gar nichts. Ich ziehe mich dann lieber zurück.

Nach dem Abendessen habe ich noch ein bisschen gegammelt und Muds Sachen gewaschen. Ich habe nämlich alles aus dem braunen Müllsack herausgenommen, wohinein sie Katrins Sachen in Gran Tarajal befördert haben. Den BH haben sie mit der Schere aufschneiden müssen, weil Katrin da schon nicht mehr richtig da war. Jetzt ist mir die Sache erst richtig bewusst geworden, dass ich den ganzen Montag mit dem Müllsack herumgelaufen bin und muss wieder heulen.

Nachdem ich die Sachen zum Trocknen aufgehängt habe, ziehe ich mich an, um Mud wieder zu besuchen. Es ist zwanzig Uhr, und ich begebe zum Auto. Im Hotel sitzt gerade die Betreuerin unseres Reiseunternehmens, und ich sage ihr, dass ich zu Katrin fahre.

Gegen halb zehn bin ich dann im Hospital, wo auch der Mitarbeiter vom Vortag ist, mit dem ich so gut Englisch sprechen konnte, und er führt mich gleich zur UCI. Ich rede wieder mit Katrin und streichle sie und muss zwischendurch mal kurz zur Seite weinen. Nach 5 bis 10 Minuten verabschiede ich mich und fahre durch die dunkle Fuertenacht bei Vollmond zurück ins Hotel. Es könnte so schön sein, wenn wir zusammen wären.

Bevor ich ins Bett gehe, öffne ich noch die eine Flasche süßen Lanzarotewein und trinke zwei Gläser.

Als ich zum Zimmer hereinkomme, piept das Handy. Benny und Lisa haben eine SMS geschickt, dass ich gut schlafen soll. Schön, alle denken an uns! Ich schlafe dann recht gut und fest und ohne Träume.

***

Do., 9.Juli

Und wieder fängt so ein mieser Tag an. Sonne pur, überall Pärchen zum Frühstück, und diese Musik, die eigentlich schön ist, aber mich jetzt ziemlich belastet. Ich bringe nur ein Brötchen mit Marmelade hinter und zwei kleine Gebäckstückchen.

Unten baden gerade zwei Leute im Pool.

Wie wird das mit uns beiden werden? Kann Katrin überhaupt sprechen? Langsam weicht dem Verstand doch die Emotion, und ich denke über vieles nach. Ich habe mir vorgenommen, heute auf Fotopirsch zu gehen, um mich abzulenken. Was kann diese Insel für unser Unglück? So vergeht wenigstens die Zeit.

Hoffentlich ist Katrin bald verlegungsfähig, der Tagesablauf hier ist belastend, kein Mittagessen, in dieser Situation schmeckt mir sowieso nichts. Auch zum Frühstück hatte ich schon keinen Appetit gehabt. Es ist alles so öde.

Ich heule lieber erst einmal, Katrin fehlt mir so. Hoffentlich ist sie wieder ansprechbar und kann auch selbst reden. Bitte, bitte, bitte!!!

***

17 Uhr. Ich bin wieder im Hotel, habe gerade die Krankenversicherung informiert und noch einmal mit dem ADAC telefoniert, ob Katrin schnellstens nach Hause kann. Der Besuch heute hat mich gleich wieder zurückgeworfen. Ich habe Katrin bestimmt eine Dreiviertelstunde gestreichelt und mit ihr geredet. Sie hat auch selbst geatmet und zwischendurch gewackelt und Schluckauf gehabt. Sonst war sie aber fest im Koma.

Der Arzt sagt mir anschließend, dass sie aufgeweckt werden soll. Das künstliche Koma wird abgesetzt, es kann auch schneller oder langsamer gehen mit dem Aufwachen. Sollte sie nach 24 Stunden, also morgen, noch nicht wach sein, soll ein neues CT gemacht werden, um die Ursache herauszufinden, denn dann ist es ein echtes Koma.

Hoffentlich wacht sie auf!!!

Die weiteren Auskünfte sind auch nicht gut. Der ganze Körper sei in Mitleidenschaft gezogen worden, die linke Hand ist völlig out. Es kann aber auch alles andere geschädigt sein. Hoffnung, Hoffnung, bitte, lass es gut sein, womit haben wir das verdient? Es muss doch nicht das Schwerste sein. Gibt es nicht doch Besserung? Ich hoffe, ja. Katrin soll sich bewegen und laufen können! Ohne linke Hand gibt es trotzdem erlernbare Lebensqualität.

Ich will weg von hier, und zwar nach Hause. Die Ärzte geben sich große Mühe, aber man kann ja nur über den Dolmetscher mit ihnen reden. Auf alle Fälle darf ich bis Sonntag Abend Katrin noch einmal kurz besuchen, aber ab Montag nicht mehr. Dann darf ich bloß noch zur normalen Besuchszeit kommen. Also muss ich umziehen, oder wir können nach Hause. Auf alle Fälle muss der Arzt dem ADAC die Flugtauglichkeit bescheinigen. Nur dann können wir weg.

Katrin, du musst aufwachen!!!

Wenn ich dich heute Abend besuche, will ich mit dir reden, du sollst mich erkennen - alles andere schaffen wir dann auch.

Ich sitze auf dem Balkon, und unten ist lustiges Treiben. Warum können wir nicht dabei sein? Ich muss erst mal weinen.

So, es geht wieder.

Vorhin habe ich alle Fotos durchgesehen. Da sind auch die letzten gesunden Fotos von uns beiden dabei - auf der Brücke zum Leuchtturm, am Nachtstrand und am Beginn der Fahrradtour. Weshalb haben wir nur diese Tour gemacht? Warum habe ich nicht meinen Fuß auf die Schwelle dieser Kirche gestellt und mir etwas gewünscht?

Alles Quatsch. Irgendein Gott hilft nicht. Das hier ist der Beweis.

Wir leben eigentlich gottgefällig, haben uns und andere lieb, versuchen stets nur Gutes, und nun!? Andere leben wie die Axt im Walde, kommen scheinbar überall durch, die werden von Gott geschützt, nicht die Guten.

Es wäre doch gut, wenn wenigstens unsere beiden Kinder hier wären - aber da würden wir uns nur gegenseitig vollheulen. Und ich selbst bin noch stark genug, wenigstens jetzt noch. Ich packe das schon. Denn der Härtetest kommt ja noch, die Umstellung auf Katrins Behinderung.

Aber wir müssen das schaffen, und Katrin muss endlich aufwachen! Bitte, bitte, bitte!

Noch nie habe ich gerne Briefe geschrieben oder Tagebuch, aber jetzt ist es die einzige Möglichkeit, die Probleme aus dem Kopf herauszuschreiben. Ich denke, dass es hilft. Nicht einmal mit Freunden möchte ich darüber reden.

Ich muss gerade daran denken, wie Katrin im Meerwasser liegt, die Füße nach oben. Sie war so glücklich! - Es muss doch noch ein Vorwärts geben! Heute Abend ist Katrin wach - so muss es einfach sein! Es muss doch was „Positives" geben. Wir warten alle darauf.

Nun bin ich von der Abendtour zurück. Leider schläft Katrin immer noch. Auch Streicheln und gutes Zureden haben nicht geholfen. Ich weiß nicht mehr, was ich machen soll. Als ich dann ins Auto steige, ist alles kalt und leer. Warum bin ich eigentlich drei Stunden durch die Nacht gefahren? Im nächsten Augenblick muss ich aber gleich weinen; wie kann man nur so herzlos sein! Aber ich bin auch langsam an den Grenzen angekommen. Und habe das auch an Lisa und Benny geschrieben. Die wünschen mir und Mud immer eine gute Nacht.

Trotzdem sitz ich allein hier und kann und will nicht weg - nur mit Katrin! - Katrin, wach auf! - Ich brauche dich!

***

Fr., 10. Juli

Tief und fest geschlafen bis halb sechs, dann den Moelv (unser kleines, spezielles Reisemaskottchen) genommen und mit ihm bis kurz vor acht weitergeschlafen. Wenigstens einer, der da ist!

Ich fühle mich heute leer und ausgepumpt. Hoffentlich kommt wieder etwas Stärke in meinen Körper! Durchs Frühstück jedenfalls nicht, denn ich bringe wieder kaum einen Bissen runter. Danach gehe ich an den Strand und erzähle vor mich hin und rede mir Hoffnung ein. Es muss doch wenigstens ein Fünkchen Positives geben. Katrin, wache auf, lasse mich nicht al-

lein, ich schaffe das bald nicht mehr. Die langen Fahrten strengen doch sehr an, und ich fühle mich irgendwie zittrig.

Deshalb habe ich auch unsere Reisebetreuerin angerufen, ob ich woandershin verlegt werden kann, damit ich nicht mehr so weit fahren muss.

Hoffentlich bist du bald transportfähig. Wache auf, dann wird alles besser. Wir müssen endlich nach Hause, ich will zu Lisa und Benny. Da können wir uns gegenseitig helfen!

Wenn ich die vielen Pärchen sehe, möchte ich ihnen zurufen: Seid lieb zueinander, möglichst immer! Es kann viel zu schnell ganz anders werden. Was sind schon die vielen Probleme in der Welt?

Katrin und ich haben es wenigstens schon eine lange Zeit schön miteinander gehabt; unsere Kinder sind nun auch groß und sehr lieb. Das ist momentan ein kleiner Trost, der mir über vieles hinweghilft. Aber trotzdem ist es schwer, und immer wieder falle ich in die Einsamkeit zurück, besonders wenn ich die vielen lustigen Urlauber sehe. Jetzt muss ich die Lage jedenfalls so akzeptieren!

So, es ist 10 Uhr. Ich werde auf die Reisebetreuerin warten und mich gegen 11 Uhr wieder auf Autotour begeben.

Katrin, sei bitte wach, wenn ich da bin. Aber ich glaube selbst schon nicht daran, es wäre zu schön, um wahr zu sein!

Leider schläft Katrin immer noch, als ich zur Besuchszeit erscheine. In 15 Minuten soll ein neues CT gemacht werden, um vielleicht die Ursache dafür zu finden. Katrin ist schon an mobile Geräte angeschlossen. Wenn ich sie streichle, zuckt sie mit dem linken Bein; dann hebt sie ihren Oberkörper etwas hoch. Ein Pfleger sagte mir, das sei ein „Prost", dann hat sie fünfmal Schluckauf, und einmal gähnt sie sogar. Aber sie wacht nicht auf. Zwischendurch piept es manchmal Dauerton, doch man beruhigt mich und stellt am Gerät herum.

Nun kommt der Anruf für das CT. Ich muss wieder hinaus, aber die Ärztin meint, ich solle eine halbe Stunde warten, dann wissen sie Bescheid. Erst einmal gehe ich jetzt in die Stadt und kaufe mir zwei Riegel und zwei Äpfel.

Als ich wieder vor der UCI sitze, kommt gerade ein Arzt mit Dokumenten und sagt, ich solle noch fünf Minuten warten, bis der Dolmetscher kommt. Als Antonio, der Dolmetscher, da ist, sagt mir der Arzt, dass man eine Verstopfung und Flüssigkeitsansammlung im Gehirn gefunden hat, die höchstwahrscheinlich das Aufwachen verhindert. Sie können das aber hier nicht operieren. Katrin soll deshalb in den nächsten Stunden nach Las Palmas auf Gran Canaria ins Hospital Insular ausgeflogen werden, wo man neurologische OP´s machen kann. Sie wird dann auch dort bleiben und soll von dort aus möglichst nach Deutschland gebracht werden.

Damit entfallen meine nächtlichen Besuche. Ich informiere sofort die Reiseleitung und soll noch heute nach Gran Canaria fliegen. Man kümmert sich um das Hotel dort. Bevor ich das Krankenhaus verlasse, gehe ich noch einmal an Katrins Bett, küsse und streichle sie, und da muss ich ganz sehr weinen - wieder ein Abschied!

Ein Pfleger reicht mir ein Tuch, und die Schwestern fragen, ob ich Tee oder Wasser möchte. Alle sind sehr mitfühlend. Ich gehe noch einmal zu Katrin und gebe ihr einen letzten Kuss in Fuerteventura. Dann muss ich wieder zurück ins Hotel. Ich telefoniere noch mit den Kindern, frage, was ich nun tun soll??

Lisa sagt, hinterher fliegen und bei Mud sein, wenn sie aufwacht. Es sind ja sonst nur Spanier da. Also organisiere ich über unsere Reisegesellschaft die Überfahrt - letzter Flug gegen 21:50 Uhr.

Im Hotel angekommen, fange ich sofort mit Packen an, den großen Koffer mit Mudsachen. Heulend packe ich alles aus: die schönen Röcke und Blusen, nie getragen, die Unterwäsche, Strümpfe und so weiter, alles in den Koffer. Wird Katrin das jemals wieder anziehen können??? Kann sie laufen, sprechen? Alles ungewiss.

Auf alle Fälle wird wieder etwas getan. Halb sechs bin ich mit allem fertig. Waschzeug, Kosmetik - kaum benutzt!!

Ich schaue in die Schränke, alles heraus, auch die Bücher, die Katrin lesen wollte. Ach, bald noch das Schlafshirt vergessen; das lag nämlich unter dem Kopfkissen. Und der Moelv, der mich heute morgen getröstet hat!

So, alles verpackt. Nun hinunter. Ich bezahle die Rechnung, frage nach einem Bus zum Flugplatz - 18.15 Uhr. Gehe los, aber es kommt kein Bus, zumindest ist er an der Buswarte ausradiert. Also Taxi - für 90 €! Das fährt aber so schnell, dass ich schon halb acht am Flugplatz bin.

Zwischenzeitlich hat man mir ein Hotel in Hospitalnähe versorgt. Und auch der ADAC ist von mir informiert.

Ich gehe an den Binter-Schalter (Kanarenflüge mit grünen Propellerflugzeugen) und versuche, ein Ticket zu kaufen. Trotz Verständigungsschwierigkeiten (nur Spanisch) geht es ziemlich schnell (19,1 kg Zusatzge-

päck, 68 € Flug). Check-in, Flugzeug besteigen. Sitzplatz suchen ist hier kein Problem, denn die Maschine ist nur locker gefüllt. Um 20.20 Uhr fliegen wir ab.

Eine halbe Stunde später Landung in Gran Canaria, mit Taxi (35 €) zum Hotel Astoria. Mitten in der Stadt Las Palmas mit typischen Straßen, Müllabfuhr um 24 Uhr...

Abends noch ein Bier auf der Dachterrasse getrunken (Bier + Wasser 2,55 €).

Inzwischen habe ich die Reisegesellschaft und den ADAC informiert, und diese haben beide zurückgerufen und sich bereits im Krankenhaus gemeldet.

Katrin ist da und wird bereits operiert. Nun keimt wieder Hoffnung auf. Ich treffe mich morgen mit der Reisebetreuerin im Krankenhaus, und beide (ADAC und Reisegesellschaft) wollen vormittags anrufen. Ich bin wirklich nicht allein, und dieser andauernde Stress bringt mich nicht aus der Fassung, es prallt alles noch gut von mir ab.

Auch Katrins Krankheit ist noch nicht in mir drin. Das ist auch in der jetzigen Situation gut so. Der Zusammenbruch kommt dann bestimmt zu Hause, hoffentlich auch nicht. Diese kühle Distanz hat nichts mit unserer Liebe zu tun. Ich liebe Katrin über alles, und oft kommen mir die Tränen über ihr Schicksal. Aber noch ist nichts sicher, und die heutige Medizin ist gut. Und trotz äußerer Abwesenheit bin ich immer bei dir, meine liebe Katrin.

MAN ERLEBT NICHT DAS, WAS MAN ERLEBT,
SONDERN WIE MAN ES ERLEBT.
(W. RAABE)

Da drüben ist ein Rondell, dort laufen irgendwelche Leute herum, eilen vorbei. Auf dem steinernen Rand steht eine Getränkeflasche, und die gehört mir! Die brauche ich doch, bringt sie mir her, möchte ich sagen. Warum gibt sie mir keiner? Einfach hingehen und sie holen, das geht aber auch nicht. Und wo ist Ralf? Ich will zu ihm. Er ist gegangen, ohne mir zu sagen, wann er wiederkommt. Komisch. Er will noch einmal kommen, hat er gesagt. Wieso eigentlich KOMMEN? Warum ist er nicht bei mir? Wo ist er hin, und wieso ist er weg? Wir wollten doch zusammen Urlaub machen. Und dann? Alles ist unklar und irgendwie anders. Er hat gesagt, dass er noch einmal ins Hotel muss. Er würde gleich wiederkommen, hat er gesagt. Wir haben doch zusammen ein Hotelzimmer, in der fünften Etage, mit sehr schönem Ausblick. Ich will mit! Warum lässt man mich nicht?!

Es hilft ja sowieso nichts. Ich muss warten, bis er kommt. Wieso kann ich eigentlich nicht mit? Keiner erklärt mir das. Ich muss einfach warten, was sonst, denn wo ich von hier aus hingehen muss, weiß ich nicht, weil ich ja gar nicht so richtig weiß, wo ich bin. Ich kann nur warten, ob und wann er wiederkommt. Komische Situation. Wer kann mir jetzt helfen? Dort drüben laufen immer wieder die ganzen Leute herum. Keiner kümmert sich um mich, niemand nimmt mich wahr, und irgendwie kann ich auch niemanden rufen.

Es muss auch ziemlich spät am Abend sein, denn es ist finster. Nur ein paar düstere Laternen sind hier. Ich schaue herum in alle Richtungen. Wo soll ich bloß hin? Ich kann ja nur hier bleiben, anders geht es nicht.

Warten, warten, warten.

Schließlich dämmere ich hinweg, irgendwie ist doch keiner mehr gekommen.

***

Sa., 11. Juli

12 Uhr bin ich am Krankenhaus, muss noch eine Stunde warten. Ich gehe wieder ans Meer, wo ich gestern Abend auch war. In großer Entfernung ist eine große Menschenansammlung zu erkennen. Da ich Zeit habe, laufe ich hin. Scheinbar wird sonntags immer als Volksfest im Meer gefischt. Zwei Teams links und rechts ziehen jedenfalls an zwei Seilen, die weit ins Meer hinaus reichen. So vergeht etwa eine halbe Stunde, dann laufen die „Tauzieher" langsam zusammen, bis sie nur noch etwa zwanzig Meter voneinander entfernt sind und bereits das Ende des Netzes sichtbar wird.

Mir ist ganz komisch zumute, und ich wünsche mir ganz verzweifelt, dass sie einen guten Fang für Katrin herausholen sollen. Je weiter das Netz eingeholt wird, desto schlimmer fühle ich mich: „Fangt die Fische meiner Katrin zuliebe, dass sie endlich aufwacht!" - Das Netz wird eingeholt, und alle freuen sich. Viele Fische sind im Netz, und ich gehe weinend zum Krankenhaus. - Macht bitte, dass Katrin wach wird!

Als ich dann die Intensivstation betrete, liegt Katrin wie immer da. Ich spreche sie an, diesmal gleich etwas lauter. Da öffnet sie ein wenig die Augen und schließt sie dann gleich wieder. Als ich weiter spreche, gehen die Augen ab und zu wieder ein wenig auf. Ihr Blick zeigt aber ins Leere. Ich bin erst mal überglücklich. Auch diese noch so kleine Reaktion freut mich. Sie schafft es!

Ich streichle sie weiter und rede auf sie ein. Selten, aber trotzdem noch wenige Male gehen die Augen ein wenig auf. Es kommt eine Ärztin oder Schwester und versucht, mir auf Englisch einiges zu erläutern. Als sie hört, dass wir Deutsche sind, deutet sie an, dass ich einen Moment warten soll. Nach fünf Minuten holt sie mich ans Telefon. Sie hat eine Dolmetscherin (bestimmt eine Deutsche) erreicht, die mir nun auf Deutsch Auskunft gibt.

Katrin hätte einen Schlaganfall gehabt und sei darauf vom Rad gestürzt. Auf meine Frage, dass sie ja doch noch zwei Stunden bei gutem Bewusstsein war und ganz normal erschien, verneint sie jedoch und meint, dass die Ursache dieser Schlag und die damit verbundene Schwindligkeit gewesen sei.

Ihr derzeitiger Zustand sei so, dass sie in der Aufwachphase ist, jedoch ihre ganze linke Seite gelähmt sei. Rechts sei es ohne Befund. Und sie müsse noch bei der Atmung - wegen Bronchitis oder Lungenentzündung - unterstützt werden.

Auf meine Frage, ob links noch einiges möglich sei, meint sie, dass in Deutschland viele Sachen machbar wären.

Wenn Katrin wieder selbst atmen kann, wird auch der Schlauch entfernt werden können. Morgen, am Montag, ist sie selbst mittags wieder in der Klinik, meint sie, und kann direkt mit mir sprechen.

Ich bin dann wieder zu Katrin gegangen und habe sie gestreichelt und mit ihr gesprochen. Auf meine Frage, ob ich noch bleiben solle und dann „öffne die Augen" hat sie auch wirklich die Augen kurz wieder geöffnet, nach fünf Minuten noch einmal, und auch diesmal hat sie wieder (zur Bestätigung!!!???) die Augen geöffnet.

Hat sie mich verstanden?? Es wäre so schön!! Endlich gehe ich heute Abend etwas zuversichtlicher ins Hospital. Dann sind schon wieder fünf Stunden vergangen, und ich warte darauf, dass Katrin noch munterer ist. Wie wird sie mich verstehen? Neue Fragen!

***

Ich liege im Bett und kann nicht heraus. Die Tür nach draußen ist offen, und alles ist erstaunlich ruhig. Irgendwelche Leute sind zu Besuch gewesen. Sie sind jetzt wahrscheinlich in die Zimmer im Gang hier mit einquartiert. Man kann sich hören, aber nicht sehen. Einer der Männer stöhnt dauernd. Ich will ihm helfen. Dazu muss ich jedoch in sein Zimmer gelangen.

Dazu wird ein Schlüssel benötigt, und diesen sehe ich oben auf meiner Zimmertür liegen, die offen steht. Ich versuche ständig, dorthin zu gelangen, aber es geht und geht nicht. Da kann ich machen, was ich will. Ich bekomme mein rechtes Bein einfach nicht los, das ist irgendwie festgemacht.

Im Laufe der Zeit höre ich, wie die Leute nacheinander aufstehen und den Gang entlang laufen. Sie gehen offenbar zum Frühstück. Sie würden sich dort treffen und sich unterhalten. Ich will aber doch auch mit! Doch keiner kümmert sich um mich, keiner holt mich. Ich kann nicht aufstehen, muss einfach nur hier bleiben.

***

Ich kann etwas aus dem Fenster sehen. Es wird immer wieder langsam abwechselnd hell und dunkel. Daran lässt sich der Lauf der Zeit erkennen, wie es Tag oder Nacht wird. Das dauert alles quälend lange, aber mir bleibt nichts anderes übrig, als zu warten, ob sich vielleicht endlich mal etwas ereignet! Draußen ist das weite Meer. Irgendwo in einiger Entfernung vom Ufer erkenne ich mitten im Wasser ein Gebilde aus Ziegeln.

Außerdem sind da Geräusche einer stark befahrenen Straße, auf der offensichtlich viele LKW fahren. Gegen Morgen, wenn es anfängt, hell zu werden, beginnen die Motorgeräusche. Man kann sich die Trucks richtig vorstellen. Sie fahren nach Kalifornien oder kommen von dort. Also muss es gar nicht so weit bis dahin sein. Ein kurzer Ausflug nach Kalifornien, das wäre schön....

Genauso gibt es doch eine Straße von hier aufs Festland, nach Deutschland, nach Hause! Und manchmal kommt bei mir dann in dieser Verbindung die Frage hoch, warum ich denn nicht nach Hause kann. Hier kenne ich überhaupt nichts, irgendwie versteht mich keiner oder will mich nicht verstehen. Zu Hause geht doch alles viel besser, warum geht denn das nicht??

***

Die., 14. Juli

Wenn ich früh erwache, ist alles genauso wie gestern - allein bin ich immer, in der Ecke steht ein gepackter Koffer, draußen scheint die Sonne schon wieder, penetranter Essensgeruch, wenn man auf den Flur geht, und dann kommt, was Frühstück heißt. Ich inmitten einer wartenden Menge. Das einzige, was das Ganze durchbricht, ist, dass in mir eine Hoffnung ist, was ich heute Mittag von Katrin erfahre.

Sie soll selbst atmen, damit sie wieder mit Sprechen anfangen kann. Sie soll mich erkennen, sie soll sich an uns erinnern.

Gibt es ein größeres Geschenk? Nein! Auch wir wollen vom großen Kuchen des Glücks ein paar Krumen ab haben. Warum sollen wir nicht wieder glücklich werden? Wir hatten zwar schon das Glück, uns gefunden zu haben, uns zu haben, zwei ganz liebe Kinder geboren zu haben, aber muss dann das Glück schon zu Ende sein? Nein! Unsere Liebe, meine Liebe zu

Katrin ist stark, stark genug, um wieder glücklich zu werden. Katrin, ich kann keinen Einfluss auf deinen Körper ausüben, aber du selbst bist stark genug, um ins ganz normale Leben zurückzukehren. Wir schaffen das. Wir haben die Geduld und die Kraft unserer Liebe. Es wäre schön, wenn es heute Mittag schon wieder einen kleinen Fortschritt geben würde! ich hoffe darauf ganz fest. Wache weiter auf, erinnere dich, erkenne mich - werde gesund!!

Als ich im Krankenhaus auf Einlass warte, kommt gerade die deutsche Schwester heraus und informiert mich, dass Katrin nun selbst atmet und der Schlauch entfernt worden ist. Außerdem sei sie ganz munter und würde schön auf Anforderungen reagieren.

Ich muss die Schwester deswegen spontan drücken.

Als ich dann bei Katrin bin, hat sie die Augen auch gleich offen und zappelt wie schon am Vortag. Ich halte ihre Hand und rede mit ihr. Sie drückt sie auch ganz fest und lange. Dann fasst sie mir an den Po und drückt und knautscht meine Hose. Sie versucht sich auch oft aufzurichten. Ich küsse sie mehrfach. Mir ist zum Heulen - natürlich vor Freude. Manchmal schaut sie mich auch an. Ob sie mich aber erkennt, weiß ich nicht. Die Schwester meint jedenfalls, dass sie auch wieder kommunizieren wird. Nur heute muss sie sich erst schonen. Andauernd versucht sie sich aufzurichten. Ich versuche, sie zu trösten. Ihre rechte Hand ist angebunden worden. Sie ist recht mobil und macht ihre Augen ganz normal auf, macht sie aber auch eine Zeitlang zu. Ich hoffe, dass sie mich erkennt. Ich bin glücklich!

Als die Schwester und die Ärztin gemeinsam da sind, versucht die Schwester, Katrin anzusprechen, das linke Bein zu bewegen. Ich spüre ihre Anstrengung - hat es nicht doch ein klein wenig gezuckt? Jetzt bin ich überzeugt -es wird alles gut!

Nachmittags ein Anruf vom ADAC. Heute Arztkontakt - Katrin ist aber noch nicht transportfähig. Morgen wieder Arztkontakt.

Können wir doch diese Woche noch nach Hause? Ich wünsche es mir sehr - fühle ich mich doch hier wie ein Fremdkörper. Um mich herum pulsierendes Leben, aber ich fühle mich wie in Trance, bin da und auch nicht. Ich fühle mich wie ein winziges Steinchen mitten in einer großen Stadt.

Aber es gibt noch größeres Leid. Freute mich, gestern im Krankenhaus einen Landsmann zu treffen, der auch hier im Hotel wohnt. Er war mit seiner Frau auf der Hochzeitsreise, und nun scheint es so, dass seine Frau, die während des Aufenthaltes am Strand in Maspalomas Hirnbluten bekam und deswegen hierher gebracht wurde, plötzlich gestorben ist. Die Reisebetreuerin hat nämlich im Hotel irgendwelche Notfallzettel ausgefüllt. Es tut mir so leid - war doch das Schicksal von Katrin auch nicht viel leichter.

Aber ich habe meine Frau noch, und es geht ihr jeden Tag besser.

Warum nur passieren solche Dinge? Irgendwelche Menschen sind so hässlich, stürzen andere ins Verderben, meist nur wegen des Sch...geldes, und ihnen passiert nichts. Und ganz normalen Menschen passieren solche Unglücke.

Der Mann von gestern Abend war eine Art Deutschtürke (oder so was ähnliches). Er hat seine ganze Familie hierher holen wollen. Umsonst! Wieso? Fragen, die keiner beantwortet.

Wieso ist Katrin so schwer krank? Keiner gibt dafür eine Begründung.

Ich bin froh, dass wir bisher gut gelebt haben, stets versucht, gemeinsam und in Liebe unser Leben zu gestalten. Wie heißt es so schön: „In guten wie in schlechten Zeiten." - Ja, ich will!!

Ich muss erst mal heulen.

So, jetzt geht es wieder.

Übrigens, unsere Lisa-Marie ist auch stark, ist ja jetzt auch allein zu Hause und managt alles. Doch sie wird bald wieder in die Welt reisen. Hoffentlich sind wir dann wieder zu Hause. Lisa soll wenigstens Mud noch besuchen können, ehe sie auswandert. Aber das Leben muss irgendwie weitergehen. Ich bin ja da und werde immer für Katrin da sein. Man kann für seinen geliebten Partner auch viel geben und sich einschränken. Das Glück, seine Liebe überhaupt noch zu besitzen, ist es wert, alles dafür zu geben. Katrin, wir werden auch den neuen Weg gemeinsam gehen und alles meistern. Wie sagte doch schon Pawel Kortschagin in „Wie der Stahl gehärtet wurde" sinngemäß: „Das Leben wird uns nur einmal gegeben, und man muss es nutzen!" Wir haben es genutzt - viele gemeinsame Erlebnisse - und wir werden es weiter nutzen!

Was fühlt und denkt Katrin?

Als ich sie heute Abend besuche, schaut sie an die Decke und zur Seite. Als ich komme, schaut sie mich, nachdem ich „Hallo" gesagt habe, an. Ich wasche mir die Hände, und sie schaut zu. Ihr Bett ist hochgeklappt, so dass sie ziemlich hoch sitzt und die Umgebung beobachten kann. Ich gehe zu ihr, fasse ihre Hand und rede mit ihr (langsam). Versteht sie mich?

Wenn ich sie auffordere, die Hand zu drücken, macht sie das auch. Sie muss mich verstehen. Erkennt sie mich auch?

Ich streichle sie am Kopf und schaue ihr in die Augen. Auch sie sieht mich an. Ihr Blick fällt mir sehr schwer. Ich bin so traurig, dass ich ihr momentan nicht weiter helfen kann. Ich kann nur zusehen und mich über die kleinen Verbesserungen freuen. Aber sie muss die ersten Schritte ganz allein meistern. Sie muss sich mit ihrer Situation arrangieren. Es bleibt nichts anderes übrig.

Ist ihr schon einiges bewusst? Ich versuche, sie behutsam aufzuklären. Dass sie nicht traurig sein soll. Dass sie einen schweren Fahrradunfall hatte und dass sie eine Woche lang ins Koma gelegt war und geschlafen hatte. Dass sie sich jetzt wieder eingewöhnen muss, an die Umgebung, ans Krankenhaus, jetzt hier in Las Palmas, nach ihrer OP.

Aber auch, dass es ihr schon besser geht und dass ich immer komme, wenn ich zur Besuchszeit kommen darf und dass ich sie ganz sehr lieb habe und dass wir das alles gemeinsam schaffen werden. Ich hoffe, sie versteht es wenigstens ein bisschen.

Sie schaut manchmal zur Seite, so als könne sie ihre Umgebung überhaupt nicht begreifen. Ich versuche, sie zu trösten, ich liebe sie und schaue ihr ganz nah in die Augen und streichle sie. Sie muss begreifen, dass wir die Situation gemeinsam bewältigen.

Ich hoffe nur, dass sie mich als ihren Mann zuordnen kann, dass sie mich wieder erkennt.

Manchmal versucht sie sich aufzurichten, und ihr rechtes Bein wird ständig wieder angezogen und ausgestreckt.

***

Die Krankenbesuche genieße ich immer. Darauf warte ich den ganzen lieben langen Tag. Und hoffe, dass sie nicht ganz so schnell vorbeigehen mögen - lieber soll die viele andere Zeit schneller verfliegen!

Am Schluss der Krankenbesuche werde ich ständig fixiert am rechten, noch beweglichen Bein. Ich versuche natürlich oft, ob ich doch irgendwie los komme, aber mir gelingt es nie, den Fuß aus der Binde, die mich festhält, herauszuziehen. Das geht und geht nicht! Der ganze Zustand ist eigentlich kaum mehr erträglich durch meine Plage, die sich „Restless Legs" nennt. Eine ziemlich missliche Situation. Ich empfinde es natürlich als äußerst belastend und kaum auszuhalten, besonders abends, wenn es beginnt, in den Beinen zu kribbeln, und ich kann nichts dagegen tun.

Aber der Moment, an dem sie das Bein wieder festmachen, kommt, darauf kann ich mit Grauen richtiggehend warten. Daran geht auch nichts vorbei, das machen sie immer wieder. Wieso denn bloß, ich werde doch nicht aus dem Bett klettern. Erstens kann ich das sowieso nicht, und zweitens will ich es auch nicht, weil ich mir schon vorstellen kann, dass das allein ohne Hilfe nicht gut gehen würde. Also was soll das immer wieder!? Ich sehe das nicht mehr ein, weil das einfach nicht auszuhalten ist!

Aber irgendwie wird es so gemacht, und fertig. Und ich bin hier und muss durch diese bescheidene Situation hindurch, egal wie. Da kommen einem schon mal Fragen, und das jeden Abend wiederholt: „Überlebe ich das hier überhaupt, oder halte ich das nicht mehr aus?!"

Schließlich glaubt man, es ginge nicht mehr weiter. Aus der Haut fahren, das wäre so das Richtige gewesen! Oder könnte man sich nicht da herausbeamen, einen Sprung in der Zeit vorwärts machen, wo es dann erträglich weitergeht?? Wenn man das so einfach könnte!

Aber es geht trotzdem weiter, nur eben schrecklich langsam.

Ein Glück, wenn man über diesem ganzen Stress irgendwann einschläft, aber das dauert und dauert immer endlos lange bis dahin. Und am nächsten Tag weiß ich: Diese ganze Sch... geht wieder von neuem los!

Das kommt eben leider noch zu meinen sonstigen Problemen dazu. Das einzig Gute daran ist: Lebensgefährlich ist es wahrhaftig nicht, nur schrecklich lästig. Wahrscheinlich kann ich diese Problematik gar nicht richtig durch die Sprachbarriere verständlich machen. Was auch immer, jedenfalls fühle ich mich in dieser Hinsicht ziemlich unverstanden. Ich kann da sowieso nichts machen, weil ich dazu gar nicht in der Lage bin.

***

Wer nicht weiß, was Restless Legs sind, sollte über dieses Nichtwissen froh sein. Ich weiß auch erst seit rund zehn Jahren, dass das Ganze einen Namen hat. Ich hielt das zunächst einfach für Nervosität oder so ähnlich und dachte, dass es wohl passieren könne, dass man irgendwann nicht mehr ruhig sitzen kann und herumlaufen muss. Doch seit einigen Jahren muss ich abends eine Tablette nehmen, sonst wird es unerträglich. Und nach dem, was ich so gelesen habe, scheint es mich noch gar nicht so schlimm erwischt zu haben. Rund zehn Prozent der Bevölkerung wissen über diese Sache leider ziemlich gut Bescheid. Das Schlimme ist, dass das Ganze auch noch erblich zu sein scheint.

Eine der für mich unangenehmsten Tatsachen ist, dass man hier die Restless Legs nicht behandelt. Das scheint mir daran zu liegen, dass mein Medikament hier nicht bekannt ist und ich es folglich auch nicht einnehmen darf. Schließlich muss das ja auch mit den ganzen anderen Sachen zusammenpassen. So richtig überschaue ich das in meinem Zustand sowieso nicht. Ich will nur irgendeine Hilfe gegen dieses elende Jucken in den Beinen, aber da hilft mir keiner, und ich weiß nicht warum.

Ich versuche schon, meine diesbezügliche Lage in Englisch etwas klar zu machen, aber eine positive Reaktion gibt es da überhaupt nicht. Man versteht mich nicht – klar, so besonders deutlich rede ich ja außerdem auch nicht. Oder man will mich nicht verstehen.

Und so stellt sich eben jeden Abend die fast unerträgliche Situation ein, dass es anfängt, in den Beinen zu krabbeln, und ich kann absolut nichts dagegen machen. Denn die einzige Gegenmaßnahme wäre, aufzustehen und herumzulaufen – und das geht offensichtlich überhaupt nicht, so viel merke ich schon.

Glücklicherweise kann der Mensch nur einen gewissen Grad des Unglücks fassen; was darüber hinausgeht, vernichtet ihn oder lässt ihn gleichgültig.
(J. W. v. Goethe)

Irgendwann bin ich dann in einem neuen Zimmer, das sich offenbar in der Nähe einer Art Rezeption befindet. Ralf ist oft da, und ich freue mich jedes Mal auf diese Zeit, auf das Zureden und Streicheln. Eigentlich frage ich mich, warum er immer wieder nach so kurzer Zeit wieder fort muss. Und überhaupt könnte er mich gleich mitnehmen! Das wäre das Beste! Warum geht das nicht? Darauf gibt es keine Antwort, nichts zu machen.

Ich will möglichst sehen, was draußen los ist, aber das geht nicht so richtig. Kommt vielleicht mal jemand herein, oder gibt es irgendeine andere Abwechslung, dass die Zeit schneller vergeht!? Also, eigentlich warte ich ständig auf Ralfs Besuch. Das ist fast die einzige angenehme Ablenkung, die es gibt.

Abends läuft immer der Fernseher, der dort oben angebracht ist, bis tief in die Dunkelheit hinein. Bis wann - keine Ahnung. Aber es sind Dinge, die mich sowieso wenig interessieren: Werbung, Musik, irgendwelche Trickfilme, und noch dazu in unverständlicher Sprache. Klar, wir sind ja nicht in Deutschland, sondern in Spanien, das ist mir schon klar. Wenn das Gerät irgendwann ausgeschaltet wird, ist es ruhig, und ich sehne mich danach einzuschlafen. Manchmal gelingt das schnell, zum Glück. Wenn nicht, und das ist oft so, dann heißt es: endlos warten. Klar, der Moment, in dem ich einschlafe, kommt schon, aber wann denn nun!? Wie es eben so ist: Wenn man mit aller Kraft einschlafen will, dann geht es gerade nicht, verdammt nochmal! Schön ist es, wenn ich sehe, dass es allmählich hell wird und der Morgen kommt. Dann gibt es wieder mehr Ablenkung.

***

So., 19. Juli

Ich komme mir vor wir der Hauptdarsteller in zwei Kinofilmen: „Und täglich grüßt das Murmeltier" und „So weit die Füße tragen". Jedenfalls fühle ich mich so.

Heute Früh habe ich übrigens mal ein Spiegelei versucht. Aber es blieb beim Versuch.

Diesmal bin ich zeitig losgefahren. Es ist gerade Flut, und ich will ein paar schöne Fotos von Wellen, Wellenreitern und der Landschaft machen. Deshalb habe ich extra das Tele mitgenommen.

Gegen 11.30 Uhr gehe ich dann zu Katrin.

Sie empfängt mich nicht gerade euphorisch, aber ist normal drauf. Ich lasse ihre Armfessel wieder entfernen. Wir versuchen Sprachtraining, aber sie will nicht so recht.

Irgendwann kommen wir - sie oder ich? - auf die Idee, es schriftlich zu versuchen, da sie doch noch kaum sprechen kann. Ich gebe ihr einen Block und einen Kuli, dazu als Unterlage ein Buch, und sie schreibt. Es sieht sehr krakelig aus, aber weniges davon kann ich entziffern. Außerdem versucht sie mehr und mehr, mir das mündlich darzustellen.

Und so erfahre ich: Sie möchte eine Zeitung. Und sie möchte Sudokus machen.

Außerdem soll ich dem Arzt sagen, dass sie ein Medikament gegen Husten bekommen soll.

Und am Ende, gegen 13 Uhr, als ich sie wieder festmachen lassen muss, meint sie, dass sie nicht wie ein kleines Kind behandelt werden will! Ich kann das verstehen, aber ich sage ihr, dass wir so schnell wie möglich nach Hause wollen, nach Deutschland und dass das klappt und dass nichts passiert, zum Beispiel, dass sie aus Versehen aus dem Bett fällt. Und dass sie nicht wieder den Schlauch und die Pflaster wegmacht, dass sie da sicher sein müssen. Deshalb muss sie durchhalten und es akzeptieren.

Ich fange an sehr zu weinen: „Wir müssen endlich nach Hause!" Sie schaut mich traurig an und nickt. Ich drücke und küsse sie.

Sie lässt sich wieder festschnallen. Katrin ist so lieb, und sie muss stark bleiben, damit alles weitergeht und wir endlich nach Deutschland können. Dann sprechen alle Deutsch, und sie kann sich selbst mit den Ärzten und Schwestern verständigen. Sie kann ja zur Zeit nur mit mir und dem einen Pfleger kommunizieren, leider!

So, ich habe jetzt eine BILD-Zeitung gekauft und bringe sie ihr sowie Sudokus.

Lisa und Benny freuen sich mit, als ich das am Telefon erzähle - wieder ein Fortschritt!

*****

Mo., 20. Juli

Diesmal gehe ich zeitig los und bin schon gegen 16 Uhr im Krankenhaus.

Katrin ist unleidlich und verstört. Ich lasse ihren Arm losmachen. So richtig freut sie sich aber gar nicht.

Nun kenne ich den Grund: Ihr ist jetzt erst richtig bewusst geworden, was eigentlich mit ihr los ist. Sie hebt mit der rechten Hand ihren linken Arm hoch und lässt ihn fallen. Mehrmals. Dann schlägt sie sich mit der Faust auf ihr Bein.

Ich versuche, sie zu beruhigen, aber ich schaffe es nicht. Ich sage ihr, dass sie stark sein soll, dass vieles vielleicht ganz wieder in Ordnung kommt, wenn wir in Deutschland sind. Wir werden bald zurückfliegen. Morgen ist noch eine Untersuchung, und dann geht es in den nächsten Tagen zurück.

Sie darf nicht verzweifeln, sonst werde ich noch mehr traurig! Wir schaffen das, und sie hat mich. Sie hat in den paar Tagen schon viel zurückgewonnen. Katrin, du schaffst das auch.

Wir fahren, wie wir uns das vorgenommen haben, wieder nach Norwegen. Katrin, du wirst wieder Arm und Bein bewegen.

Sie lässt den Arm wieder fallen. Ich kann nichts tun. Nicht mal, dass wir nach Hause fahren.

Ich habe Wut, ich bin auch wie festgebunden. Aber diesmal kann ich wirklich nichts tun, nur warten!

Ich muss stark sein, denn Zweifel helfen nicht, weder mir noch Katrin.

Ich muss sie beruhigen, ich muss es schaffen! Sie darf sich nicht aufgeben, sie hat schon so viele Fortschritte gemacht!

Ich sage ihr, dass ich froh bin, dass sie überhaupt noch da ist und dass sie schon so viel wieder gelernt hat. Sie soll weiter stark sein. Katrin streichelt mich. Sie will nicht, dass ich traurig bin.

Irgendwann sagt sie ganz deutlich: „WARUM?“

Ich kann diese Frage nicht beantworten. Ich weiß. Diese Frage hat mich selbst schon zermartert. Deshalb sage ich ihr, dass es gar nicht um das „Warum“ geht, sondern dass wir jetzt gemeinsam kämpfen und neu anfangen müssen.
Wir haben schon so viel geschafft, und auch das schaffen wir!!
Katrin liegt auf der Seite, schließt die Augen. Meine Hand liegt auf ihrer Schulter, und wir schlafen so eine halbe oder gar eine ganze Stunde zusammen. Es ist schön so, friedlich. Katrin, ich habe dich lieb!
Leider muss sie, wenn ich gehe, immer wieder angeschlossen werden. Es tut mir so leid, aber sie muss das aushalten, damit wir so bald wie möglich nach Hause kommen.
Ich weine wieder beim Fortgehen. Sie drückt meine Hand. Ich will nicht fort, aber ich kann außer meiner Liebe nichts tun.
Wir müssen erst wieder nach Deutschland. Aber WANN?
Diesmal gehe ich ganz traurig zurück. Ich hatte es mir vorgestellt wie gestern Abend.
Katrin, sei stark - nur so wird es schneller besser. Ich bin auch stark, bis auf kleine Momente. Aber ich denke ständig an dich, meine liebe Katrin.
WIR SCHAFFEN DAS, es gibt wieder einen Anfang.
Zu Hause - im Hotel - habe ich alles Lisa mitgeteilt. Gut, dass ich mich mit ihr aussprechen kann – wir sind so eine gute Familie. Deshalb kriegen wir das alle mit Katrin wieder hin.
So, und nun muss ich erst einmal Koffer packen - nicht viel, denn ich habe nur das Nötigste herausgenommen, und der andere Koffer ist fast unberührt. Denn morgen muss ich woanders hin, weil das Hotel dann ausgebucht ist. Hoffentlich nur wenige Tage noch!
Ich WILL nach Hause!
Aber erst muss Katrin abgeholt werden. Morgen wird sich hoffentlich alles zum Guten entscheiden.

***

Irgendwann in diesen Tagen merke ich dann, dass mit mir eigentlich überhaupt nichts mehr stimmt, besonders offensichtlich auf der linken Seite. Ein Stück kann ich den linken Arm hochheben, aber eben nur ein Stück. Also lasse ich ihn wieder herunterplumpsen. Einfach nur „toll“!

Schon die linke Hand zusammenballen, das geht so gut wie überhaupt nicht. Will ich die Zudecke hochziehen, dann muss ich das alles zum Teil umständlich mit der rechten Hand machen. Gezielt mit links zugreifen - Fehlanzeige. Oder die Beine etwas auf die Decke legen, weil es zugedeckt zu warm wird? Auf der linken Seite ist da fast nichts zu machen. Ehe ich das Bein dort habe, wohin ich will, bin ich sauer, weil es ganz schlecht geht.

Was soll das überhaupt hier sein?? Wie ist das passiert? Wie komme ich hier wieder heraus? Ich will nicht mehr!! Das soll doch nicht etwa so bleiben!? Meine Stimmung verschlechtert sich zunehmend. Eigentlich bin ich froh, aus der Intensivstation herausgekommen zu sein, aber diese kurze Freude ist wieder dahin. Hier tun sich Probleme auf, die ich noch gar nicht richtig absehen kann.

Und so richtig klar alles durchdenken - schon das ist nicht so einfach.

Will ich nicht, oder kann ich nicht?

***

Inzwischen habe ich es begriffen. Mich hat es ziemlich erwischt. Wie sehr, das kann ich noch gar nicht so richtig absehen. Jedenfalls reicht es dafür, dass ich im Krankenhaus sein muss. Das Reden geht ganz schlecht. Oder bilde ich mir nur ein, dass ich etwas von mir gebe, und da ist gar nichts? Aufstehen geht offensichtlich auch nicht. Ich muss im Bett liegen bleiben. Wie lange eigentlich? Wann kann ich nach Deutschland und vielleicht sogar nach Hause? So richtig weiß ich immer noch nicht, was los ist. Weil wir unterschiedliche Sprachen sprechen, ist von den Schwestern und Pflegern schlecht etwas zu erfahren.

Wenigstens hat mir Ralf den Hergang so einigermaßen erklärt. Bei der Fahrradtour bin ich durch zu hartes Bremsen über den Lenker gesaust. An die recht harte Landung auf der Asphaltstraße erinnere ich mich noch. Ich rappelte mich damals hoch und betrachtete die Schürfwunden. Den ganzen Urlaub noch mit diesen hässlichen, schmerzhaften Stellen herumlaufen! Dabei war das wirklich das kleinere Übel gewesen. Wenn es nur dabei geblieben wäre! Aber es kam offensichtlich anders.

Während der Untersuchung in der Krankenstation wurde ich mehrfach bewusstlos und musste brechen, erfahre ich. Schon, wenn das passiert, sei das ein Hinweis auf einen eventuellen Schlaganfall, und man begann in diese Richtung genauer zu untersuchen. Dort verliert sich dann irgendwie alles bei mir. Das Weitere entzieht sich meiner Erinnerung. Hier endete dieser Teil meines Lebens, wenn man das so sehen möchte. Strich!

Ralf erzählt mir auch, dass man damals versuchte, meine Reflexe zu testen. Also - Arm hoch oder Bein hoch. Sollte der linke Arm gehoben werden, ging das Bein anstelle des Arms hoch, links sowieso deutlich schlechter oder überhaupt nicht, und schließlich ging gar nichts mehr. Der Blick war sozusagen auf null gestellt beziehungsweise ging irgendwo hin.

An dieser Stelle merkte man mit Gewissheit, dass im Kopf irgendwas los war, was nicht los sein durfte.

Da war dann dieser Schlaganfall. – Mmmh.

Gemerkt habe ich davon nichts. Es ist nur die Frage nach dem Hinterher. Da ist eben dann alles ganz anders. Man erwacht sozusagen in einer anderen Welt unter völlig anderen Bedingungen. Die sind einfach nur schlimm, aber sie sind da, und man muss damit fertig werden. Etwas anderes gibt es da gar nicht. Prinzipiell habe ich diesen knallharten Fakt schon registriert, aber noch nicht so richtig verdaut.

In welcher Verfassung man nun ist - das merkt man erst mit der Zeit - und vielleicht ist es gut so - wenn es einem vergönnt ist, noch etwas merken zu können ...

***

Eines Tages ist sogar Lisa-Marie mit da. Ich finde das einfach schön. Aus dem Erzählen entnehme ich, dass sie bei Ralf mit im Zimmer untergebracht ist. Und Benjamin ist zu Hause geblieben, weil ja jemand dort alles managen muss. Zu Hause?!

Eines Tages packt sie einen Zettel aus und fängt an, die Fragen, die sie dort offensichtlich aufgeschrieben hat, zu stellen: „Wie heißt du? - Wie heißen deine Kinder? -Was machen sie gegenwärtig gerade? - Wie alt ist jeder von uns? - Wo wohnst du? - Wo hast du vorher gewohnt? - Wie heißt deine Schwester, und wo wohnt sie? - Was ist mit deinen Eltern?“ Und so weiter.

Na klar, das weiß ich doch alles! An der Reaktion der beiden merke ich Erleichterung. Mich beschleicht so ein bisschen die Ahnung, dass das ja auch ganz anders sein könnte. Und dass ich offensichtlich Glück hatte. Ja -

Glück! Weiter darüber nachzudenken, was sonst wäre, dazu habe ich überhaupt keine Lust. Wozu auch? Ich will jetzt nur wieder nach Hause, wo ich hingehöre, zurück in mein eigentliches Leben, es reicht! Und das wohl nicht bloß mir!

***

Dann diese Kleinigkeiten: Manchmal, wenn Ralf oder auch Lisa-Marie mit zu Besuch sind, muss gerade bei einem Patienten im Zimmer etwas gemacht werden. Alle Besucher werden herausgeschickt, und sie müssen draußen so lange warten, bis der Arzt fertig ist. Einerseits mag das vielleicht logisch und verständlich sein, andererseits – das dauert und dauert! Ich warte dann ungeduldig auf den Moment, dass die beiden wieder herein dürfen, wenn sie schon einmal hier bei mir sind - eine ziemliche Anforderung an die Geduld.

Eigentlich gibt es in diesen Stunden immer genug zu tun und wird schon aus diesem Grunde nie langweilig: zum Beispiel essen, also gefüttert werden. Ich bekomme da immer drei bis vier Becher von der Schwester hingestellt mit Gemüsebrei, Apfelmus, Joghurt oder so etwas. Mir macht es Spaß, das wir immer abwechselnd einen Löffel zu uns nehmen. Und – sieh an! Ralf isst sogar mit vom Joghurt, für den er sonst beileibe nichts übrig hat, registriere ich! Das mündet zwar in das Spiel: Einen Löffel für den und einen Löffel für den, aber das gefällt mir jetzt so. Eine Zeitlang esse ich oft auch selbst. Den Löffel in die rechte Hand nehmen, kann ich ja ganz gut.

Nach dem Essen ist das Zähneputzen dran. Dafür haben wir eine Pappschale bekommen, wohinein ich das Wasser zum Ausspülen spucken kann. Auch das geht ganz gut und so viel wie möglich allein.

Ab und zu schneidet mir Ralf Finger- und Fußnägel, weil ich dazu selbst nicht in der Lage bin.

Meistens kommt anschließend noch etwas Gymnastik dran - den linken Arm und das linke Bein bewegen. Zum Beispiel einen kleinen Gummiball in die Hand nehmen und wieder loslassen. Das geht überhaupt nicht gut - sagen wir: eigentlich gar nicht!

Oder wir unterhalten uns. „Unterhalten“ - schön, dass ich nun wenigstens ein Gegenüber habe, der Deutsch versteht und spricht, denn das Krankenhauspersonal spricht logischerweise hier Spanisch, was ich zwar lernen wollte, aber da noch in blutigen Anfängen stecke! Und jetzt in dieser Situation - vergiss es! Mit meinen jetzigen Problemen im Sprachbereich fällt mir das Kommunizieren ohnehin unendlich schwer. Eigentlich kann ich ja richtig froh sein, dass ich erst einmal im Kopf etwas Sinnvolles zum Sagen gewissermaßen bereitstellen kann. Das funktioniert glücklicherweise. Doch das dann noch aussprechen - und verständlich aussprechen - das ist momentan richtig viel verlangt! Und wie das klingt, will ich eigentlich gar nicht wissen.

Dann legen wir uns immer noch ein bisschen zueinander. Ab nun kann die Zeit auch stehen bleiben und braucht nicht weiter gnadenlos zu vergehen! Und so richtig sehe ich gar nicht ein, dass Ralf dann wieder fort muss. Aber dieser Moment kommt mit Gewissheit. Dann heißt es nur noch: Warten auf den nächsten Tag, den nächsten Besuch. Doch eigentlich will ich fort hier, nach Hause! Dort lässt sich doch alles viel besser regeln! Warum geht das nicht??

***

Aufgrund der Verständigungsschwierigkeiten ist hier oft nicht viel herauszubekommen. Es stellt sich für mich heraus, dass meine Spanischkenntnisse erwartungsgemäß bei Weitem noch nicht ausreichen, um mich zu unterhalten oder etwas zu erfragen. Sicher verstehe ich das eine oder das andere, aber mehr ist nicht drin. Zumal die Ausspracheschwierigkeiten durch meine Krankheit noch hinzu kommen.

Weil ich zu der Meinung gelangt bin, man sollte, wenn man öfter in ein bestimmtes Land verreist, auch einiges über Sprache und Bräuche wissen, begann ich am Anfang dieses Jahres, Spanisch zu lernen. Für diese „Touristenhaltung“: Man kommt irgendwo hin und erwartet selbstverständlich, in Deutsch angeredet zu werden und mit deutschen Normen behandelt zu werden, wie wir das schon ein paarmal erlebt haben, dafür habe ich immer weniger übrig. Man fühlte sich in so einer Situation gar nicht mehr wohl oder schämt sich sogar manchmal für seine Landsleute.

Es war mir deswegen ziemlich ernst mit dem Spanisch, und das Lernen einer Sprache macht mir eigentlich auch Spaß. Vorausgesetzt, die Sprache ist nicht so ganz schwer zu lernen, und ich würde im Alltag Zeit dafür finden. Ich besorgte mir zu diesem Zweck einiges Material, und ich begann,

Vokabeln und Wendungen zu lernen. Aber allzu weit war ich eben damit noch nicht gekommen.

Ich stellte mit der Zeit wirklich fest, dass das Spanische nicht die schwerste Sprache ist, weil man im Wesentlichen alles so spricht, wie es auch geschrieben wird. Diese Feststellung motivierte mich fürs Lernen. Man musste sich nur ein paar Regeln merken und natürlich die Vokabeln lernen, dann wurde das schon werden. Eine Hürde der etwas größeren Art waren die Beugungsformen der Verben, letzten Endes auch eine Lernsache, deswegen auch machbar. Aber hier blieb ich erst einmal stecken.

Leider trägt die aktuelle Entwicklung dazu bei, dass ich nun gar keine Lust mehr verspüre, weiter Spanisch zu lernen, und so ist an dieser Stelle damit vorläufig einmal Schluss. Was nicht ausschließt, dass ich damit irgendwann weitermache. Aber für den Moment ist mir einfach die Lust vergangen, und so gut geht das ja auch nicht, wenn man generelle Probleme beim Sprechen selbst mit der eigenen Sprache hat.

Nun bin ich erst einmal auf dem Stand, dass ich passiv einige Brocken aufschnappe. Meist kann ich mir aber hier keinen Reim auf das Gesagte machen, weil der Gesamtzusammenhang fehlt. Zum grundsätzlichen Verstehen geschweige denn zum Antworten reicht es demzufolge noch lange nicht.

***

Schließlich bin ich dann in einem weiteren ziemlich hohen Zimmer mit noch einem Patienten, einem Kind, das offensichtlich nur schwer atmen kann und ziemlich viel hustet. Es wird oft besucht von einer oder zwei Frauen. Oft sitzt eine von ihnen am Bett, redet viel auf das Kind ein oder setzt sich gegenüber in den Stuhl und strickt eine Weile. Beide kümmern sich auch manchmal ein bisschen mit um mich.

Ein anderer Zustand bleibt so, wie er ist: Die Tür steht meist offen. Es ist warm, warm, warm. Und das ständige Telefonieren mit den Handys, was hier offensichtlich erlaubt ist, und das viele Reden, das belastet. Ich sehne mich einfach nach Ruhe!

***

Nur kurz zu einer weniger angenehmen Seite, weil ich nicht besonders gerne daran zurückdenke: Auf irgendwelche Toiletten bin ich natürlich nicht in der Lage zu gehen. Also sind Windeln angesagt. Und wenn ich mal „muss“, dann kann ich das vielleicht eine gewisse Zeit zurückhalten, aber irgendwann „muss“ ich eben doch. Und dann möchte Hilfe kommen, und das möglichst bald. Oft kommt aber nicht so schnell jemand. Die Schwestern haben ihre Runden, also kann das mitunter dauern. Kein besonders schöner Zustand, aber nicht zu ändern, es geht ja nicht anders.

Bei den Besuchen hat das schließlich zu organisatorischen Maßnahmen geführt. Da sich kein Mensch bis zur Perfektion disziplinieren kann, gibt es schon ab und zu dieses unschöne, aber manchmal eben unvermeidbare „Malheur“ bei mir. Dann hält Ralf - oder gemeinsam mit ihm Lisa-Marie, wenn sie mit dabei ist, in alle Richtungen Ausschau nach der Schwester. Aber die ist schon immer irgendwo beschäftigt und kann logischerweise in den meisten Fällen nicht sofort kommen. Bis zu einem gewissen Grade hat man da sicher auch Einsicht. Doch - wie es jetzt immer mehr und scheinbar überall üblich wird: Immer weniger Schwestern müssen immer mehr Patienten betreuen. Da wird dann eine Grenze erreicht: Bis hierher und nicht weiter! Jedenfalls rastet Ralf schließlich aus, weil ewig niemand kommt. So erzählt es mir Lisa-Marie, weil ich irgendwann frage, wo er denn bleibt.

Folge: Lisa-Marie und Ralf organisieren, sobald sie zu Besuch kommen, ein paar Windeln und etwas zum Saubermachen, sodass in dieser Hinsicht immer etwas da ist, und die beiden versorgen mich im Fall des schlimmsten Falles selbst und erlösen mich von diesen peinlichen Situationen. Was bleibt mir da übrig: Ich kann es nur wohlwollend und dankbar mit mir geschehen lassen, mehr geht nicht! Alles ärgerlich und unangenehm genug für alle Seiten, aber es muss halt so sein.

***

Ab und zu kommt auch eine Physiotherapeutin, um Bewegungsübungen mit mir zu machen. Wir verstehen uns gegenseitig nicht, da sie Spanisch spricht und ich nicht. Aber es gibt ja offensichtlich andere Wege, um mir klarzumachen, was ich wie bewegen soll oder besser: Versuchen soll zu bewegen. Manchmal darf ich auch vorsichtig aufstehen und aus dem Bett heraus und stehen. Das ist mühsam ohne Ende und geht nur mit Festhalten und vielen Hilfen. Ich mache die verschiedenen Übungen mechanisch mit. Eines habe ich begriffen: Das ist ein Teil des einzig möglichen Weges, der aus dieser hässlichen Situation heraus führt. Wie weit??? Man wird sehen. Die Frage kann ich hier sowieso nicht stellen, weil man mich gar nicht verstehen wird, und wahrscheinlich ist es außerdem noch zu früh für so eine Frage.

***

Irgendwann bei einem Besuch frage ich Ralf, ob ich etwas aufschreiben kann. Und so bringt er mir Zettel mit und einen Stift. Ich verspreche mir davon, dass ich das, was ich beim Unterhalten nicht herausbringe, niederschreiben kann. Mit rechts funktioniert es ja, sollte man denken. Da steht auch etwas da, und ich weiß ganz genau, dass ich es dorthin geschrieben habe!

„Wie lange kannst du noch dableiben? Ich möchte eine Zeitung! Wann können wir endlich nach Hause?"

Aber als ich ihm das Geschriebene hinhalte, guckt er ziemlich angestrengt und weiß nicht so richtig, was ich meine. Doch das kann ich ihm dann schon klar machen.

Also bringt er beim nächsten Mal eine Zeitung mit. Unten wäre im Krankenhaus ein kleiner Laden, in dem es auch ein paar deutsche Zeitungen gibt. Richtig, wir sind ja in Spanien, da ist das gar nicht so selbstverständlich! Beim Lesen der Zeitung belasse ich es bei den Überschriften (die sind ja bei der BILD-Zeitung groß genug!), das reicht mir. Ich höre auch recht bald auf und habe keine Lust mehr. Eigentlich habe ich auch schon vergessen, was ich gerade gelesen habe.

Aber den Stift und einen Zettel da lassen - nein, das will er nicht. Der Bleistift könnte herunterfallen oder abbrechen, oder wer weiß, was noch. Nein, das geht leider nicht, da gibt es nichts - schade! So ganz will ich das nicht einsehen, zumal ich da eine Möglichkeit sehe, wie ich mich etwas beschäftigen kann. Nichts zu machen!

So vergeht ein Tag nach dem anderen. Welchen haben wir überhaupt heute? Weiß ich nicht. Interessiert mich nicht. Ich weiß nur, dass ich endlich nach Deutschland will und, wenn es geht, richtig nach Hause. Nach

Hause!? Aber es gibt noch ein Hindernis, dass es da nicht vorwärts geht, und das muss mit meinem Befinden zusammenhängen.

Ich höre öfter „Aneurysma“?? Ach ja, das kam manchmal in der einen Krankenhausserie, die wir ab und zu anguckten. Und das hindert daran, dass ich geflogen werden kann. Erst ein „OK“ vom Arzt, dann spielt der ADAC mit.

Aber wann ist es denn endlich soweit!? Wir warten alle darauf!

DAS ENDE EINES DINGES IST DER ANFANG EINES ANDEREN.
(LEONARDO DA VINCI)

Juli - August 2009

Mi., 29. Juli

Aufstehen 5.45 Uhr - natürlich, der Wecker! Duschen, waschen, Koffer packen. Noch vor sieben Uhr verlassen wir das Hotel und können schon gegen 7.30 Uhr im Krankenhaus sein.

Das letzte Mal fahren mit dem Bus Nr.12. Der Fahrer sagt etwas bestimmt Witziges, weil wir so viele große Koffer haben, aber das können wir natürlich nicht verstehen.

Katrin ist wohlauf. Sie freut sich aber sehr, dass wir da sind und dass es nun endlich losgeht. Doch weil sie nicht so richtig schlafen konnte, ist sie nicht gerade gesprächig. Sie hat offenbar sehr auf uns gewartet.

Gut, dass nun abzusehen ist, dass endlich für Katrin mehr Ruhe eintritt, dann im deutschen Krankenhaus. Hier sind zwar alle lieb, aber alles ist viel zu laut.

Die Ärztin hat uns, soweit es geht, noch einmal informiert. Die Aorta ist in Ordnung, die Arterie leicht, aber nicht gefährlich verdickt (Aneurysma). Das sollte in Zukunft immer kontrolliert werden, meint die Ärztin.

Katrin wird gewaschen, wir haben ihr Frühstück gegeben und Zähne geputzt und die Windel gewechselt. Jetzt ist es kurz vor zehn Uhr. Wir sind bereit.

Pünktlich um 10.03 Uhr geht die Tür auf, und zwei Ambulanzleute kommen herein, und es geht los!

Katrin wird eingeladen in einen Wagen. Lisa-Marie und ich gehen zusammen mit unserem Gepäck auf den Flur. Dort müssen wir eine Zeit lang warten, weil die Ärztin noch die Unterlagen hat. Dann geht es endlich los, zunächst mit dem Fahrstuhl nach unten, Katrin in einen Krankenwagen, wir in einen anderen. Nun fahren wir zum Flugplatz!

Es ist ein unbeschreibliches Gefühl. Wir haben es endlich geschafft! Es geht nach Hause!

Am Flughafen müssen wir aber noch eine Stunde warten. Da wir direkt (ohne Kontrolle) auf das Flugfeld fahren dürfen, können wir erst dann hin, wenn wirklich alles flugbereit ist.

Leider sind solche Wartezeiten für Katrin gegenwärtig keine schöne Angelegenheit. Sie dreht erst mal durch. Es ist schlechte Luft, die Temperatur ungefähr 30°C, und das Bein krabbelt. Der verantwortliche Arzt (er kann gut Englisch) holt uns, und wir versuchen, sie zu beruhigen. Irgendwie klappt das auch.

Im Wagen von Katrin sitzt noch ein anderer Patient. Er hat ein eingegipstes Bein. Deshalb darf er auch nicht mit einem normalen Flugzeug fliegen. Er sollte schon vorigen Donnerstag nach Hause - wir ja eigentlich auch! Aber da Katrin noch nicht transportfähig war, wurde der Flug verschoben.

Es ist dreiviertel zwölf. Unsere Wagen setzen sich in Bewegung. Wir fahren aufs Flugfeld. Irgendwo steht ein ADAC-Flugzeug. Dort halten wir. Das Gepäck wird hinten eingeladen.

Außer den zwei Piloten sind noch drei Personen vom medizinischen Personal an Bord, zwei Frauen und ein Mann. Es wird der Fußkranke eingeladen, dann steigen wir ein. Zuletzt wird Katrin hereingeholt und auf einem von zwei Serviceliegeplätzen festgemacht und an Beobachtungsgeräte (EKG, zusätzlicher Sauerstoff) angeschlossen. Außerdem bekommt sie eine Mineralienlösung wegen der Flüssigkeitszuführung.

Um 12.14 Uhr kanarischer Zeit (13.14 Uhr unserer Zeit) heben wir ab.

Katrin hat heute leider überhaupt keinen guten Tag. Als es losgeht, ist sie noch gut drauf, doch der Stress und Lärm der letzten Tage hat sie, wie mich auch, geschwächt und richtig verrückt gemacht.

Sie ist die meiste Zeit ziemlich unruhig, streckt ihr rechtes Bein, rankelt herum und hantiert mit ihrer rechten Hand. Sie muss sogar wieder festgeschnallt werden. Lisa und ich sind sehr traurig, aber wir wollen keinesfalls eingreifen, was wir auch den Ärzten mitteilen, denn wir haben Katrin gesagt, dass wir zwar mitfliegen dürfen, aber nicht direkt bei ihr.

Der Flug ist völlig ausgebucht. Wir fliegen zuerst an die französische Mittelmeerküste und nehmen dort drei weitere Patienten an Bord, die auf Liegen festgeschnallt werden.

Die Landung aus großer Höhe belastet mich ganz schön. Hoffentlich steckt das Katrin gut weg. Sie ist ganz schön aktiv heute.

Es dauert eine ganze Weile, bis die Drei eingeladen und festgemacht worden sind, bestimmt eine dreiviertel Stunde. Dann ein neuer Start - nach Düsseldorf. Dort werden alle außer uns Dreien ausgeladen, und das Flugzeug startet wieder - diesmal nach Erfurt.

Dort angekommen wird Katrin ausgeladen und zu dem bereitstehenden Krankenwagen gebracht. Wir holen unsere Koffer und gehen zu einem anderen Auto. Zuvor gebe ich dem mitgekommenen Krankenwagenarzt noch Katrins Krankenkarte und sage ihm meine eigenen Hinweise zu Katrin. Dann fahren wir zum Flughafentor, Katrin hinterher. Wir steigen aus und müssen zu Fuß weiter. Keiner kontrolliert uns.

Draußen wartet bereits Benny! Wir haben ihm Bescheid gegeben, dass wir gegen 20.15 Uhr in Erfurt sein würden, und Benny ist aus Dresden mit dem Auto nach Erfurt gekommen!

Er schaut mal schnell zu Mud ins Auto, und dann wird sie ins nicht weit entfernte Uni-Klinikum gefahren.

Ich rufe noch meine Mutter und die Geschwister aus unserer Familie an und informiere sie über den ersten erfolgreichen Abschluss.

***

Irgendwann ist es soweit: Ich bin flugtauglich! Folglich können wir endlich zurückkehren nach Deutschland! Dass das nicht ging bisher, muss ich einfach akzeptieren, aber so richtig habe ich es nicht verstanden. Jedenfalls soll es nun losgehen!

Ich werde eines Vormittags abgeholt mit einem Kleinbus, der mich zum Flughafen bringt. Ab und zu dringt die - natürlich warme - Außenluft herein. Das Fahrzeug bleibt am Flughafen eine ganze Weile auf einer Schräge stehen und dummerweise in der Sonne. Warten aufs Flugzeug.

Endlich kommt es dann, und ich werde in diese „fliegende Intensivstation“ gebracht. Zum Glück dürfen Ralf und Lisa-Marie auch mit fliegen. Warum das so ist, darüber mache ich mir keine Gedanken. Es ist eben so, und es ist schön so, und fertig.

Dieses Flugzeug hat übrigens den absoluten Vorrang, darf also dann, wenn alles bereit ist und alle untergebracht sind, sofort starten. Das erklärt mir Ralf, als er mit Lisa-Marie noch einmal kurz bei mir ist. Ich nehme das sehr erfreut zur Kenntnis. Die beiden verschwinden jetzt. Offensichtlich müssen sie sich woanders hinsetzen.

Vom Flug weiß ich so gut wie nichts. Ich merke nur, dass es mit meinen Beinen wieder einmal überhaupt nicht gut geht. Eigentlich müsste ich aufstehen und mich bewegen. Aber das kann ich einerseits selbst nicht, und andererseits darf ich das schon gar nicht, wenn ein Flugzeug startet und fliegt. Wahrscheinlich bekomme ich auch irgendein Medikament zur Beruhigung.

Jedenfalls landen wir irgendwann offensichtlich in Deutschland. Es wird schon finster draußen. Wo sind Ralf und Lisa-Marie? Beim Start in Fuerteventura waren sie noch mit im Flugzeug, und jetzt? Abwarten.

Ich werde in einen Krankenwagen gebracht und gefahren, gefahren..., bis wir ankommen. Ich bekomme mit, dass ich jetzt in einem thüringischen Krankenhaus bin - jedenfalls in Deutschland!

Ich werde hier untersucht und versorgt. Alles geht recht ruhig zu, so richtig schön ruhig, wenn ich mit meinen Eindrücken von Spanien vergleiche. Das ganze Fluidum ist jetzt einfach erholsam für mich - was wohl mit dem jeweiligen Landestemperament zu tun hat. In Spanien wurden die Türen oft aufgelassen - sicher auch wegen der Wärme. Und überall durfte mit den Handys telefoniert werden. Das ergab eine ständige Unruhe, und der konnte ich in keiner Weise ausweichen.

Vieles wird hier mit mir gemacht, ich weiß nicht, was alles. Bestimmt sind das alles notwendige Sachen. Jedenfalls nichts Schmerzhaftes, das ist schon mal gut. Ich lasse alles mit mir geschehen, was sonst? Was, ein Blasenkatheter soll angebracht werden? Hört sich nicht gut an. Will ich eigentlich nicht, aber was soll ich machen? Es tut nicht so weh wie vermutet und macht auch sonst keine Probleme. Na gut, was soll´s.

Ich werde wieder müde und schlafe ein.

***

Nun sitzen wir um 22.45 Uhr in der Notaufnahme der Klinik und warten darauf, dass wir erfahren, wo Katrin liegt.

Eine junge Assistenzärztin kommt und teilt uns mit, dass sie Katrin auf die Intensivstation gelegt haben, um sie komplett zu überwachen, weil aus den Unterlagen - diese sind nur in Spanisch - wenig hervorgeht. Sie soll auch gleich noch ins CT, um einen ersten Überblick zu erhalten.

Wir könnten noch eine Stunde warten, aber die letzten Tage waren so hart, dass wir es vorziehen, nach Hause zu fahren. Wir sind zufrieden: Erstens sind wir in Deutschland ohne große Probleme, und Katrin hat auch durchgehalten.

Zweitens erhalten wir Auskünfte, die wir ohne weitere Umstände verstehen!! Da ist man endlich ohne unnötige Ängste.

Zunächst gibt es noch einmal Aufregung. Weil wir aus Spanien kommen und Katrin hustet, prüft man, ob Katrin mit der Schweinegrippe infiziert ist. Die Schwestern müssen das möglichst ausschließen. Das fehlte gerade noch!

Eine kleine Weile später stellt sich heraus, dass es sich „nur" um eine Lungenentzündung handelt. Wahrscheinlich hat Katrin von dem ganzen Zirkus kaum etwas mitbekommen, zum Glück. Sie soll sich an der Ruhe erfreuen und daran, dass sie alles verstehen kann!

***

Ich liege in einem Krankenzimmer, nicht allein. Irgendwie sind da noch andere, und zwar mehrere. Aber zwischen den Betten sind Vorhänge. Auf jeden Fall man kann sich nicht gegenseitig sehen.

Irgendeiner beginnt zu reden. Man solle doch sich gegenseitig erzählen, wer man ist, woher man kommt und wie es einen hierher verschlagen hat. Das Ganze natürlich nun in Deutsch. Schon das finde ich sehr gut, weil ich so endlich einmal verstehen kann, worum es geht.

Jeder hat sein Schicksal, bei jedem gab es ein anderes Unglück, eins größer, das andere nicht ganz so schlimm. Den meisten ist im Urlaub irgendetwas passiert - unglücklicher Sturz, Kreislaufprobleme, etwas gebrochen...

So, nun habe ich das Gefühl: Jetzt bist du an der Reihe.

Aber ich weiß, das wird nicht gehen. Ich bin einfach nicht in der Lage, etwas von mir zu erzählen und sollte es gar nicht erst versuchen. Ich bringe bestimmt kein vernünftiges Wort heraus. Im Kopf ist schon alles ziemlich klar, was ich sagen könnte. Das ist erst einmal etwas wert. Hier im Zimmer warten offensichtlich alle darauf, dass jetzt aus meiner Ecke auch etwas kommt. Der Druck, sich zu äußern, ist für mich richtig spürbar. Eine erwartungsvolle Stille liegt in der Luft. Wie viele Sekunden? Unendlich lange.

Weil ich nicht dazu imstande bin, lasse ich es einfach bleiben, etwas zu sagen. In meinem Hinterkopf ist der Gedanke: Dich kann ja keiner sehen! Wie es in solchen Momenten ist: Die stille Erwartung wird schier unerträglich. Ich fühle mich förmlich gezwungen, etwas zu sagen. Ich schweige, wenn es mir auch schwer fällt.

Und endlich tritt das ein, was ich jetzt immer mehr gehofft habe: Der Nächste spricht über sich. Vorbei! Erleichterung. Ich bin der stille Zuhörer, der sich alles anhört.

NUR DIE SACHE IST VERLOREN, DIE MAN AUFGIBT.
(G. E. LESSING)

Schließlich komme ich auf die Normalstation in ein Dreipersonenzimmer. Es ist schön, dass es nicht mit drei Personen voll besetzt ist. Wir sind und bleiben zu zweit, Frau Müller und ich. Im Gegensatz zu mir ist Frau Müller in der Lage zu laufen. Sie soll erst in ein paar Tagen operiert werden, erzählt sie mir. Sie ist übrigens alleinstehend, bekommt leider in der ganzen Zeit so gut wie keinen Besuch, jedenfalls sehr, sehr selten. Dafür telefoniert sie ab und zu.

Die Zigaretten muss sie sich möglichst von draußen mitbringen lassen. Bei Ralf hat sie mit ihrer Bitte allerdings kein Glück. Lisa-Marie erledigt das manchmal, wenn sie da ist, und das recht ungern. Regelmäßig verschwindet dann Frau Müller zum Rauchen - was sein muss, muss eben sein!

Die liebste Position ist mir hier zugegebenermaßen das Liegen im Bett. Da kann ich mich gut anlehnen und dabei die Neigung günstig einrichten. Außerdem kann ich wunderbar nach links aus dem Fenster schauen, denn mein Bett steht am Fenster.

***

Zum Essen wollen die Schwestern verständlicherweise, dass ich mich an den Tisch setze. Aber ich weniger. An den ersten Tagen durfte ich noch im Bett bleiben zu den Mahlzeiten, doch das ist nun vorbei. Im Bett essen - wo gibt es so etwas auch!? Na, im Krankenhaus, und da bin ich ja!

Hier bekomme ich das Essen immer auf einem Tablett. Dieses steht auf dem Tisch und wartet darauf, dass ich hinkomme.

An den Tisch setzen. Sitzen ist ja auch ganz einfach. Normalerweise. Erst einmal heißt es jetzt jedoch: Zum Tisch hinfahren. Dann die Rollstuhlbremsen festmachen, damit der nicht mal schnell weg ist. Man kann das gar nicht oft genug sagen, so wichtig ist diese Minitätigkeit. Dann kann ich hinüberwechseln auf den Stuhl.

So, nun schaue ich nach, was sich unter der Abdeckung aus Plaste verbirgt. Appetit habe ich meistens. Aber ob der bleibt, das entscheidet sich je nachdem, was ich dort vorfinde.

Am Morgen hebe ich den Deckel weniger gern hoch, denn ich weiß: Darunter erwartet mich ein Pudding. Zugegeben, er hat immer mal eine andere Farbe - weiß oder schokoladig oder rosa. Doch ich kann mit der Zeit nur noch zähneknirschend meine Witze darüber machen, weil ich den Pudding mit der Zeit gründlich über bekomme. Immer das schöne Erlebnis: Es kommt ein Tablett mit einem zugedeckten Teller - ich nehme den Deckel ab - was ist da wohl darunter?? Der „leckere" Pudding. Spannend ist dabei nur die Farbe, ansonsten - Hilfe! Mit der Zeit schaue ich mit immer mehr Grauen nach, und zum Aufessen habe ich überhaupt keine Lust mehr.

Mittags ist das schon anders. Da finde ich unter der Abdeckung einen Kloß mit Gemüse und Fleisch. Das schmeckt mir dann viel besser!

Doch das andere! So anspruchsvoll bin ich nun wirklich nicht. Das ist so eine Notwendigkeit, die sich ergeben hat, weil ich in meinem Zustand keine normalen Sachen essen darf wegen der Gefahr des Verschluckens. Wenn das Essen in die Luftröhre statt in die Speiseröhre gelangen würde, das wäre nicht so gut! Infolge des Schlaganfalls funktioniert bei mir der gesamte Schluckvorgang überhaupt nicht, sodass nur breiartige Nahrung möglich ist. Verflixte Schluckkost - zwar notwendig, aber trotzdem mit der Zeit belastend.

Zu trinken bekomme ich meist Kräutertee. Kein Problem, Kräutertee trinke ich gern. Es gibt jedoch immer noch etwas zu beachten mit dem Trinken, denn es muss angedickt werden - Stichwort „Schluckkost"! Dafür steht eine Büchse da mit einem Pulver, von dem in jedes Getränk ein Löffel gegeben werden muss, damit ich es überhaupt zu mir nehmen kann. Das macht sonst nichts weiter, denn das Pulver ist ohne Geschmack, tut also dem Trinken keinen Abbruch.

Die Vorstellung, eine Flasche Flüssigkeit anzusetzen und zu trinken, ohne sich zu verschlucken, ist so einfach. Doch so etwas ist schlicht undenkbar. Wie lange noch? Oder soll das etwa nun immer so sein? Da gibt es einfach keine Vorstellung. Ich muss weiter sehen und schauen, was sich ergibt, da hilft nichts.

Zumindest zum Abendbrot darf ich auch Weißbrot essen mit irgendeinem Brotaufstrich, allerdings mit abgetrennten Rändern. Und schön vorsichtig! Ein richtiger Genuss gegenüber dem Pudding! Einer der Pfleger freut sich, wenn ich beim Abendbrot manchmal noch eine Schnitte mehr verlange, weil es mir schmeckt.

Wenn ich am Tisch sitze, kommt nach ein paar Minuten der Moment, wo ich denke, dass es mir schwindlig wird. Folglich bin ich bestrebt, dass ich fertig werde mit Essen, damit ich schnell wieder zurück ins Bett kann. Aber alleine geht das nicht. Eigentlich will ich möglichst warten, bis die Schwester wiederkommt, damit ich ihr diesen Wunsch sagen kann. Aber oft ist es so, dass ich es bald schon nicht mehr im Sitzen aushalte. Und dann greife ich mir eben doch das kleine weiße Kästchen mit dem roten Knopf und klingele nach der Schwester, zwar ungern, doch was hilft es denn? Sie fährt mich hin zum Bett. Mit ihrer Hilfe hieve ich mich hinüber und lehne mich an - aaaah! Wenn ich mich auf dem Bett etwas zurücklehnen kann, fühle ich mich sowieso am wohlsten. Also geht nun nicht einmal mehr das „normale" Sitzen!?

***

Mein Fortbewegungsmittel ist der Rollstuhl. Dass dieser ein ziemlich schweres Gerät ist, merke ich immer an der Anstrengung, wenn mich jemand damit schiebt, insbesondere draußen vor der Klinik.

In den Rollstuhl setzen - das ist wieder so eine Selbstverständlichkeit, die einfach klingt. Ist sie aber nicht. Zunächst muss jemand das Gefährt neben das Bett stellen. Dann schiebe ich mich an den Bettrand und bringe die Füße auf den Boden. Nun drehe ich mich unter intensivem Festhalten so, dass ich gefahrlos im Rollstuhl landen kann, bei dem natürlich dafür die Bremsen angezogen sein müssen! Das dauert seine Zeit, und helfen lassen will ich mir dabei so wenig wie möglich. Dass jemand mit dabei ist zur Kontrolle, das mag zur Sicherheit schon sein. So langsam mache ich das aber möglichst alleine, denn bei jeder Kleinigkeit jemanden fragen müssen - wer macht das schon gerne?? So steht der Rollstuhl immer neben dem Bett bereit für irgendwelche „Fahrten".

Das Problem ist bei allen diesen Dingen die Selbständigkeit. Eigentlich bin ich die ja gewöhnt, und ich möchte sie möglichst wieder. Jeder Schritt in diese Richtung ist ein Erfolg für mich. Jede banale Kleinigkeit, die ich nicht fragen muss, erleichtert mich. Denn: sich helfen lassen, ist gut und schön, aber bitte nicht bis in alle Ewigkeit!

Was könnten das für Kleinigkeiten sein? Alles Dinge, woran man normalerweise keinen Gedanken verschwenden muss.

Zum Beispiel möchte man am Morgen und am Abend ins Bad, um sich zu waschen, Zähne zu putzen und sich zu kämmen. Das kann ich nun zum Glück endlich allein. Aber fangen wir an mit dem Vorgang „Ich begebe mich ins Bad“: In den Rollstuhl setzen und damit ins Bad fahren. Ja, ganz einfach. Bremsen des Rollstuhls lösen, ihn in die richtige Richtung drehen und dann fortbewegen, indem man mit den Händen die Räder schiebt. Natürlich erst einmal so weit, bis man an der Tür ist. Dann wieder neu drehen und durch die Tür ins Bad. Aber möglichst, ohne anzustoßen! Schön, dass hier ganz selbstverständlich keine hohe Schwelle an der Tür ist! Und so komme ich vorm Waschbecken an. Dort den Rollstuhl ausrichten, Bremsen anstellen, dann kann die Kosmetik beginnen!

Wem das zu profan und unvorstellbar ist, der sollte rein aus Spaß einmal „einen Tag, an dem ich nicht laufen kann“ einschieben. Da kann man sich viel besser vorstellen, wie das so ist und wie man sich dabei fühlt. Dazu kommt aber noch die Tatsache, dass man das ausprobiert mit der Gewissheit: Wenn ich keine Lust mehr habe, mache ich normal weiter, was denn sonst! Leider fehlt bei mir diese Tatsache. „Normal“ ist nicht mehr (vielleicht nie mehr?!)! Toll, nicht wahr?

Machen wir weiter. Mehrmals am Tag muss man ja auf die Toilette gehen. Hoppla, wie war das? Gehen!? Na, jedenfalls komme ich ja ins Bad erst einmal mit dem Rollstuhl. Aber umsetzen aufs Klo möchte ich mich schon noch. Und vor dem Hinsetzen die Hosen herunter und sich dabei noch festhalten, dass ich nicht umfalle. Also mit der einen Hand das eine und mit der zweiten das andere. In einem behindertengerechten Bad wie hier gibt es ja auch Griffe zum Festhalten!

Sitze ich, dann kann ich mein „Geschäft“ erledigen. Danach - natürlich säubern und natürlich selber. Zum Glück kann ich das, muss ich wieder sagen. Am Ende möchte die Schwester eine kleine Kontrolle haben: Was ist jetzt passiert? Und komme ich auch heil wieder zurück in den Rollstuhl? Also ziehe ich nun an der roten Schnur, die für solche und für Notfälle an der Wand hängt und die Schwester ruft. Die registriert den Vorgang, wartet, bis ich mich wieder angezogen und in den Rollstuhl begeben habe, und geht wieder. Nächste Tätigkeit: Zurück ins Bett.

Nachts ist das wieder anders. Da gibt es die beliebte Bettpfanne, mir bekannt von diversen Karikaturen. Wenn es allerdings „soweit“ ist, dann ist mir weniger nach Karikaturen zumute. Eigentlich bin ich in solchen Momenten erleichtert, wenn ich durchschlafen kann und diese unbeliebte Frage gar nicht steht. Das geht aber nicht immer. Also bringt die Schwester das „schöne" Gerät und lässt mich damit allein. Da soll mir jemand sagen, dass man Muße fürs „Geschäft" hat, wenn man sich, im Bett liegend, da hinaufgewunden hat und außerdem in einer Superhaltung liegt. Das geht nur bei absoluter Notwendigkeit, und am besten ist es überhaupt, man kann „es" sich verkneifen. Ansonsten hoffe ich immer, die Schwester sagt, ich solle mit dem Rollstuhl aufs Klo. Oder ich frage, ob ich das darf. Na ja, vergessen wir das lieber.

***

Zum Schlafen an sich. Am liebsten will ich allein schlafen. Und ich beneide Frau Müller: Sie legt sich hin und scheint im Nu eingeschlafen zu sein. Sie sagt auch, dass das so ist.

Das ist bei mir etwas anders. Ich bin jetzt inzwischen wochenlang im Krankenhaus mit der Haupttätigkeit Liegen und Ausruhen. Da habe ich keine Lust mehr zum langen Schlafen. Neun Stunden oder länger am Stück schlafen, Hilfe! Aber jemanden stören will ich auch nicht. Wo ist da ein Ausweg?? Ich bitte den Pfleger um eine Möglichkeit für die Nacht.

Einer der Pfleger, die nachts da sind, versteht so ein bisschen, wie es mir geht, und versucht mir zu helfen. In zwei Nächten legt er mich zum Schlafen in ein separates Zimmer. Dort kann ich mich nachts drehen und winden, wie ich will, und es stört niemanden. Aber dann ist das Zimmer belegt. Und nun?

Am folgenden Abend schiebt er mein Bett direkt auf den Gang, wo ich dann versuche zu schlafen. Aber das geht einfach nicht, denn erstens ist es hier viel zu hell, und zweitens kommt andauernd jemand vorbei.

So verfrachtet er mich in irgendein Vorzimmer. Ich will es mir gemütlich machen. Aber auch hier fällt Licht herein. Ich drehe mich herum, dass der Kopf am Fußende ist, und versuche, irgendeine Position zu finden, in der ich endlich einschlafen kann. Das muss doch mal so weit sein! Ist es aber nicht. Da kann ich machen, was ich will. Je mehr ich das will und mir Mühe gebe, um so weniger geht es.

Es belastet mich schon, in dieser Weise Umstände zu machen, aber es geht und geht halt mit dem Schlafen nicht - da ist nichts zu wollen. Ich bin einfach zu ausgeruht, um schlafen zu können. So richtig bewegen und drehen im Bett kann ich mich auch nicht, da die linke Seite überhaupt nicht so mitmacht, wie sie soll. So kommt es ein paar Mal dazu, dass ich mich im Bett umgedreht habe und nicht wieder selbst zurückkomme. Dann muss der Pfleger kommen und mir helfen. Logischerweise ist er mit der Zeit sauer. Tut mir leid, ich kann nicht anders! Dieser Zustand ist für beide Seiten belastend. Ich bin unzufrieden und vielleicht etwas unausstehlich. Jedenfalls bin immer heilfroh, wenn die lange Nacht vorbei ist und ich nicht mehr schlafen muss.

***

Ob ungerechterweise oder nicht: Frau Seidel und Frau Bauer, zwei Rentnerinnen, kamen kurz vor mir in die Klinik. Folglich sollen sie schon am folgenden Montag in die REHA kommen, während ich noch eine Woche hier bleiben muss, bis der nächste REHA-Platz frei wird. Da frage ich mich schon: Warum nicht jetzt ich! Je eher intensiv etwas gemacht wird, desto besser ist es doch, so viel ist mir schon klar! Schließlich geht es doch bei mir um die Wieder-Arbeitsfähigkeit, und die beiden sind Rentnerinnen und zu Hause. Das klingt zwar nicht gut, ist aber wahr. Jeder andere in meiner Situation würde auch so denken, oder?!

Manche Beobachtungen, die ich hier mache, sind sowieso einfach deprimierend. Gerade Frau Bauer muss rundum sehr intensiv versorgt werden, also auch gefüttert. Ich kann sie von meinem Bett aus direkt sehen im Zimmer gegenüber. Die junge Schwester gibt ihr einen Löffel nach dem anderen zu essen beziehungsweise probiert, ob das Essen angenommen wird. Manchmal schüttelt Frau Bauer den Kopf, will nichts mehr, dann kommt der Spruch: „Frau Bauer, Sie müssen doch essen!“ Der nächste Löffel, ein neuer Versuch. Jetzt nimmt sie ihn. Und so weiter. So ähnlich geht das bei jeder Mahlzeit und jeden Tag neu.

Es ist eben so. Außerdem muss sie ja ihr Quantum zu essen bekommen, irgendwie. Das ist die Aufgabe der Schwester.

***

Sa., 1. Aug.

Volles Aufgebot bei Katrin: Benny mit Freundin, meine Mutter, Lisa und ich.

15 Uhr kurzer Besuch von Lisa und mir, dann Benny und seine Freundin, dann meine Mutter mit mir. Viel Tamtam und lange Gespräche. Dann kommt noch einmal Benny.

Der Arzt kommt zwischendurch und sagt zu Katrin, dass sie nun auf Normalstation verlegt wird. Katrin ist freudig überrascht. Sie wird von allen Anschlüssen befreit (außer dem Blasenkatheter) und in den Rollstuhl gesetzt. Dann geht die Fahrt los. Das steile Sitzen mit Kopf oben gefällt ihr aber noch gar nicht, und sie wird etwas schräger gestellt.

Im neuen Zimmer im vierten Stock wird sie ins Bett umgelagert und freut sich. Fensterplatz, frische Luft, einfach schön.

Mit zunehmender Zeit jedoch wird sie unleidlich. Es ist auch belastend, wenn fünf Personen auf sie einreden. Und Oma möchte ihr am liebsten einen kleinen Teddy schenken - das dann doch lieber nicht!!

Nach all dem und dem improvisierten Abendbrot wird ihr schwindlig, und sie klagt. Der Pfleger hängt eine Tropfflasche an. Sie hat wahrscheinlich in dieser allgemeinen Stresssituation viel zu wenig getrunken. Deshalb wird auch der Arzt noch einmal gerufen (der übrigens nur allein mit Katrin spricht), aber ohne große Wirkungen. Ich bin dann noch lange allein mit Katrin und beruhige und tröste sie.

Man merkt, wir beide sind eine feste Gemeinschaft. Katrin braucht mich und will mich. Nur allein ich kann sie beruhigen. Katrin, ich liebe dich auch!

Als wir uns verabschieden, will sie noch wissen, wie das morgen ist. Ich erkläre ihr, dass vormittags Benny mit seiner Freundin sowie Om´l noch einmal kommen, die anschließend nach Hause weiterfahren. Und am Nachmittag kommen wir, Lisa-Marie und ich.

Sie nickt, und wir verabschieden uns und winken uns gegenseitig zu.

Katrin kann noch Fernsehen schauen, wenn sie will, Telefon gibt es auch, alles moderne Technik. Doch für Katrin ist das alles jetzt recht kompliziert.

Übrigens erklärt uns der Pfleger, dass wir das Linke-Hand-Training machen sollen.

Katrin kann schon recht gut die Hand drücken und zugreifen und dabei auch den Arm etwas bewegen. Also wieder etwas Neues.

Vom Leiden einmal abgesehen, sind Krankheiten als Wegweiser durchaus gesund.
(Oliver Hassencamp)

Was mache ich den ganzen Tag lang? Man soll es nicht glauben - nicht viel.

Zum Lesen habe ich keine richtige Lust. Schon das ist bei mir nicht normal. Ich lese eigentlich sehr gerne. Aber es dauert jetzt viel länger, und nach kurzer Zeit habe ich keine Lust mehr und höre auf. Da hat mir unsere Nachbarin von zu Hause extra eines ihrer Lieblingsbücher durch Ralf mitbringen lassen! Ich lese darin jeden Tag ein paar Seiten, doch das dauert und dauert mit dem Vorankommen. Manchmal weiß ich gar nichts mehr über das, was ich beim letzten Mal gelesen habe. Gedächtnis?? Konzentration?? Kann ich auf Besserung hoffen??

Und wie ich es schon in Spanien ein bisschen erfolglos probiert hatte - Sudoku. Nach wie vor geht das nicht so richtig. Ab und zu gelingt es mir, eines zu lösen. Es schleichen sich aber immer wieder Fehler ein, meist, weil ich etwas übersehen habe.

Das liegt auch an meinem nicht ganz vollständigen Gesichtsfeld. Nach wie vor ist es damit noch nicht so gut bestellt. Links fehlt etwas, so, als ob dort jemand unregelmäßig darübergewischt hat, und der Wischer bleibt und geht einfach nicht weg. Deswegen steht auch mein Nachttisch links vom Bett. Das ist garantiert kein Zufall. Die Betreuungspersonen und Therapeuten kommen immer auf die linke Seite.

Apropos Therapeuten. Sie bringen willkommene Abwechslung in meinen Alltag. Wann jemand kommt, ist jedes Mal eine willkommene Überraschung, denn manchmal wissen die Therapeuten selbst nicht, wann sie das nächste Mal zu mir kommen werden. Von mir aus gesehen, könnten sie viel öfter da sein. Aber sie haben natürlich ihren Zeitplan.

Da ist einmal die Ergotherapie für meine linke Seite. Das geht schon mit so einfachen Dingen los wie etwas in die Hand nehmen und wieder loslassen, immer und immer wieder. Oder ein elastischer Ball muss geknetet und in der Hand gedreht werden in alle Richtungen, natürlich links.

Das Gehirn fasst auf nach der Methode „Learning by doing“, das merke ich. Aber das geht ziemlich langsam, nicht so schnell, wie ich gerne möchte!

Manchmal findet die Ergotherapie übrigens auch woanders statt. Dazu holt mich die Therapeutin in ihren Raum. Sie nimmt mich mit: den Gang vor und mit dem Fahrstuhl eine Etage tiefer. Im Therapieraum befinden sich zwei Tische mit Stühlen dazu, Liegen sowie allerlei Gerätschaften, die für die Ergotherapie gebraucht werden, meist aus Holz und oft bunt.

Zum Beispiel gibt es ein riesengroßes Solitärspiel. Das Spielfeld ist einen reichlichen halben Meter im Quadrat groß. Glücklicherweise sind die rund zwanzig Zentimeter großen Holzstecker schon an ihren Plätzen. Wie das Spiel funktioniert, weiß ich, und dass es nicht vorrangig darauf ankommt, dass möglichst ganz wenige Stecker übrig bleiben - so weit sind wir noch lange, lange nicht!

Also los! Einen geeigneten Stecker herausnehmen, einen anderen damit überspringen. Der Stecker muss zunächst neu festgesteckt werden. Ich weiß zwar, wie es gehen müsste, aber ES GEHT EBEN NICHT! Die Hand macht nur mit äußerster Konzentration annähernd so etwas, was sie soll. Den Stecker dorthin bringen, wo er hin soll - das ist gar nicht so einfach! Mit der Zeit wird der Stecker unendlich schwer. Und durch irgendeine dumme ungewollte Bewegung kann er auch, obwohl er schon steckt, wieder herausfallen. Der übersprungene Stecker muss außerdem noch herausgenommen und zur Seite gelegt werden. Uff! Schwerstarbeit!

Schnell tritt bei mir Ermüdung ein. Ich merke, welche Mühe das macht, mich zu konzentrieren. Es fällt mir alles ziemlich schwer, obwohl es im Grunde ganz simple Dinge sind. Das aufrechte Sitzen ist auch noch eine Schwierigkeit für sich. Die Therapeutin merkt mir an, dass es genügt, bringt mich zurück und hilft mir ins Bett. Ziemlich nass geschwitzt lasse ich mich erleichtert zurücksinken aufs Kissen und atme durch. Es reicht! Was eigentlich, könnte jemand fragen.

Ralf hat mir übrigens das Solitärspiel von uns zu Hause mitgebracht, welches viel kleiner ist, als das hier verwendete. Für mich allerdings viel zu klein. So einen Stecker gezielt erfassen und woanders hin stecken, das geht überhaupt nicht. So genau kann ich nicht zufassen, es ist zum Verzweifeln! Ich gebe Frau Müller in meinem Zimmer das Spiel, die es gern ab und zu in Beschlag nimmt.

Logopädie ist auch zweimal in der Woche. Wir üben entweder spezielle Wörter oder Zungenbrecher, bei denen ich immer denken muss: Da bleibt selbst ein „Normaler“ stecken!

„Der Cottbuser Postkutscher putzt den Cottbuser Postkutschkasten.“

„Zwischen zwei Zwetschgenzweigen zwitschern zwei zierliche Spatzen.“

„Wir Wiener Waschweiber würden weiße Wäsche waschen, wenn wir wüssten, wo warmes Wasser wär.“ Und so weiter.

Weil ich den Tag über sehr viel Zeit habe, soll ich das und noch mehr, was sie mir auf einem Blatt in schöner großer Schrift gibt, mehrmals laut lesen. Das mache ich auch. Entweder, wenn ich allein bin, oder zur gegenseitigen Erheiterung mit meiner Mitbewohnerin zusammen.

Die Logopädin heftet mir alles, was wir im Laufe der Zeit gemacht haben, zusammen und fügt noch ein paar weitere Übungen dazu, auch solche „für den Grips“. Zum Beispiel Wortfindungsübungen mit bestimmten Anfangs- oder Endbuchstaben, Geschichten aus zehn vorgegebenen Wörtern bauen, Sudokus und anderes. Da kommt insgesamt schon ein ganz schöner Hefter zusammen!

Physiotherapie gibt es auch. Meistens werden Gehversuche gemacht oder Arm und Bein besonders links massiert. Viele alltägliche Dinge werden trainiert, zum Beispiel aus dem oder ins Bett steigen und das Laufen überhaupt.

Eines Tages kommen die Therapeuten sogar zu zweit. Die Übungen strengen mich ziemlich an, aufstehen und Gehversuche und so etwas. Auf einmal laufe ich auf einer grünen Wiese herum, es ist so richtig schön. Plötzlich werde ich gestört. „Aufwachen!“, höre ich. Als sich die Sternchen verflüchtigt haben, sehe ich Leute um mich herumstehen, die mich anschauen. Kenne ich jemand von ihnen? Was ist los hier?

Ach so, ich liege im Bett und bin im Krankenhaus. Oder wo sonst eigentlich? Ah, und da sind die beiden Physiotherapeuten dabei. Irgendwie scheine ich mich so angestrengt zu haben, dass ich gleich umgefallen bin. Oder was?

Allerdings diagnostizieren die Ärzte bei mir einen epileptischen Anfall, wie ich das mit der Zeit mitbekomme.

Was wird denn das jetzt? Was ergibt das für Probleme? Lange Zeit Medikamente deswegen, womöglich Psychopharmaka? Eine innere Angst stellt sich bei mir ein. Ich denke da beispielsweise ans Autofahren, was dadurch unmöglich werden könnte.

Wir werden sehen. Machen kann ich sowieso nichts. Als Perspektive bekomme ich zu hören: Wenn im kommenden Jahr so etwas nicht wieder auftritt, kann man von Anfallsfreiheit sprechen. Eine verflixt lange Zeit. Außerdem soll ein Medikament mögliche weitere Anfälle unterdrücken.

Toll, Medikamente gegen Epilepsie - welche Nebenwirkungen kann es da geben? Hier tun sich mir gar nicht angenehme Fragen und Probleme auf. Reden wir mal gar nicht von Persönlichkeitsveränderungen oder solchen Dingen. Was ich da bisher alles so gehört habe! Früh und abends eine Tablette - wie lange soll das gehen? Wird da irgendwann überhaupt ein Ende absehbar sein??

***

Alle diese Therapien finden maximal zweimal in der Woche am Vormittag statt. Das ist mir eigentlich viel zu wenig. Das liegt daran, dass im Krankenhaus in dieser Hinsicht weniger gemacht wird als dann in der REHA. Deswegen warte ich schon sehnlichst auf meine Verlegung. Bis es soweit ist, muss ich allerdings noch Geduld haben.

***

Die., 11. Aug.

Heute ganz in Familie: Lisa-Marie und Benny sind auch mit da.

Neue Erfolge bei Katrin: Sie kann ganz gut mit ihrem Arm umgehen, verschränkt sogar die Arme vor der Brust. Außerdem ist sie heute schon bei der Physiotherapie etwas „gelaufen".

In die Getränke kommt kein „Tapetenleim" mehr.

Und seit drei bis vier Tagen gibt es keine Restless-Legs-Symptome mehr. Das scheint an den Tabletten nach dem Abendbrotessen zu liegen (Sa – 3, So – 2, Mo 1, heute ½).

Außerdem hat Katrin heute Abend eine Scheibe Weißbrot erbettelt – und sie ist ihr gut bekommen!

***

Mi., 12. Aug.

Gegen neun Uhr ruft Mud zu Hause an. Lisa-Marie sagt, dass Katrin gut zu verstehen war.

Wieder große Fortschritte: Seit gestern wird Laufen geübt. Katrin macht mit uns noch dreimal Laufübungen an der Seitenleiste des Ganges über ein paar Meter!

Außerdem diskutiert sie mit der Schwester, dass sie abends Brot bekommen möchte - sie hat nämlich wieder nur Gemüsesuppe. Dann kommt die Ärztin und testet noch einmal den linken Arm, den Katrin jetzt ganz schön anhebt. Sie kann sich damit sogar schon an die Nase fassen. Auch das linke Bein geht ganz gut.

Am Abend bekommt Katrin zwei Scheiben Weißbrot mit Butter und Streichkäse.

Außerdem hat die Logopädin am Vormittag zu Katrin gesagt, dass sie schon große Fortschritte macht.

Heute wieder ganz in Familie! Auch Katrins Schwester und ihr Mann sind zu Besuch gekommen.

MAN IST IMMER GLÜCKLICH, WENN MAN KRÄFTE IN SICH ... FINDET, DIE MAN SICH SELBST NICHT ZUTRAUT.

(J. G. ZIMMERMANN)

Auf Ralfs Besuch warte ich immer sehr. Für die Zeit bis dahin, besonders mittags, muss ich mir immer etwas überlegen, um mich vom Warten abzulenken. Zum Beispiel durch irgendeine Fernsehsendung. Nach dreizehn Uhr eignet sich auf dem RBB „In aller Freundschaft“, unsere Seifenoper, die wir uns regelmäßig „antun“. Es sind zwar bekannte Serien, die schon einmal liefen, aber das macht nichts. Das versteht sowieso kein Mensch: Da liege ich nun schon im Krankenhaus und gucke mir noch Krankenhausserien an! Aber ja, das geht schon!

Während diese Serie läuft oder danach würde ich Besuch bekommen. So ist meine tägliche Erwartung. Natürlich weiß ich, dass Ralf so bald wie möglich kommen wird. Doch wenn es einmal länger dauert als in meiner inneren Uhr vorgesehen, dann wird es schon ein Warten, Warten, Warten.

Doch irgendwann ist es dann soweit und es kommen die schönsten Stunden des Tages. Das Wetter ist uns hier bis auf ganz wenige Ausnahmen hold, sodass wir meistens hinaus können.

Ich muss mich sowieso fahren lassen. Also heißt es: zunächst vom Bett in den Rollstuhl, dann den Gang vor bis zum Fahrstuhl, hinunter ins Erdgeschoss, den langen Weg vor bis zur Tür - und hinaus! Vom Eingang aus können wir in den Park, und hier wählen wir jedes Mal eine etwas andere Runde die verschiedenen asphaltierten Wege entlang. Mit dem Rollstuhl sind keine großartigen Abwege möglich, denn das Gerät ist ja schwer genug.

Meist suchen wir uns einen Platz in der Sonne oder begeben uns an den kleinen Teich in der Nähe, um die Gemeinsamkeit und die Umgebung zu genießen. Ich will auch nicht behaupten, dass ich den absoluten Überblick habe, wo wir gerade sind oder wo wir hin müssen. Da fehlt es bei mir noch ganz schön. Schon gut, dass ich das überhaupt bemerke.

Ich lasse einfach alles mit mir geschehen. Das ist schon eigenartig: Bisher bestimmte ich immer für mich selbst, was ich machte oder machen musste oder wo ich hin wollte. Und jetzt? Manchmal bin ich einfach froh, wenn in dieser Hinsicht für mich GEDACHT WIRD. Warum? Weil ich es einfach nicht kann! Ich bin darauf angewiesen.

Besonders schön ist es, wenn Lisa-Marie oder Benjamin oder vielleicht sogar alle beide mit kommen. Lisa-Marie muss irgendwann in nächster Zeit wieder fort, und Benjamins Studium geht auch weiter. Es ist schön, dass die beiden in dieser schweren Zeit für uns da sind und vor allem auch wollen, dass das so ist. Ich nehme das jetzt erst bewusst wahr. Bisher war das eben normal und schön und nichts weiter.

Dass Lisa-Marie mit nach Spanien kam, DAS WAR EINFACH SO für mich! Hoppla! Wie sie dahin kam, das war selbstverständlich und überhaupt kein Grund für mich, darüber nachzudenken!

Dass Benjamin währenddessen zu Hause alles gemanagt hat, davon habe ich gar nichts mitbekommen. Nanu! Das alles verstand sich für mich von selbst. Das war außerdem soooo weit weg. Über die ganzen Umstände lasse ich mich nun allmählich aufklären.

***

Während der Besuche gehen wir zwischendurch meistens noch einmal in die Cafeteria. Wer Hunger oder einfach Appetit hat, genehmigt sich ein richtiges Essen oder ein Eis oder einen Kaffee. Mir fällt es eigenartigerweise überhaupt nicht schwer da zuzugucken. Irgendwie bin ich darauf eingestellt, dass ich dann später mein Essen bekommen werde. Außerdem muss es sowieso diese besondere Schluckkost sein, also angedicktes Trinken und breiförmiges Essen, im besten Falle Weißbrot, bei dem die Rinden abgeschnitten wurden. Normales Essen bringe ich wahrscheinlich gar nicht problemlos hinter.

An einem der Besuchstage kommt Ralf mit einem Pflaster an der Stirn. Er ist so im Stress, dass er einfach gegen eine der Säulen im Erdgeschoss gelaufen ist. Zum Glück ist nichts Schlimmeres passiert. Ansonsten ist diese Begebenheit einfach etwas kurios, wenn man dem noch etwas abgewinnen will.

Wenn sich dann die Besuchszeit immer viel zu schnell dem Ende zuneigt, heißt das Ziel leider: Zurück zum Krankenzimmer! Also hinein ins

Gebäude, mit dem Fahrstuhl hoch, dann zur Tür mit dem Schild „Stroke Unit“ und weiter den Gang hinter.

Dort will ich versuchen ein paar Meter zu laufen. An beiden Seiten des Ganges sind Geländer angebracht. Die brauche ich jetzt unbedingt zum Festhalten.

Aber zunächst quäle ich mich aus dem Rollstuhl hoch, natürlich mit Unterstützung und stelle mich hin. Das klingt furchtbar einfach, ist es ja auch - „normalerweise“. Aber wenn man erst einmal versuchen muss überhaupt stehen zu bleiben und nicht irgendwohin umzukippen, so ist es schon etwas anderes. Und dann noch fortbewegen!

Schritt für Schritt, eigentlich unendlich langsam, bewege ich mich am Geländer entlang. Das sollte ja eigentlich einfach sein. Sollte! Es fällt mir jedoch noch sehr schwer, einen Schritt vor den anderen zu setzen. Alles ist furchtbar wacklig. Ich gerate ins Schwitzen dabei. Ohne Hilfe und ohne Geländer wäre gar nichts zu machen. Man kann sich das eigentlich gar nicht vorstellen. Das alles muss ich trotzdem noch als Erfolg werten. Und wenn es lediglich zehn, höchstens zwanzig Meter werden! Das genügt mir völlig, besser: Das muss mir genügen! Dann bin ich fix und fertig und lasse mich noch gar ins Zimmer schieben.

Aus dem Zustand meiner linken Hand mache ich mir noch meinen Spaß. Was sonst eigentlich? Ich kann zwar schon ergreifen damit, was ich möchte, aber das Hinbewegen und Fassen, das geschieht ruckweise wie bei einem Roboter. Wenn etwas zu schwer ist oder es nach kurzer Zeit wird, dann muss ich es wieder fallen lassen. Da fehlt noch eine ganze Portion Kraft.

Und jetzt kommt es: Habe ich einmal etwas in der Hand, dann ist wieder das Loslassen das Problem. Also – würde ich einmal jemand am Hals gefasst haben und würgen, dann hätten wir sie, die KILLERHAND!

ÄNGSTLICH ZU SINNEN UND ZU DENKEN, WAS MAN HÄTTE TUN KÖNNEN, IST DAS ÜBELSTE, WAS MAN TUN KANN.
(G. CHR. LICHTENBERG)

Mitte August bis Mitte Oktober 2009

Sa., So, 15. und 16. Aug.
Das Laufen geht zwar ganz langsam, und der linke Fuß sucht immer seine Trittfläche, aber es geht immer besser.
Am Montag ab in die REHA!

***

Heute soll ich endlich zur REHA in eine andere Klinik kommen. Ich kann es kaum erwarten. Gewiss ist erst einmal nur, dass es irgendwann fortgeht. Irgendwann. Gewiss.

Ich sehne den Zeitpunkt herbei, ja eigentlich schon seit einer Woche. Ich will, dass es vorwärts geht, will Fortschritte, will wieder in mein Leben zurück.

Therapien gibt es heute keine mehr. Im Laufe des Vormittags wird lediglich noch eine Untersuchung gemacht, ein EEG. Gegen Mittag erscheinen dann die Sanitäter, die mich auf einer Liege zum Krankenfahrzeug bringen. Ich werde auf dem Sitz platziert, und wir fahren los. Leider kann ich nicht viel sehen, denn die Scheiben sind aus Milchglas. Wir fahren die Autobahn entlang, soviel bekomme ich mit. Eine halbe Stunde? Oder eine ganze Stunde? Schließlich sind wir da.

Der Wagen fährt vor der Klinik vor, und ich werde mit dem Rollstuhl zwei Etagen nach oben gebracht in mein Zimmer, in mein Bett. Da liege ich nun, was denn sonst, und bin ziemlich neugierig, was jetzt kommt. Ich bin mit einer älteren Frau zusammen im Zimmer. Wir wechseln ein paar Worte zur Begrüßung - soweit mir das möglich ist. Da wir beide eher ruhige und verträgliche Typen sind, wird es keine Probleme geben. Frau Winkler kann gut laufen, im Gegensatz zu mir. Viel sagt sie nicht. Ich bin zufrieden so, denn ich kann sowieso nichts Großartiges antworten. Sie geht öfter hinaus auf den Balkon. Von draußen kommt wunderschöne frische Luft herein, und die Sonne scheint. Es ist einer der angenehmen Herbsttage.

Häufig kommen Schwestern ins Zimmer, bringen etwas in einen der Schränke oder holen etwas von dort. Es scheint so eine Art Aufbewahrungsort zu sein. Was mir auffällt, ist, dass mich alle freundlich mit dem Namen ansprechen und sich auch selbst vorstellen. Allerdings rauschen die Namen an mir vorbei. Ich kann und will mir nichts merken. Das ist keinesfalls böser Wille, sondern vielleicht eine Art Trägheit, oder kann ich mir das nicht mehr so gut merken?

Nach dem Mittagessen kommt ein jüngerer Arzt, der sich mit mir eingehend unterhält. Wie ist das Befinden, tut etwas weh, gibt es Allergien oder Ähnliches. Insgesamt habe ich den Eindruck, alles soll so optimal wie möglich eingerichtet werden. Er entscheidet über meine weitere Behandlung. Sehr wohltuend ist, dass auch gleich mit an die Restless Legs gedacht wird, und noch besser ist es, dass das Medikament auch wirkt. Als der Arzt alle Auskünfte hat, die er braucht, und sich einige Notizen gemacht hat, geht er wieder mit einem „Auf Wiedersehen, und einen angenehmen Aufenthalt!“ Ich dämmere bis zum Abendbrot vor mich hin. Irgendetwas zu machen, dazu habe ich keine Lust.

***

Meine Mitbewohnerin Frau Winkler geht zu den Mahlzeiten in den Speisesaal in der unteren Etage wie alle, die entsprechend gut drauf sind. Ich weiß nicht mal, wo dieser Speisesaal ist. Das interessiert mich auch überhaupt nicht.

Ich werde zu den Mahlzeiten in den Speiseraum auf der Etage gebracht. Dazu rollt mich die Schwester den Gang entlang um einige Ecken herum bis zum betreffenden Raum. Jeder der Patienten hat dort seinen eigenen Tisch, zu erkennen am Namensschild. Ah, dort an der Seite bin ich am Ziel, dort steht mein Name, erkenne ich. Aber erst, als wir uns schon ziemlich genähert haben. Dort werde ich platziert. „Guten Appetit!“, wünscht die Schwester. „Danke!“, sage ich. Alles ist bereit - Brot mit verschiedenen Aufstrichen, eine Tasse Tee. Man braucht sich nur bemerkbar zu machen und bekommt geholfen. Schon kommt jemand und fragt: „Wollen Sie noch Quark oder Joghurt?“ - Ich bekomme das Gewünschte und beginne zu essen. Da alles bereitgemacht ist, brauche ich es nur in die rechte Hand zu nehmen. Es schmeckt. Ich schaue mich dann hier um. Im Raum verteilt sitzen weitere Patienten, jeder an seinem Tisch. Jeder hat mit sich zu tun. Kaum, dass sich Leute unterhalten. Was mich betrifft: Ich kann sowieso nichts weiter sagen, mir ist es so recht. Ähnlich scheint es den meisten anderen auch zu gehen.

Wenn man hinterher wieder zurück aufs Zimmer will, soll man sich bemerkbar machen. Bei mir dauert das wieder einmal recht lange, bis ich fertig bin, aber ich habe ja Zeit. Doch irgendwann will ich zurück, denn mit dem aufrechten Sitzen stehe ich nach wie vor auf Kriegsfuß.

Einer der Pfleger hat bemerkt, dass ich fort will, und fragt: „Soll ich Sie auf Ihr Zimmer bringen?" Ich nicke. Also nimmt er meinen Rollstuhl und schiebt mich die Gänge entlang. Ich frage nicht, ob er weiß wohin. Aber richtig, er bringt mich in mein Zimmer, hebt mich aus dem Rollstuhl in mein Bett, stellt die Rückenlehne bequem ein und verabschiedet sich. Das Bett ist sowieso besser. Ich kann mich jederzeit hinlegen, wenn mir so ist, ohne dass sich erst jemand bemühen muss.

Ich bin allein. Die Abendsonne scheint ins Zimmer. Also lehne ich mich an und genieße die angenehmen Temperaturen und die Ruhe. Die Tür öffnet sich, und Frau Winkler kommt vom Abendbrot zurück.

Dann betritt die Schwester noch einmal das Zimmer, um alles zu richten für die Nacht und um zu fragen, ob alles so geht. Da ich schon lange im Krankenhaus bin, lasse ich mir lieber eine Einschlafhilfe geben, eine Schlaftablette auf Baldrianbasis. Ich nehme eigentlich nie Schlaftabletten. Seit man mir versichert hat, dass sie nicht süchtig macht, nehme ich sie bedenkenlos, um bis zum Morgen durchschlafen zu können. Es klappt zum Glück auch, und so lasse ich mir diese Tablette jeden Abend geben.

***

Ab und zu kommen die Therapeuten zu mir aufs Zimmer, um Übungen mit mir zu machen: Krankengymnastik, Logopädie oder Ergotherapie. Zur Logopädie, besser gesagt: Mundmotorikgruppe, werde ich immer in den dafür vorgesehenen Raum gebracht. Wo das ist, da verlasse ich mich einfach auf die Schwester. Irgendwo auf der Etage - für Genaueres fehlt mir die Orientierung. Wir sind immer ungefähr fünf Leute bei der Therapeutin.

Eines Tages nimmt mich der Physiotherapeut am Arm und bringt mich sogar hinaus auf den Balkon. Mit seiner Hilfe ist das möglich. Das ist etwas, was ich lange nicht hatte: Von hier aus bei wunderschöner Herbstsonne in die Umgebung schauen. Es ist überhaupt der erste Blick nach draußen auf diese Weise. Ein anstrengender, aber schöner Ausflug. So etwas hat bisher sonst niemand mit mir gemacht, bestimmt auch aus Sicherheitsgründen, denn schließlich kann ich mich allein überhaupt nicht halten. Selbst auf den Balkon zu gelangen ist mir unmöglich, so schön das auch wäre. Ich bin dankbar dafür wie für alles, was mich aus meiner derzeitigen „bescheidenen" Lage etwas herausbringt.

***

Mi., 19. Aug.

Ordentliche Reha: vormittags dreimal, nachmittags zweimal, abends viel Appetit/Hunger!
Beispiel für einen Tagesablauf:
10.30 Uhr – Psychologin
11.15 Uhr – Logopädin
11.45 Uhr – Ergotherapie / Mittagsruhe
14.15 Uhr – Mundmotorikgruppe
15.15 Uhr – Krankengymnastik
15.45 Uhr – Krankengymnastik
Frühstück: Semmel mit Marmelade, Becher Quark, Milchkaffee
Mittag: Kartoffeln, Gemüse, Putenschnitzel und Spinat
Abendbrot: zwei Hälften Mischbrot mit Bratwurst, zwei Hälften Mischbrot mit Wiegebraten, eine Hälfte mit Camembert, eine Hälfte mit Mettwurst; ein Schüsselchen rote Rübe, ein Schüsselchen Quark sowie Tee und Saft.

Do./Fr., 20. und 21. Aug.

Normaler Tag - aber eher zu wenige Therapien. Katrin würde sich gerne selbst belasten. Vorerst letzter Besuch von Lisa-Marie - es geht morgen nach Schottland bei ihr.

Sa./So., 22. und 23. Aug.

Nichts los; langweilig! Katrin ist kein „schwerer Fall" mehr, also sind samstags auch schon keine Therapien mehr. Wir üben selbst sprechen und laufen.

Katrin „läuft" schon fast freihändig - zwar wackelig, aber allein (natürlich mit Festhalten!). Sie geht auch selbst zum WC und wäscht sich selbst am Waschbecken.

WENN DIR DAS LEBEN EINE ZITRONE GIBT, MACH´ LIMONADE DRAUS.
(ISABEL GÜLCK)

Nach einigen Tagen werde ich auf ein Einzelzimmer verlegt, was eigentlich gar nicht so schlecht ist. Wir zwei haben uns gegenseitig nicht gestört. Aber allein ist es besser.

Doch außerdem finden alle Therapien nun immer für mich in meinem Zimmer statt. Warum ist das eigentlich jetzt so? So richtig sehe ich nicht durch. An sich mag das schon gehen, aber es sind leider weniger Therapien. Zum Beispiel darf ich überhaupt nicht ins Bad. Aber gerade das Bewegen im Wasser, wo man sich leichter vorkommt, erscheint mir therapeutisch sehr günstig. Und ausgerechnet so etwas darf nicht sein! Ich hätte irgendeinen Krankenhauskeim und der ist ansteckend, sagt man mir. Woher das rätselhafte Ding kommt, weiß niemand. Ich war seit Juli immer in Krankenhäusern, also, woher denn nun??? So richtig weiß ich nicht, was ich machen soll. Da ist etwas nicht Fassbares, und ich kann nichts dagegen tun. Wegen Problemen der Übertragungsmöglichkeiten des Keimes gibt es eindeutige Sperren.

Auf meine Frage, wie ich das wieder los werden kann, sagt man mir, die Urinprobe müsse dreimal negativ sein, dann wäre der Keim weg, und damit ist es erledigt. Wenn man sich viel draußen aufhält, wäre das nur günstig - fertig.

Also hoffe ich darauf, bald möglichst oft Urin abgeben zu können. Aber das dauert und dauert. So muss ich eben mit diesem Zustand erst einmal allein zurechtkommen. Dass man die Hände desinfizieren soll - geschenkt. Das ist in Krankenhäusern sowieso üblich und sinnvoll.

Das Essen bekomme ich auf mein Zimmer. Ich werde nicht mehr in den Raum zu den anderen zum Essen gebracht. Also habe ich nun Isolation in jeder Hinsicht. Na ja, so sehr stört mich das auch wieder nicht. Ich kann mich ganz gut allein beschäftigen.

***

Der Tag beginnt mit alltäglichen Verrichtungen wie Waschen und Zähneputzen. Ich bin froh über viel mehr Selbständigkeit als zu Beginn, denn ich brauche mir nur noch helfen zu lassen, um aus dem Rollstuhl heraus und wieder hinein zu gelangen. Es ist für beide Seiten schön, wenn man nicht wegen jedes Handgriffes fragen muss. An die Bremsen des Rollstuhls denke ich jetzt immer selbst, diesen kleinen, aber notwendigen Griff. Waschen kann ich mich mit dem Waschlappen am Waschbecken allein, nachdem die Schwester alles bereit gemacht hat.

Eigentlich bin ich schon froh, das alles, abgesehen von der beschriebenen Aufsicht und Unterstützung, selbst erledigen zu können. Man hat dadurch weniger das Gefühl der absoluten Abhängigkeit. Sich selber waschen können muss keine Selbstverständlichkeit sein!

Schließlich kommt auch der Tag, an dem ich es mit dem Duschen probieren darf. Da überall Griffe angebracht sind, komme ich ganz gut unter die Dusche. Es funktioniert so ein bisschen nach dem Motto „Immer an der Wand lang" - oder besser: „Immer an den Griffen lang", aber es geht! Mit der nötigen Vorsicht schaffe ich es zu duschen und mich danach abzutrocknen und anzuziehen, dankbar darüber, dass da ein Plaststuhl steht. Doch das Anziehen dauert mir viel zu lang! Die Klamotten an der feuchten Haut! Hauptsache, ich schaffe das allein.

Etwas Feines ist auch das Anziehen der Thrombosestrümpfe. Solange ich nicht selbst herumlaufe und mich insgesamt zu wenig bewege, sind sie notwendig, da kann man nichts machen. Zu den Leuten, die sich mokieren: „Wie das aussieht!", gehöre ich ganz sicher nicht. Aber die doch ziemlich straffen Dinger drüberzuwürgen, das macht einfach keinen Spaß! Meinen Stolz, das Anziehen alleine zu schaffen, habe ich aber. Ab jetzt lasse ich mir dabei nicht mehr helfen!

Und die Sache, „wo selbst der Kaiser zu Fuß hin geht". Ich bin offensichtlich kein Kaiser - zumindest wegen dem „zu Fuß hingehen". Hilfe beim Umsetzen ist anfangs nötig, und ich soll mich melden, wenn ich fertig bin. „Große Geschäfte" werden notiert wegen der Regelmäßigkeit. Und das Umsetzen zwischen WC und Rollstuhl, das möchte die Schwester gern selbst beaufsichtigen, damit nichts passiert und sie gegebenenfalls helfen kann.

Bin ich mit allem fertig, setzt mich die Schwester an den Tisch, und dann heißt es warten. Warten darauf, dass das Frühstück kommt. Das ist übrigens immer ganz lecker.

Nach dem Essen finde ich mich wunschgemäß auf dem Bett wieder. Doch man möchte eigentlich, dass ich mehr am Tisch sitze. Aufrechte Haltungen erzeugen bei mir aber nach wie vor noch Schwindelgefühle. Ich müsste ja sonst wieder jemanden fragen, wenn ich am Tisch sitze und ins Bett will. Also ist es am schönsten und sichersten, wenn ich gleich wieder ins Bett darf, die Rückenlehne etwas hochgestellt. Sicher nicht zufriedenstellend, aber zweckmäßig.

Über den Tag verteilt, finden die verschiedenen Therapien statt. Wer welche Therapie bei wem hat, steht an einer Tafel im Flur, die sich unmittelbar neben meinem Zimmer befindet. Dort hat jeder Patient seine Spalte, und an den bunten Stecktäfelchen ist alles ablesbar, was am Tag bei jemandem geplant ist. Das ist ganz praktisch, aber ich komme allein nicht mal dort hin.

„Wie erfahre ich eigentlich, wann ich welche Therapie habe?“, frage ich eine Schwester, die gerade hereinkommt. „Die Ärzte und Therapeuten haben immer früh Beratung, da wird das für den Tag festgelegt. So gegen neun Uhr steht das dann draußen an der Tafel.“ Sie geht wieder hinaus, hat offensichtlich einiges zu tun, und ich weiß nun Bescheid. Bloß ein Problem habe ich schon. Es steht zwar alles draußen dran, aber dorthin kann ich selber nicht. Entweder ich finde jemand Hilfsbereites, der mir meine Termine aufschreibt - oder eben nicht. Und wenn nicht: Ich brauche ja nur zu warten, dass jemand überraschend hereinkommt. Dann staunen wir uns erst einmal beide an, und dann geht es los. Geht auch - muss.

***

In der Physiotherapie wird zuerst massiert, linker Arm und linkes Bein. Dann folgen meist Gehübungen. Aus bekannten Gründen dürfen diese nicht draußen auf dem Gang stattfinden, sondern nur bei mir im Zimmer. Die Physiotherapeutin nimmt mich am Arm, und wir laufen durchs Zimmer und auf den Balkon hinaus. Weil das Runden sind, die sich immer wiederholen, fängt es mit der Zeit an, bei mir im Kopf zu drehen. Wenn sie fragt, ob ich noch kann, dann liegt es also nicht an fehlender Kraft, dass ich eine

Pause einlegen möchte, sondern vor allem daran, dass erst einmal der Drehwurm wieder verschwinden soll aus meinem Kopf.

Wenige Male geht die Physiotherapeutin trotzdem mit mir hinaus auf den Gang. Vorteil: Hier sind links und rechts am Rand die Holzstangen zum Festhalten, sodass ich das Gehen in gerader Bahn allein probieren kann. Nachteil: Ich muss wegen des Keimes den „schönen" hellgelben Kittel anziehen, und ich darf mit niemand anders in Kontakt kommen - wie denn auch eigentlich!? Aber es ist schön, für kurze Zeit nach draußen zu kommen.

Auf dem Balkon gibt es dann ein paar weitere Übungen: So soll ich mich zum Beispiel am Geländer festhalten und eine gewisse Zeit schräg nach hinten neigen und dabei festhalten, oder ich bewege mich am Geländer seitlich Schritt für Schritt entlang, erst in die eine Richtung, dann in die andere. Ab und zu machen wir eine schöne Pause: Ans Geländer lehnen und herabschauen auf den Hof und die sonstige Umgebung, und das alles in schöner warmer Herbstsonne. Das ist einfach nur angenehm.

Drin im Zimmer darf ich außerdem ein paar Mal probieren, auf eine kleine Trittleiter zu steigen, während ich mich an der Wand festhalte. Es ist immer wieder erstaunlich, was ich an eigentlich einfachen Dingen mit ziemlicher Vorsicht wieder neu lernen muss. Und zum Glück bin ich auch in der Lage dazu!

Die Physiotherapeutin setzt nach ein paar Tagen übrigens sogar den Mundschutz mit auf neben dem obligatorischen Kittel, den die Therapeuten anziehen müssen, wenn sie zu mir kommen. Diese Aufmachung mag sehr korrekt sein, wirkt auf mich jedoch ziemlich gespenstisch.

***

Die Ergotherapie beschäftigt sich vor allem mit der linken Hand. Das beginnt mit ganz einfachen Dingen wie: Hand auf den Tisch legen, auch den Ellenbogen mit, und dann die Finger einzeln anheben und wieder ablegen: Daumen, Zeigefinger, Mittelfinger, Ringfinger, kleiner Finger und wieder rückwärts. Das Ganze mehrmals und möglichst immer schneller. Eine fortgeschrittene Variante: Die Ergotherapeutin sagt einen beliebigen Finger, und der ist anzuheben, dann einen anderen, und so weiter. Das klingt recht elementar, aber mach' es erst einmal! In meinem jetzigen Zustand ist das jedenfalls richtig spannend und keinesfalls so einfach, wie es vielleicht klingt!

Oder: Zwei Finger werden gegeneinander gedrückt, erst Daumen und Zeigefinger, dann Daumen und Mittelfinger, und so weiter, und wieder rückwärts, und dann nach Ansage.

Immer merke ich, dass ich das zwar schon machen WILL, aber am Können - da hapert´s!

Diese Übungen kann ich in der vielen freien Zeit, die ich hier habe, beliebig wiederholen. Das tue ich natürlich.

Da mag man von mir aus denken: Wozu denn dieses sinnlose, primitive Zeug!? Sinnlos?? Der Sinn besteht darin: Einerseits weiß ich schon, wie alles gehen sollte. Aber Fakt ist, ich KANN es nicht so, wie ich es vorher einmal konnte und wie ich es mir vorstelle. Ich will aber, dass ich es wieder kann. Von nichts wird nichts, das ist alt und bekannt. Dessen bin ich mir auch sehr bewusst. Der einzige mögliche Weg zum Erfolg (von dem ich überhaupt nicht weiß, wie er eigentlich ausfallen wird), ist:

E T W A S T U N !

Primitiv ist das alles, was so gemacht wird?? Fängt man mit den einfachsten oder mit den komplizierten Dingen an, wenn man etwas lernen will? Beim Wiederlernen ist das nicht anders!

Manchmal lässt mir die Ergotherapeutin bis zum nächsten Tag etwas von dem da, was wir ausprobiert haben, weil sie weiß, dass ich es nicht nur als Dekoration im Zimmer herumstehen lasse. Nennen wir es: einfache Spiele. Zum Beispiel muss eine kurvige Bahn mit einem Stift abgefahren werden möglichst ohne die Ränder zu berühren. Manche kennen das vielleicht in der Variante, dass jede unerwünschte Berührung einen Ton ergibt.

Oder: Kugeln müssen nach einem bestimmten Muster in ein Raster einsortiert und, wenn das Muster fertig ist, anschließend wieder zurückgelegt werden. Da passiert es mir natürlich, dass ich mit der lieben linken Hand einen ganzen Teil des vorher mühsam zusammengebauten Musters mit einem Wisch kaputtmache. Da kommt Freude auf!

Eines Tages kommt die Therapeutin mit einem Papierkorb und einem Blatt Papier. Nachdem ich das Papier wunschgemäß in einige Teile zerrissen habe, sollen diese zusammengeknüllt werden. Weil das ziemlich einfach ist, soll ich das ausschließlich mit der linken Hand machen. Schon ist das schwieriger und dauert länger.

Jetzt kommt die nächste einfache Aufgabe: „Werfen Sie nun die Papierstückchen in den Papierkorb!“ Der steht direkt vor mir, einen reichlichen Meter entfernt. Also hinein damit!

Hmmm! Das erste Papierkügelchen scheint in der Hand geblieben zu sein. Da kann man überhaupt nicht von „Werfen“ sprechen. Noch einmal! Auch das nächste Stück denkt gar nicht daran, im Papierkorb zu landen, sondern liegt nach dem Werfen irgendwo daneben. Als ich alle Kügelchen fortgeworfen habe, liegen die meisten irgendwo vor mir auf dem Fußboden herum. Den Papierkorb zeigt mir die Ergotherapeutin: Immerhin zwei Stückchen sind dort gelandet!

Sie überreicht mir den Papierkorb und ein weiteres Blatt Papier. Ich könne das noch weiter üben. Ja, schon, denke ich. Aber wer hebt denn danach alles auf, was ich daneben befördert habe - und das wird wohl nicht wenig sein!?? Vom Rollstuhl aus in jede Ecke kommen - na, viel Spaß!

***

In der Logopädie gibt es unterschiedlichste Sprechübungen, wobei immer wohlwollend auf den Hefter aus der vorherigen Klinik geschaut wird. Das führt von den verschiedensten Zungenbrechern über Sätze mit vier, fünf, sechs ... zehn Wörtern hin bis zu kurzen Texten. Zum Üben habe ich genug Zeit, und da ich allein im Zimmer bin, kann ich meine Umgebung rücksichtslos vollquatschen.

Irgendwann kommt die Logopädin mit drei trockenen Keksen und fordert mich auf, die zu essen. Müsste ich während des Essens husten, dann hätte sie das gleich mitbekommen, und sonstige Probleme habe ich auch nicht, also scheint die Problematik Schluckstörungen im Wesentlichen der Vergangenheit anzugehören. Die „Schluckkost“ wird nun ersetzt durch normales Essen. Das bedeutet unter anderem, dass die Brotrinden nicht mehr abgeschnitten werden und insgesamt eine größere Vielfalt im Speisenangebot möglich ist. Nicht zu vergessen: eine Portion Vorsicht!

Das ist so eine Sache, an die ich in letzter Zeit oft denken musste: Ob das denn jemals wieder normal möglich sein wird?? - Ja, natürlich, geht doch!

***

Abgesehen von den Therapien, bleibt mir noch eine Menge Zeit. Doch alle Tätigkeiten bereiten mir mehr Mühe und dauern länger, als ich das eigentlich gewöhnt bin. Außerdem benötige ich oft Zeit zum Ausruhen. Überhaupt: Einfach da liegen und vor mich hin dämmern, das mache ich zugegebenermaßen oft und gern. Das muss einfach sein.

Lesen ist nach wie vor eine meiner Lieblingsbeschäftigungen. Aber dabei merke ich immer wieder, dass es mit meiner Ausdauer schlechter bestellt ist. Nach spätestens einer halben Stunde lege ich das Buch aus der Hand, weil ich keine Lust mehr habe. Momentan kann nicht die Rede davon sein, ein Buch von fünfhundert Seiten in ein oder zwei Tagen durchzulesen. Das ist mir viel zu viel! Es fällt mir schwerer, den Überblick über Figuren und Handlung zu behalten oder ihn erst einmal zu erlangen. Hier tun sich wieder unerwünschte Lücken auf, die hoffentlich nicht so bleiben!

Ich „oute" mich als Mathelehrerin. Na und, ich will ja irgendwann wieder arbeiten, wenn das hier auch keiner so richtig wahrhaben will. Es sieht zurzeit einfach grauenhaft mit mir aus. Auf meine Frage nach einer Perspektive gibt es eigentlich nie eine richtige Antwort - zugegebenermaßen ist das sowieso schwer. Neben vorsichtigen Äußerungen ist da im Hintergrund vielleicht ein Lächeln, was für verrückte Wünsche ich doch haben kann??

Ach so, und das höre ich auch irgendwann: „Seien Sie doch froh, wenn Sie nicht mehr in die Schule gehen müssen - bei den Kindern heutzutage!" Verwunderung, dass da keine zustimmende Reaktion von mir kommt ...

Ich lasse mir von Ralf die Übungsbücher mit Matheaufgaben der Mittelstufe mitbringen, aus denen ich Beispiele rechne. Mir fällt immer wieder auf, dass mir Leichtsinnsfehler unterlaufen. Ich verrechne mich oder vergesse oder übersehe irgendwelche Dinge. So geht es einfach nicht! Unmöglich, andauernd Fehler zu produzieren und es vielleicht nicht mal selber zu merken! Da vermisse ich bei mir die Portion Zuverlässigkeit, dass das, was ich von mir gebe, auch stimmt. Undenkbar die Situation, wenn Schüler immer wieder feststellen würden, dass ich nur Stuss erzähle, und sich nicht auf mich verlassen können. So geht es nicht!! Ich muss ständig mehrfach kontrollieren und aufpassen, damit so etwas möglichst nicht vorkommt!

Das Probieren mit dem neuen Taschenrechner wird schon im Ansatz mühsam, bereits beim Ein- und Ausschalten. Dazu sind zwei Tasten zugleich zu betätigen, und das ist unter meinen jetzigen Bedingungen ganz schön anstrengend. Durch mein Problem mit dem Gesichtsfeld habe ich schon einmal ganz schön damit zu tun, die richtigen Tasten zu finden ... und dann noch zu betätigen ... und dann auch noch zwei zugleich! Was soll das bloß werden!?

***

Abends vor dem Einschlafen schalte ich meist noch den Fernseher ein. Doch so richtig bei der Sache bin ich nicht. Ich lasse mich einfach etwas berieseln. Im Grunde bin ich schon müde genug, um spätestens halb zehn zu schlafen. Schlafen kann ich hier ganz gut, zumal ich allein im Zimmer bin. In den meisten Fällen ist bei mir bis zum Wecken gegen sieben Uhr am nächsten Morgen Ruhe, auch dank der Baldriantablette.

Medikamente werden verabreicht. Sie selbst aus der Packung nehmen ist für mich gegenwärtig undenkbar. Im Grunde weiß ich ja Bescheid, was ich bekomme. Zum Glück ist das nicht allzu viel, und es hat alles einen durchschaubaren Zweck. Ich bin überhaupt kein Freund irgendwelcher Tabletten, aber hier kann und brauche ich mit Diskutieren gar nicht anzufangen. Im Weiteren kann ich nur schauen, was ich hoffentlich in der Zukunft absetzen kann.

***

In der Woche telefonieren Ralf und ich abends täglich miteinander. Außerdem besucht er mich am Wochenende und wenn möglich auch mittwochs. Oft kommen Lisa-Marie oder Benjamin oder auch beide mit. Ich brauche wohl nicht zu kommentieren, dass mir diese Besuche immer sehr wichtig sind. Daraus kommt für mich ein großer Teil des Elans, aus meiner ganzen misslichen Lage das Bestmögliche zu machen.

Ich stelle fest, dass ich gewissermaßen umschalte. Einerseits bin ich in der REHA voll dabei, weil ich weiß, dass das, was hier gemacht wird, nützlich ist. Einen anderen Weg gibt es nicht. Andererseits stelle ich dann innerlich voll auf die Besuche um und genieße diese Zeit.

Mit dem Wetter haben wir übrigens Glück. Meist sind es wunderschöne Herbsttage, und wir können hinausgehen. Oder was ich jetzt so gehen nennen muss! Gegenüber der Klinik befindet sich der Kurpark, und der ist immer schön. Zunächst bewegen wir uns die Wege entlang. Deren gibt es viele, also sind da viele Möglichkeiten. Manchmal setzen wir uns einfach auf eine der zahlreichen Bänke und genießen die Sonne. Vor den Genuss ist bekanntlich die Arbeit gesetzt. Die besteht für mich darin, vom Rollstuhl mit zu den anderen auf die Bank zu gelangen.

Irgendwann einmal probieren Lisa-Marie und Benjamin den Rollstuhl aus. Natürlich wird da ordentlich schnell gefahren und auch mit plötzlichen Wendungen. Als Höhepunkt versuchen dann beide, ob sie auf zwei Rädern balancieren können. Von einigen vorbeilaufenden Leuten registriere ich missfällige Blicke: Wie man so was nur machen kann ... Ich denke mir da nur: Solange ich selbst nichts dabei finde - und das tue ich nicht - kann das wohl egal sein und man kann sich locker darüber amüsieren. Ich weiß außerdem genau, dass meine Kinder zu der Problematik keine schiefen Meinungen haben.

Weiter hinten im Kurpark befindet sich unter anderem eine Strecke von rund dreißig Metern, wo zur Hälfte links und rechts Stangen angebracht sind und man das Laufen üben kann. Das mache ich bei jedem Spaziergang. Dort, wo ich mich an den Stangen festhalten kann während des Laufens, geht es ganz gut, aber auf keinen Fall lässig. Dann probiere ich auch das Stück ohne Stangen, um zu schauen, wie es so klappt. Das natürlich nur, wenn Ralf daneben steht und ich mich zur Not festhalten kann. Anfangs funktioniert das überhaupt nicht gut. Nach jedem Schritt halte ich inne, um im Gleichgewicht zu bleiben. Mit der Zeit wird es etwas besser – na ja - einigermaßen (wir wollen doch optimistisch bleiben!).

Es gibt hier nebenan auch eine Strecke, bei der man auf einer Reihe von quadratischen Steinen verschiedener Höhe entlanglaufen kann - wenn man kann. Das ist absolut nichts für mich, sozusagen drei Leistungsklassen höher (also: vergiss es - es reicht, wenn es von Weitem schön aussieht!)

***

Eines Tages bringt Ralf einen dicken Brief im A5-Format mit und meint dazu: „Guck mal rein!“ Absender ist meine Klasse, die ich im Sommer leider so „im Stich gelassen habe“ durch meinen Schicksalsschlag. Wie gern hätte ich nach den Sommerferien mit dieser Klasse wieder losgelegt! Wir hatten uns kennengelernt und wussten, was wir voneinander zu halten hatten. Aber nein, das hat leider nicht sollen sein ...

Aus dem Umschlag fällt eine ganze Menge heraus. Von jedem ein Bild, und meistens steht auf der Rückseite noch irgendetwas darauf. Ich schaue mir unter ständigem Würgen und einigen Tränen alle Fotos der Reihe nach an und dann auch das Klassenfoto. Unterm Strich freue ich mich gewaltig, dass an mich gedacht wurde, und darauf kommt es doch wohl an! Bald danach beginne ich, eine Antwort zu formulieren, erst einmal auf einen Zettel. Bei Gelegenheit schreibe ich das dann ordentlich auf Briefpapier und schicke es ab. Da gehört sich einfach!

Einige Tage später kommt übrigens überraschenderweise sogar von einer anderen Klasse, die ich „nur in Mathe hatte", auch ein Brief. Auch hier arbeite ich an einer Antwort.

Es kommt auch eine Einladung zum Klassentreffen von der Klasse, in der ich selbst das Abitur gemacht habe. Im nächsten Monat - dreißig Jahre Abitur. Ach, du liebe Güte, wie die Zeit vergeht! Da möchte ich schon gern mit hin, aber das geht unter keinen Umständen, soviel ist mir leider klar. Ich formuliere den Text für eine E-Mail, die Ralf dann schicken wird. Hier drücke ich die Hoffnung aus, dass ich in einem halben Jahr oder vielleicht ein bisschen später „wieder die Alte" bin. Das ist eine lange Zeit, und woher soll ich denn wissen, wie lange so etwas dauert?!

DER HUMOR NIMMT DIE WELT HIN, WIE SIE IST,
SUCHT SIE NICHT ZU VERBESSERN UND ZU
BELEHREN, SONDERN MIT WEISHEIT ZU ERTRAGEN.
(CHARLES DICKENS)

Ich erhalte eines Tages die Mitteilung, dass ich heute noch umziehen werde in eine andere Station. Diese liegt auf der gleichen Etage gegenüber. Deshalb kommt am Vormittag eine Schwester, packt meine ganzen Sachen auf einen Wagen und fährt ihn ins neue Zimmer. Dann komme ich an die Reihe. Wir fahren über eine Zwischentür hinüber in die andere Station. Ich bekomme wieder ein Zimmer für mich allein.

Der Tag beginnt wie gehabt mit den alltäglichen morgendlichen Verrichtungen. Dann das Frühstück. Diesmal aber nicht aufs Zimmer. Sondern die Schwester fährt mich in den Essenraum. Allerdings müsse ich vorher den hellgelben Umhang anlegen, der da am Haken hängt. Ich wisse schon, warum. Na klar.

Wir kommen dort an, und ich sehe einige Leute, die an einem langen Tisch bereit sitzen zum Essen. Die Schwester fährt mich an einen kleinen Tisch, der sich etwas seitwärts an der Wand befindet und hilft mir aus dem Rollstuhl heraus, damit ich mich auf den Stuhl an diesem Tisch hinsetzen kann. Den Rollstuhl schiebt sie beiseite.

Warum sitze ich hier? Wegen des Keimes. Der ist zwar unsichtbar und macht mir zum Glück keinerlei Probleme, aber seine Existenz ist wohl anzunehmen, denn noch gibt es keine anders lautenden Gegenproben.

Geschenkt.

Frühstücken. Die freundlichen Schwestern reichen alles Notwendige und helfen bei Notwendigkeit. Als ich fertig bin, schaue ich mir die Leute genauer an, die hier sitzen. Einige sagen kaum etwas, wie ich auch, bestimmt aus ähnlichem Grunde - weil das Unterhalten nicht so richtig funktioniert. Die meisten sind auch im Rollstuhl hierher gebracht worden, können offenbar ebenso schlecht (oder besser: gar nicht) laufen, so wie ich. Also scheint es ihnen ähnlich zu gehen, warum auch immer. Eine der Frauen legt gerade ihren linken Arm auf die Lehne des Stuhles und benutzt die rechte Hand, um das hinzubekommen. Da geht links auch kaum mehr etwas - ähnlich wie bei mir, konstatiere ich für mich. Manche haben zum günstigeren Ablegen des Armes extra ein Kissen oder vorn am Rollstuhl wird eine Art Tisch montiert.

Einige wenige haben diesen Raum offenbar ohne weitere Hilfen erreicht, sind also in der glücklichen Lage, sich auf eigenen Füßen fortbewegen zu können. Aber daran ist bei mir beispielsweise in absehbarer Zeit nicht zu denken. Später - vielleicht - hoffentlich - unbedingt hoffentlich!

***

In der anderen Station mussten die Therapeuten, wenn sie zu mir kamen, einen hellgelben Kittel anziehen wegen des Krankenhauskeimes, der mich beehrt. Offensichtlich bin ich hier nun diejenige, die das zu tun hat. Das muss ich immer tun beim Verlassen des Zimmers, sagt man mir. In meinem Zimmer darf ich mich ohne Kittel bewegen. Das bedeutet, dass ich zu jeder Mahlzeit in dieser „Verkleidung“ anzutreten habe. Zu allem Überfluss muss ich noch allein an diesem Tisch an der Seite sitzen. Alle anderen essen an einer gemeinsamen Tafel. Ich kann schwer beschreiben, was mir immer dabei durch den Kopf geht, zumal diese Maßnahme eher mehr beiläufig erklärt wird. Und das ist ziemlich optimistisch ausgedrückt. Man könnte auch sagen: Es wird einfach durchgesetzt, weil es ja normal ist und zum Ablauf gehört. Dadurch, dass ich schon Wochen in verschiedenen Krankenhäusern zugebracht habe und dabei auch eine ganze Menge wegstecken musste, bin ich dieser Sache gegenüber sehr wenig aufgeschlossen, vielleicht etwas dünnhäutig und empfindlich. Aber das interessiert außer mir niemand.

Bestimmt wohlmeinenderweise sagt einmal jemand: „Schauen Sie doch mal, wir müssen auch jeden Tag einen Kittel anziehen!“

‚Ist denn das dasselbe?’ denke ich da nur, ‚das gibt mir gar nichts.’

Wenn eine Mahlzeit ansteht, sagt oft eine der Schwestern zu mir: „Kommen Sie doch mit in den Essenraum! Da sind Sie wenigstens in der Gemeinschaft!“

‚Nein, danke, so nicht!’ muss ich da immer denken. Das ist gut gemeint, das weiß ich schon. Irgendwie denken sie immer, das Alleinsein wäre nicht gut für mich. Aber das macht mir nichts aus. Ich bleibe lieber allein in meinem Zimmer in normaler Kleidung, anstelle mich im Kittel in den Essenraum zu begeben.

Ab und zu überreden mich die Schwestern oder Pfleger doch.

Wenn ich ins Zimmer zurückkehre, fliegt meist sofort der furchtbare Kittel in die Ecke, und die Tür knallt zu. Ich gebe mir keine sonderliche Mühe, die Tür normal zuzumachen, ich will einfach allein sein. Dann fühle ich mich wieder wohler. Der Gipfel wäre noch gewesen, ich müsste die Gummihandschuhe beim Essen anziehen, wie ich das schon einmal aufgeschnappt habe. Da wäre es für mich vorbei gewesen. Aber das verlangt glücklicherweise niemand von mir. Man weiß vielleicht schon, warum.

Der Grund, warum ich mich manchmal doch für den Essenraum entscheide, ist ein anderer. Es ist manchmal richtig amüsant, sich Äußerungen und Gespräche während des Essens anzuhören. Irgendwie warten einige, auch ich, immer gespannt auf eine ganz bestimmte Frau. Wenn sie erscheint, ist meistens etwas los. Entweder der Kaffee ist ihr zu heiß oder zu dünn, oder die extra zubereiteten Haferflocken sind schon wieder zu kalt, oder sonst fehlt irgendetwas. „Bei mir zu Hause gäbe es da etwas Besseres" oder so Ähnliches hört man oft. Irgendjemand fragt dann mal laut, was viele denken - nämlich, was es denn bei ihr gäbe und ob das wirklich so viel besser wäre. Schließlich fehlt sie ab und zu ganz. Manchmal sagt sie dann danach, sie habe in der Gaststätte „endlich mal was Anständiges" gegessen. Sie manövriert sich durch ihr Verhalten in eine Art Sonderrolle hinein. Als ich dann allerdings erfahre, dass die Frau einen Hirntumor hat, denke ich über manche Dinge etwas anders. Das Wort „Narrenfreiheit" bekommt auf einmal einen eigenartigen Beigeschmack ...

Insgesamt gesehen, bin ich jetzt ziemlich allein. Ich brauche hier im Grunde keine anderen Leute. Wenn, dann unterhalte ich mich, soweit möglich, mit Schwestern oder Therapeuten. Die anderen Patienten sind eben auch da, und fertig. Wenn ich mit im Essenraum bin, sitze ich sowieso an einem Tisch abseits von den anderen. In dem Kittel kommt man sich, egal wie es ist, einfach abseitig und ausgegrenzt vor. Aus der Entfernung mich an Gesprächen zu beteiligen, das fällt mir sowieso schwer, also ist das eine ausgesprochen ungünstige Situation.

An der Freundlichkeit und Zuvorkommenheit von Schwestern und Pflegern gibt es gar nichts zu deuteln. Keine Frage, das hat mit meiner ganzen besch... Lage nichts zu tun.

***

Einer der Männer ist eines Tages nicht mehr da. Wir erfahren, dass er gestürzt ist und man ihn deswegen ins Krankenhaus gebracht hat. Daraus entnehme ich mir eine Mahnung zur Vorsicht. Denn eins weiß ich: So etwas soll mir unter keinen Umständen passieren!

Einige Patienten sind ungefähr in meinem Alter, viele auch älter. In dieser Hinsicht als „jung" bezeichnet zu werden, tröstet mich zumindest etwas und macht mir Hoffnung, dass sich doch noch vieles von dem, was nicht funktioniert, richten wird mit genügend Zeit.

***

Mo., 7. bis So., 13. Sept.

Keim!!! Katrin entnervt. Sie soll immer Kittel und Handschuhe anziehen.
Die Therapeuten kommen ins Zimmer oder holen sie ab.
Immer Einzeltherapie, aber wenige (circa dreimal täglich). Kein
Schwimmbad. Essen auf „Sonderplatz" mit Kittel.

***

Zu den Therapien bringt mich immer eine Schwester oder eine Therapeutin. Diese finden irgendwo im Hause statt.

Zu jeder Therapie muss ich nun eben diesen Kittel anziehen. An einem der ersten dieser Tage ist mir im wahrsten Sinne des Wortes zum Heulen, aber wirklich die ganze Zeit. Und so etwas ist selten bei mir. Ich kann an diesem Tag einfach kein freundliches Gesicht machen, das geht absolut nicht. Ich mache schon alles, was in der Therapie sein soll. Man soll mir bloß nicht großartig ins Gesicht sehen und mich möglichst nichts fragen. Die Physiotherapeutin zieht ihre Übungen einfach mit mir durch, ohne sich beeindrucken zu lassen, und liegt mit dieser Methode ganz richtig. Ich mache alles, was verlangt wird, und das funktioniert. Nur diesen idiotischen Kittel muss ich angezogen lassen.

Die Ergotherapeutin unterhält sich wohltuend mit mir, und auch dort läuft sonst alles „wie immer". Das ist der einzige Tag, an dem ich nicht wie gewöhnlich „funktioniere". Wenn ich es genau bedenke, interessiert das niemand. Dass da jemand kommt und etwas erklärt oder versucht, Einsicht zu erreichen - Fehlanzeige. Aber vielleicht will ich auch vieles einfach nicht wahrnehmen.

***

So geht mir manchmal ziemlich Grundsätzliches durch den Kopf. Zum Beispiel, wie ich aus dieser hässlichen Situation herauskomme. Ich habe absolut keine Lust, ein funktionierendes Etwas zu sein, dem man noch das oder das oder das aufdiktieren kann aus irgendwelchen Notwendigkeiten heraus, die ich oft einfach nicht mehr einsehe. Zufriedenstellend erklärt bekomme ich das nicht. Ich weiß auch nicht, mit wem ich mich darüber unterhalten soll. Mit wem komme ich denn in meiner Situation überhaupt zusammen? So klar ausdrücken kann ich mich sowieso nicht. Vielleicht denkt dann noch jemand fälschlicherweise, ich will mir etwas antun. Selbstmord ist für mich keine Lösung aus diesem Problem, das ist Fakt. Oder dass ich Depressionen habe. Habe ich nicht!! Hatte ich noch nie!! Beobachtet man mich deswegen? Was kann ich überhaupt sagen oder tun, dass das nicht völlig falsch herauskommt?!

Zweimal wöchentlich ist irgendwann vormittags Visite. Dort kann und soll man dann Fragen und Probleme anbringen. Aus der ganzen Situation heraus meine ich, körperlich ginge es mir schon relativ gut, aber von Wohlfühlen könne keine Rede sein, vor allem wegen des Keimes. Das meine ich so ziemlich ehrlich, weil ich keine Möglichkeit suche, mit der Situation zurecht zu kommen, und mich das alles ziemlich belastet.

Es wird eben zur Kenntnis genommen. So einen richtigen Ausweg kann man mir aber nicht anbieten. Ich empfinde deswegen diese Frage nach dem Befinden als ziemlich rhetorisch.

***

Ab und zu gibt es ein Gespräch mit Arzt und Angehörigen. Eines Tages finden sich deswegen Ralf und ich im Arztzimmer ein. Ich erwarte, dass ich einiges aus der Aussprache erfahre. Wie wird alles jetzt gesehen, und welche Perspektiven gibt es?

Von dem Körperlichen, was nicht funktioniert, möchte ich wissen, wie man den Stand jetzt beurteilt, und wie das weitergehen soll. Und wie sieht eigentlich mein geistiger Zustand, der offensichtlich nicht in Ordnung ist, so „von außen“ aus?

Ich beobachte mich in der ganzen Situation selbst intensiver. Kann Ich mir überhaupt noch vertrauen? Worauf kann ich mich bei mir verlassen, was hat sich verändert? Und andere fragen sich das sicher auch. Was kriege ich überhaupt noch mit? Alles nicht, da bin ich sicher, aber genauer? Außerdem bin ich nur sehr bedingt in der Lage, etwas zu schildern oder zu erklären oder etwa zu diskutieren. Also kann ich mir das im Wesentlichen nur anhören und zur Kenntnis nehmen.

Dass ich anders geworden bin und man das beobachten muss. Dass ich mich in meinem Verhalten offensichtlich verändert habe und man sich darauf einrichten muss. Dass ich Dinge nicht so leicht akzeptiere, sondern unter Umständen darüber schimpfe. Klar, das ist so. Hat man einmal wenigstens ein bisschen über das Zurückliegende bei mir nachgedacht und wie ich das alles verkrafte? Offensichtlich nicht so richtig. Das muss alles funktionieren, das scheint die Hauptsache zu sein.

Ich solle doch ernsthaft überlegen, ob ich als Lehrerin nicht eigentlich schon vorher Defizite hatte, die jetzt mehr zutage treten, und von denen ich die ganze Zeit vielleicht nichts gewusst hätte. Das Weitere, was die Ärztin uns erläutert, geht nun an mir vorbei. Mir kommt es so vor, als ob sie damit Ralf ziemlich durcheinander gebracht hat. Und dagegen machen kann ich gar nichts. Wahrscheinlich beobachtet er mich jetzt, ob das alles stimmt. Und ich kann gar nichts machen, muss das so im Raum stehen lassen.

Nach diesem Gespräch gehen bei uns die Wogen ziemlich hoch. Ich bin einfach nur ohne Ende empört, warum ich mir so was nach fünfundzwanzig Jahre Berufstätigkeit anhören muss. Ich würde noch anders über alles denken müssen, wenn ich nicht zum Beispiel Post von meiner Klasse bekommen hätte. Oder wenn es in mir die Einstellung gäbe: „Um Gottes Willen - nie mehr in die Schule zurück!“ So ist es aber überhaupt nicht!

Was wollte die Ärztin eigentlich damit erreichen? Wie soll ich hingestellt werden? Im tiefsten Inneren kommt mir der Gedanke: Bekomme ich, die ich offensichtlich sowieso nicht so recht antworten kann, hier die Revanche für ein Problem aus der eigenen Schulzeit dieser Dame? Etwas unfair, wie ich meine?!

Ralf und ich verlassen das Zimmer, und er versucht laufend, mich zu beruhigen, weil ich ziemlich wütend bin über so eine ungerechte Behandlung. Ich fühle mich reichlich hilflos, und wir vereinbaren schließlich, das ganze Problem sein zu lassen. Ich soll meine Sicht in ein paar Monaten mit etwas mehr Ruhe überprüfen. Vielleicht sehe ich zur Zeit alles sehr negativ.

***

Irgendwann verlangt man dann sogar von Ralf, dass er Kittel und Handschuhe anziehen soll. Wenn wir draußen sind, können wir Kittel und Gummihandschuhe ablegen. Wenn wir zurückkehren in die Klinik, müssen wir das wieder anziehen. Das Desinfizieren mit der Flüssigkeit aus den hier und da herumhängenden Flaschen reicht nicht mehr. Ich empfinde das allmählich als Unding, so etwas nicht bloß von mir zu verlangen, und denke für mich: „Das macht er bestimmt nicht!"

Aber doch: Er meint, das müsste man eben machen, weil es notwendig ist, und fertig. Ich kann dazu nichts sagen. Ich verstehe die Welt nicht mehr.

So begeben wir uns bei den Besuchen „in Montur" bis zum Ausgang der Klinik. Dort streife ich als erstes das schlimme Zeug ab und atme auf. Jetzt kann die Zeit anhalten während unseres Spazierganges. Wenn wir dann irgendwann wieder in die Klinik zurückkehren (müssen), ziehe ich die ungeliebten Teile zähneknirschend wieder an.

NICHTS IST IM LEBEN ERNST ZU NEHMEN, WEIL NICHTS ES WIRKLICH VERDIENT.
(VALESKA GERT)

Solange ich besagten Keim habe, bin ich relativ allein. Man soll sich zwar nicht so fühlen, aber das ist eben so. Nun ist es plötzlich soweit: Dreimal war die Urinprobe negativ. Und alles ist auf einmal weg wie ein böser Spuk! Man kann sich sicher meine riesige Entlastung vorstellen, dass sich der verfluchte Keim so leise und unauffällig „verabschiedet" hat.

Ich sitze mit den anderen beim Essen. Ich darf normal überall hin. Und die Therapien sind endlich von der Art und vom Umfang her so, wie ich mir das vorstelle.

Klar, ich muss jetzt selbst zu jeder Therapie hin. Entweder ist diese hier auf der Etage, und ich kann mit dem Rollstuhl gleich dorthin fahren. Für alle Ziele, die auf anderen Etagen liegen, muss ich den Fahrstuhl nehmen. Dieses Fortbewegungsmittel ist mit dem Rollstuhl auch ganz spannend. Erstens muss ich feststellen, ob noch Platz ist im Fahrstuhl, denn mehr als zwei Rollstühle passen in den meist benutzten Lift schließlich nicht hinein. Zweitens muss man schön gerade hineinfahren, und drittens: Vorwärts rein heißt rückwärts raus oder umgekehrt.

Der etwas größere Fahrstuhl befindet sich wieder ganz woanders. Doch so schlecht, wie ich mich neuerdings orientieren kann, da finde ich den ganz schlecht.

***

Mo., 14.. bis So., 20. Sept.

Der Keim ist endlich weg, das heißt: Katrin ist glücklich.

Auswirkung: Es gibt viel mehr Therapien - sechs bis acht anstelle drei oder vier!

Den Rollstuhl hat sie noch, aber am Wochenende sind wir schon fast zwei Kilometer einen Waldweg entlang gelaufen, wobei Katrin den Rollstuhl gehalten und vor sich her geschoben hat.

Ich darf übrigens neuerdings sogar mit im Zimmer übernachten.

Zweimal war in der Physiotherapie auch Wasserbehandlung - aber das Schwimmen geht nicht!

Lisa war da (von Sonntag bis Dienstag) und Benny auch.

***

Nun beginnt eine Zeit, in der ich (und offensichtlich nicht nur ich) nachmittags oder nach dem Abendbrot nachschaue, ob in der Gemeinschaftsecke in der Nähe meines Zimmers jemand ist. So findet sich hier mit der Zeit eine Runde zusammen zum Quatschen, Kaffeetrinken und Mensch-ärgere-dich-nicht-Spielen. Manchmal bringt auch jemand ein Spiel mit oder ein Rätsel, das wir gemeinsam lösen. Oder man liest einfach ein bisschen Zeitung.

Gemeinsamkeit kann die Stimmung sehr aufbessern. Das empfinden wir alle so, und deswegen gibt es mit der Zeit einen richtig schönen Zusammenhalt. Jeder hat irgendein Handicap, aber darüber sehen wir hier alle hinweg und heitern uns gegenseitig auf. Bestimmt sagt sich jeder im Stillen: Sieh mal an, das geht bei mir schon besser als bei ... Aber darüber reden wir nicht, nicht über Krankheiten und Wehwehchen, und das ist schon motivierend. Ich sehne immer richtig diese gemeinsame Zeit herbei, und nicht nur ich.

Also guckt man dort immer mal hier vorbei. Meistens ist dort noch jemand anders, der auch die Gesellschaft und die Unterhaltung sucht. Oder man „fährt“ eine Runde auf dem Motomed - sagen wir, das ist die behindertengerechte Ausführung des Hometrainers. In den Gesprächen erfährt man dann, wie es den anderen erging. Bei den meisten begann die Krankheitsgeschichte mit einem Schlaganfall oder mit Hirnbluten. Das Gemeinsame: Es sind durchweg keine schönen Dinge, und jeder muss die Folgen nun so gut wie möglich bewältigen.

Da ist Christa, der es inzwischen „am besten" von uns geht. Ihr ist es schon gelungen, sich vom Rollstuhl zu lösen und auf den Rollator umzusteigen. Sie vergisst noch manchmal Wörter beim Sprechen, ganz selbstverständliche eigentlich. Das bedeutet, dass sie zwar weiß, was sie sagen will, aber oft fehlt das treffende Wort. Ersatzwort ist dann meist „Mensch!“ Mit der Zeit ist übrigens zu merken, dass sich dieser Zustand bessert.

Da ist dann noch die lustige Beate. Ihr Problem ist einfach, dass sie zuviel wiegt; sie weiß es ja selbst! Öfters muss sie deshalb in die so genannten Schlingen oder zur Gymnastik ans Motomed. Sie erheitert uns alle durch ihre schön erzählten Geschichten, in denen, wie bei vielen unserer Gespräche, der schwarze Humor durchschimmert. Dinge, bei denen mancher „Ups“ sagt oder ganz vorwurfsvoll: „Darüber lacht man doch nicht!“ Genau das ist das Richtige für uns, weil es aufbaut - schließlich tut es ja keinem was!

Schwarzer Humor ist zum Beispiel die Vereinbarung, dass sich die Rollstuhlfahrer heute über die Treppe in ihre Zimmer begeben. Alle lachen darüber, obwohl es natürlich nichts Lustiges ist. Oder der Fußtritt mit dem Holzbein, weil einer zuviel Quatsch erzählt ...

Christian kann leidlich gut laufen, aber lieber mit Festhalten und offiziell mit Rollstuhl. Er erzählt öfters, dass er nicht merkt, ob über den linken Arm heißes oder kaltes Wasser läuft.

Rita sitzt auch im Rollstuhl. Reden kann sie recht gut, muss ich neidvoll zugestehen. Sie macht einen recht bodenständigen Eindruck. Sie sagt eher wenig, aber was, das stimmt dann, und es sitzt!

Karen hatte den Schlaganfall schon vor längerer Zeit. Sie ist in meinem Alter, kann recht gut laufen und ebenso gut auch sprechen. Nur der linke Arm hat nicht die Lage, die er haben sollte. Sie hat genauso wie ich manchmal spezielle Ersatzwörter für Dinge, die man so nicht laufend im Munde führen sollte - zum Beispiel „Sonnenschein“ für „S...“ na, ist egal! Oder Christian heißt eben „Hansi“. Und so weiter.

Eva ist körperlich ähnlich gestellt wie ich und wenige Jahre jünger. Zum Sprechen und Wortfinden bekommt sie viele Übungen, die wir zum Teil auch mit ihr gemeinsam machen oder mit ihr üben.

Bei Jochen denke ich zuerst: Was hat er für ein schönes Zweirad, um den Gang entlang zu fahren! Bis jemand sagt, dass er Multiple Sklerose (MS) hat. Von da an denke ich ein bisschen anders und etwas vorsichtiger. Das Laufen geht bei ihm so la-la. Doch bei dieser Diagnose steht im Hintergrund immer die Frage: Wie lange noch?? Für seine Situation hatte er ein erfrischend lustiges Auftreten. Und den Humor sollte man sich ja wirklich bewahren.

Mit der Zeit wird es eine richtig schöne Gemeinschaft. Abends spielen die, die gerade Lust haben, eine Runde „Mensch ärgere dich nicht“, die anderen schauen zu und machen ihre Bemerkungen oder unterhalten sich über dies und das.

Aufgelöst wird die Runde beispielsweise abends, wenn einer zur Diabetesspritze geholt wird, der Nächste zum Waschen und Umziehen, zur Gewichts- oder Blutdruckkontrolle ... Gute Nacht!

***

Fürs Kaffeetrinken gewährleisten wir mit der Zeit, dass jeden Tag zum Kaffeetrinken auch etwas zu essen da ist. Und so findet sich auf der Ablage neben dem großen Tisch immer ein eingeschweißter Kuchen oder Plätzchen oder Ähnliches. Es gibt jedenfalls nie Mangel. Ralf bringt in dieser Zeit gelegentlich Pfirsiche mit von unserem Baum am Haus oder auch Himbeeren mit. Das wird natürlich dankbar angenommen.

Den Therapeuten fällt diese Runde ebenfalls auf, und sie sehen das wohl genauso positiv, wie es auf alle wirkt. Der Grundton bei uns hier ist heiter, ermutigend, versetzt eben mit dieser gewissen Portion schwarzem Humor. Diese Wirkung, dass zwar jeder sein Problem hat, aber darüber hinweg gesehen und sich an den Fortschritten orientiert wird - das ist eine weitere Hilfe, die jedem gut tut. Mit der Zeit hat jeder das Gefühl: Wir gehören zusammen!

Das ist übrigens der Grund, warum ich auch, als ich noch einmal in ein anderes Zimmer in einer anderen Etage verlegt werde, trotzdem nachmittags oft zu unserer Runde zurückkehre. Als dann eine Schwester meint, das ginge aber nicht, der Kaffee wäre nur für die Leute hier, meint Christa: „Komm wieder her! Ich habe noch ein Päckchen Kaffee da! Daran soll es nicht liegen!" Und schon bin ich wieder da!

In der Folgezeit bekomme ich im Speisesaal in der unteren Etage, wohin ich inzwischen gehen darf, einen Platz zugeordnet. Dort sitze ich zusammen mit zwei Leuten aus unserer „Truppe". Da macht das viel mehr Spaß.

Schließlich tauschen wir auch die Adressen und Telefonnummern aus. Christa möchte alle zu sich einladen zu ihrem runden Geburtstag in nicht allzu ferner Zukunft.

Das andere Extrem: Ein Herr, der sich immer mit dazu setzt, isst und trinkt ordentlich mit, aber verbreitet nur Skepsis und schlechte Laune. Außerdem dieser lauernde Blick von einem zum anderen. Insgesamt kein angenehmer Zeitgenosse. Jeder bewältigt seine Probleme eben anders. Mit einem Oberschenkelhalsbruch ist zugegebenermaßen nicht zu spaßen. Aber irgend so ein Problem hat schließlich jeder von uns, und das Schöne ist, dass sich keiner unterkriegen lässt. Die Meinung über diesen Herrn ist übrigens ziemlich einhellig. Meist ändern sich bei seinem Nahen die Gespräche oder verstummen ganz.

Kurz gesagt, man bekommt hier Dinge zu sehen , „was im Leben auch so passieren könnte". Zum Beispiel eine Frau (Fußgängerin), der beide Beine amputiert werden mussten, weil sie von einem Auto überfahren wurde. Und eine gut gelaunte junge Frau, reichlich dreißig, im Rollstuhl. Sie erzählt, dass sie MS hat. Das bedeutet für sie, dass dieses Rollstuhlstadium wahrscheinlich bleiben wird. Es wird vielleicht nicht mehr besser, sondern schubweise schlimmer, so die Perspektive. Und sie strahlt gute Laune aus! Man kann einfach nur Respekt haben.

Oder ein anderer Fall: früh aufgewacht und Schlaganfall, einfach so. Auch das gab es.

Man begegnet auf dem Gang den verschiedensten Menschen. Im allgemeinen grüßt man sich freundlich, schließlich gehört man irgendwie zusammen. Manche eilen vorbei, weil sie gerade an etwas anderes denken oder aber, weil sie mit sich selbst genug zu tun haben oder, weil sie diesen Ort und diese Situation nicht wahrhaben wollen oder einfach, weil sie das alles anwidert. Alles verständlich - wer hat das denn schon gewollt? Oft wird geäußert: „Alles mit der Ruhe, wir haben doch alle Zeit!"

Und dann höre ich so manche Gespräche und mache mir meine Gedanken darüber.

Die Schwester gibt einer Frau Ratschläge, wie sie das Problem mit dem BH-Verschluss lösen kann. Gerade die Ösen zu schließen und zu öffnen, das sind wieder solche Probleme. Die Schwester empfiehlt, von BH's mit solchen Verschlüssen abzusehen.

Oder der Fetzen, den ich mithöre: „ ...tja, mit dem Sex funktioniert es ja oft auch nicht mehr so und mit den ganzen Gefühlen. Dafür musste die Frau extra einen Lehrgang machen, weil sie nicht klar kam oder nichts mehr fühlte ..." - Puhhh - was denn noch alles??

***

Eines Tages bekomme ich die Schachteln mit meinen Medikamenten, um sie selbst einzusortieren in ein Behältnis mit Fächern für die Tageszeiten, zu denen sie eingenommen werden sollen - früh, vormittags, abends und nachts. Habe ich das gemacht, wird kontrolliert, ob alles stimmt, und wenn es weiter gut funktioniert, darf ich das sicher auch alleine.

Man denke ja nicht: Das geht doch einfach! Das Herausholen aus der Packung und Hineintun ins richtige Fach sind jetzt richtig anspruchsvolle Tätigkeiten für mich. Alles geht sozusagen „viel gröber". Und das Erkennen fällt schwerer. Hoffentlich wird das, was ich eigentlich den Folgen der Krankheit zurechne, noch besser. Das ist ja nicht zum Aushalten!

***

Der Raum für die Physiotherapie ist auf der Etage, auf der sich auch mein Zimmer befindet. Die Physiotherapeutin massiert meine linke Seite auf verschiedene Arten und führt mit mir Gehübungen durch - letzteres natürlich schön vorsichtig. Das geht alles ziemlich langsam und wacklig, und immer muss ich aufpassen, dass ich nicht hinfalle. Nebenbei noch in die Umgebung gucken, zum Beispiel, wo ich hin laufe - undenkbar! Dazu muss ich anhalten und mich umschauen.

Irgendwann steht dann ein Rollator herum, und ich frage danach. Probieren, meint sie. Aber zunächst ist offensichtlich meine Körperhaltung noch nicht zufriedenstellend. Es dauert noch einige erwartungsvolle Tage, bis ich endlich den Rollator nehmen darf. Innerlich bin ich sehr ungeduldig, ich denke, verständlicherweise. Subjektiv empfinde ich das natürlich ganz anders, als es in Realität dann wirklich erforderlich ist.

Als es endlich so weit ist, habe ich dann das Gefühl, wieder einen Schritt vorwärtsgekommen zu sein. Mit dem Rollstuhl haben Ralf und ich auch schon Waldspaziergänge gemacht, bei denen ich den Rollstuhl vor mir her schob. Aber mit dem Rollator ist da mehr möglich, weil man wesentlich flexibler ist. So kann ich mich beispielsweise beim Warten vor den Therapieräumen jederzeit bequem hinsetzen. Ich brauche ja keinen Stuhl, sondern bringe ihn sozusagen mit.

Ich darf nun auf der Station ohne Rollator gehen. Das funktioniert schon, aber so richtig sicher fühle ich mich überhaupt noch nicht. Einmal versuche ich, ohne Rollator in den Speisesaal zu gehen. Das wird allerdings eine sehr unsichere Angelegenheit, sodass ich es lieber erst einmal bei diesem Versuch belasse. Eines ist auch zu bedenken: Auf der Fläche am Rollator kann man gut die Teller abstellen. Und sonst braucht man natürlich jemanden, der einen begleitet und den Teller hält und auch etwas darauf legt. Den Teller gerade halten, damit nichts herunter rutscht, ist nämlich ein Problem für mich!

Im Speisesaal gibt es zwar äußerst nettes und hilfsbereites Personal, aber wenn ich mir selber helfen kann, ist es mir dann doch lieber.

***

Eines Tages steht in der Physiotherapie endlich auch das Bad auf dem Plan. Für mich als Wasserratte ist das eine sehr schöne Aussicht. Vorbei gegangen am Bad bin ich schon oft. Einladend öffnete sich immer die Tür wegen des angebrachten Bewegungsmelders. Dann dachte ich immer: Nein, heute nicht, aber bestimmt - hoffentlich - bald. Bis es eben soweit ist - jetzt.

Badeanzug an, darüber den Bademantel, Schuhe an die Füße. Mit dem Rollator, auf dem ich schön alles Benötigte ablegen kann, fahre ich nach unten. Erster Weg, wie überall in Bädern, in die Dusche. Alles schön vorsichtig, überall festhalten, Sicherheit ist wichtig. Dann gehe ich in den Raum mit dem Schwimmbecken. Eigentlich sind es zwei Becken: Eins 25 mal 12 m und ein kleines gibt es noch für spezielle Übungen. Weil für mich noch niemand da ist, setze ich mich an den Tisch, von dem aus man den Raum beobachten kann und wo man sieht, dass ich da bin. Eine Gruppe Leute halten sich gerade am Beckenrand fest und machen mit den Füßen die Übungen, die ihnen der Therapeut beschreibt. Drei Leute sind jeweils mit einem Therapeuten gemeinsam im Wasser zu Einzelübungen. Schließlich kommt meine Physiotherapeutin und führt mich zum großen Becken. Schön langsam und schön vorsichtig. Badelatschen aus - links ist das etwas schwieriger, weil der Fuß nicht so schön elastisch ist, wie man das eigentlich erwartet. Außerdem ist der Untergrund rutschig. Ist ja „normalerweise" kein Problem, aber jetzt ist das eben anders.

Links und rechts sind am Einstieg Stangen zum Festhalten, jetzt unheimlich wichtig und nützlich für mich. Und wie ich es herbeigesehnt habe:

Im Wasser bin ich leichter, also fällt mir auch vieles nicht schwer. Tief ist das Wasser 1,20 m, in dem tieferen Teil 1,50 m. Wir bleiben zunächst im flacheren Teil, das reicht mir völlig.

Ja, und was machen wir nun jetzt? Zunächst einmal hin und her laufen von einer Seite zur anderen. Das sind zwar nur reichlich zehn Meter, aber es strengt an. Dann folgen Gleichgewichtsübungen, bei denen mich die Therapeutin so weit wie notwendig festhält, damit ich an der Stelle bleibe und nicht untergehe. Linker Arm nach links und die Beine zugleich nach rechts und dann wieder zurück. Das Ganze langsam genug, dann bleibt man im Gleichgewicht. Dann nach der anderen Seite. Und ins Wasser legen wie „toter Mann“ mit etwas Festhalten. Es folgen noch einige weitere solche Übungen. Wirklich erstaunlich, welche Wirkungen man durch langsames Bewegen des Kopfes erreichen kann! Alles Dinge, die mich ganz schön erstaunen. Da ich keine Angst vorm Wasser habe, ist das kein Problem. Wenn ich Angst hätte unterzugehen, ginge das alles gar nicht oder viel schwerer.

Am Ende unserer Stunde kommt das, was ich mir eigentlich heimlich gewünscht habe: das Schwimmen. Ich bin selbst neugierig, wie das gehen wird. Die Therapeutin gibt mir ein bisschen Zeit, um das zu probieren. Dort hinüber sind es ungefähr zehn Meter. Der erste Schwimmstoß - oder das, was einer sein sollte. Jedenfalls gelange ich nicht übers Wasser wie gewohnt, sondern bin irgendwie plötzlich unter Wasser. Wo ist denn jetzt eigentlich oben?? Erst mal alles sein lassen, damit ich von selbst wieder oben ankomme. Das ist aber leichter gedacht, als es klappt. Ich schlucke Chlorwasser, will atmen ... So tief ist das Wasser wirklich nicht, aber wo ist jetzt oben, ich weiß es immer noch nicht?? Irgendwie bekomme ich schließlich den Boden unter die Füße. Ich tauche wieder auf und atme durch. Was soll denn das werden?? Ich bin ganz schön deprimiert. Das Schwimmen soll nicht mehr gehen!? Wieder etwas, womit ich mich abfinden soll?!

***

Die Logopädie ist teilweise Einzeltherapie und teils in der Gruppe. Zu den Einzeltherapien fahre ich immer ins Erdgeschoss zum Zimmer der Logopädin, und sie holt mich herein, wenn ich an der Reihe bin. Hier werden bestimmte Laute durch Vor- und Nachsprechen von Wörtern oder Wendungen trainiert. Sätze werden mit unterschiedlichen Betonungen gesprochen. Je nachdem erhalten sie eine völlig andere Bedeutung. Oder wir lesen im Wechsel einen Dialog - oft vom beliebten Loriot. Schließlich soll ich mir dann auch einmal eine Reihe Befehlssätze ausdenken und sprachlich umsetzen, die aus dem Lehrerleben stammen könnten, etwa: „Geh nach vorn!“ oder „Lies deine Ergebnisse vor!“ oder „Hör jetzt zu!“ oder ... Das erinnert alles daran, wo ich wieder hin will - in ferner Zukunft.

In der Logopädiegruppe nehmen zunächst die ungefähr zehn Patienten Platz vor einer großen Spiegelfläche, sodass man sich selbst beobachten kann. Dann kommen immer eine Reihe Übungen für Mund und Zunge wie: Luft im Mund hin- und herschaukeln, Zunge verschieden bewegen, Übungen mit dem Holzspatel ...

Eines Tages kommentiert einer der Patienten jede Übung auf seine Art. Man weiß eigentlich gar nicht mehr, wie man sich verhalten soll. Die Logopädin macht weiter ihre Übungen vor, und einige andere wie ich auch haben nur damit zu tun, nicht laut loszulachen. Zum Beispiel beim Schaukeln der Luft zwischen rechter und linker Wange: „Und wenn das jetzt platzt bei mir?“ - Oder in Richtung des Spiegels, wo er seinen Hintermann sieht: „Mensch, Heinz, guck nicht so! Dieses Gesicht mach ich sonst nie, sondern nur, weil die Frau da vorn das so gesagt hat! Und die Grimasse bleibt hoffentlich auch nicht so stehen, sonst müsste ich jetzt immer damit rumlaufen!“ So geht das die ganze Zeit über. Manche Patienten sind dagegen völlig unbeeindruckt, als ob gar nichts wäre. Nach dieser Therapie unterhalte ich mich etwas mit diesem „Spaßvogel“, der übrigens auf meinem Gang wohnt. Er sagt, dass das seine letzte Therapie gewesen sei. Also sollte das wohl sozusagen seine Abschlussvorstellung sein. Er hatte vor drei Jahren auch einen Schlaganfall und macht mir jetzt einen wunderbar wiederhergestellten Eindruck. Dann zu hören: „Das schaffst du auch noch! Du musst nur dranbleiben!“ - das gibt mir schon etwas.

***

Bei der Ergotherapie wird immer wieder die linke Hand und das linke Bein verschieden trainiert durch Tätigkeiten wie Schrauben, Auflegen, Absammeln, Zusammendrücken. Ab und zu werden auch Tests gemacht, um Fortschritte messbar zu machen. Zum Beispiel muss ich eine Anzahl etwa vier Zentimeter langer Holzstecker von einer Seite nacheinander abstecken und auf der anderen Seite wieder feststecken, das Ganze mit Stoppuhr. Oder es wird ein Kraftmesser mit der Hand zusammengedrückt. Dabei kann man den Kraftzuwachs ablesen. Das sind einfache Übungen, die Vergleiche ermöglichen, was sich wie schnell bessert. Und sie fallen mir nicht so sehr leicht, wie es vielleicht klingt.

Am sogenannten Kiesbett machen wir auch einige Übungen. Zweck: Durch das Bewegen der Hände oder Füße in den kleinen abgerundeten Kieseln wird das Gehirn angeregt. Das Kiesbett kann ich jederzeit benutzen, wenn nicht gerade jemand anderes dort sitzt, nachdem Hände beziehungsweise Füße desinfiziert sind, erfahre ich. Gesagt, getan.

Eines Tages holt die Therapeutin mich und eine weitere, bedeutend jüngere Frau woanders hin. Wir gehen in die Küche zum Pizzaherstellen. Meine Partnerin kennt sich offensichtlich schon etwas besser in der Küche aus. Sie sitzt im Rollstuhl und zusätzlich auf einem Schwimmring zur Polsterung, während ich inzwischen schon so weit bin, dass ich den Rollator vor der Tür abstelle und mich in der Küche so bewegen kann, aber wie man so schön sagt: „Immer an der Wand lang." Die junge Frau hatte einen Autounfall gehabt, in dessen Ergebnis die Hüftknochen und weitere Knochen kaputtgegangen waren und nun wieder richtig zusammenwachsen müssen. Das Praktische an unserer Tätigkeit: Wir haben uns unser Mittagessen gleich selber hergestellt, und die Therapeuten bekommen auch ihren Teil ab.

In der Ergogruppe werden Körbe durch Flechten von Peddigrohr selbst hergestellt. Das nimmt insgesamt mehrere Wochen in Anspruch. Ich mache das hier zum ersten Mal und finde es ganz gut, zumal in Aussicht gestellt wird, dass ich gegen einen Obolus mein fertiges, selber gebasteltes Ergebnis mitnehmen darf. Dieses besondere Aufbewahrungsbehältnis werde ich also zu Hause hinstellen können. Ohne fachmännische Hilfe wäre das allerdings sicher nichts geworden!

***

Die Übungen am Computer führt vor allem eine Praktikantin durch. Da sind Übungen verschiedenster Art dabei: für Konzentration, Gedächtnis, Zusammenfügen, Ausdauer, Reaktion. Beispiele: Aus einer Reihe von Wörtern die falsch geschriebenen finden. Oder es erscheinen in zeitlichen Abständen, die immer geringer werden, Zeichen auf dem Bildschirm, von denen man bei einem ganz bestimmen immer klicken muss und alle anderen ignorieren soll. Oder aus einem Wust von Zeichen am Bildschirm eine bestimmte Zahl möglichst schnell herausfinden, und das in dreißig Durchgängen (Punktwertung nach benötigter Zeit und gemachten Fehlern). Sicher ist auch „Unnötiges“ dabei, aber man muss bedenken, dass das hier Möglichkeiten und Angebote für sehr verschiedene Zwecke sind. Da ist wohl klar, dass nicht alles für jeden geeignet ist. Also: Das Geeignete heraussuchen!

***

Zu den Therapien gehört irgendwann auch ein Vortrag zum Thema „Schlaganfall“. Der Oberarzt teilt den zuhörenden Patienten mit, wie es zu einem Schlaganfall kommt, und veranschaulicht das Gesagte am Projektor, alles gut dargestellt.

Also: Wie kommt so ein Schlaganfall zustande, die dritthäufigste Todesursache?

Erstens: Hoher Blutdruck - bei mir ist der Blutdruck im Schnitt 120 : 80.

Zweitens: Bewegungsarmut - das trifft auf mich auch nicht zu mit Joggen ein- bis zweimal pro Woche oder schwimmen in der nahe gelegenen Talsperre, wobei wir mit dem Fahrrad hingefahren sind. Und so weiter.

Drittens: Rauchen - die letzte von wenigen von mir konsumierten Zigaretten habe ich im Jahre 1982 geraucht (ich weiß das so genau, weil es sich mit einer ziemlich konkreten Sache verbindet).

Viertens: Alkohol - ja, manchmal, weil es schmeckt - zum Beispiel eventuell ein Glas Rotwein am Abend.

Fünftens: fettreiche Ernährung - na ja, nur Salate esse ich nicht, und Kalorienzähler bin ich auch nicht, aber fettreich ist was anderes!

Um einen neuen Schlaganfall zu vermeiden, was bei einer ganzen Reihe von Leuten in den nächsten paar Jahren passiert, muss man seine Lebensweise ändern, höre ich. Ich sehe aus dieser Richtung keinen Grund für panische Angst, dass mir das noch einmal passieren könnte.

Aber konkret: Was soll das jetzt für mich bedeuten?? In der letzten Woche der REHA steht der Vortrag wiederholt auf dem Plan. Diesmal ohne mich. Ich wüsste nicht, warum.

Ursache bei mir ist etwas ganz anderes: ein Aderriss infolge meines Unfalls, sagen wir: „dumm gelaufen“ (besser: sehr dumm). Hätte das unter Umständen nicht auch beim Ausrutschen vor der eigenen Haustür passieren können? Also was denn nun? In Watte packen?!

***

21. bis 27.Sept.

Mittwoch Stationswechsel. Da bedeutet viel mehr Selbständigkeit, zum Beispiel:

Behandlungsplan vom Postfach an der Rezeption abholen, keine Uhr mehr im Zimmer, selbst zu den Behandlungen gehen, selbst Bett machen, selbst Medikamente stellen, Fernsehen muss bezahlt werden, Getränke selbst organisieren.

Ab 26.9. keine Thrombosestrümpfe mehr.

Schwimmen (Brustschwimmen) geht wieder.

Am Wochenende stets ohne Hilfsmittel zum Essen gelaufen, aber wie ein Roboter (!).

Spazieren im Wald nur mit Händehalten.

Sprechen klingt nicht gu, aber langsam - „behindert“, ist aber inhaltlich gut.

Abends immer Treffpunkt auf alter Station zum Plaudern und Mensch-ärgere-dich-nicht-Spielen.

Übernachtung Freitag bis Sonntag.

***

28. Sept. bis 4. Okt.

Rollator als Gehhilfe zum Essengehen, sonst auf der Station freihändig, war am Sonntag mit Katrin im Schwimmbad, am Wochenende viel Spazierengehen mit Rollator bzw. mit Handhalten und ohne Rollator.

***

Auf die Wochenenden mit den Besuchen meiner Familie warte ich immer sehr. Nun darf Ralf auch, wenn er möchte, mit in meinem Zimmer übernachten.

Am Wochenende „tobe" ich mich auch beim Schwimmen aus. In der Woche darf ich ja allein nicht ins Bad, weil durch den Anfall, den ich vor nicht allzu langer Zeit im Krankenhaus hatte, die Zeichen auf „Alarm" (sprich: Epilepsie) stehen. Da kann ich nur schnell am Schwimmbad vorbeilaufen, denn dort lässt man mich deswegen sowieso nicht hinein.

Also gehen wir immer am Wochenende. Da drängle ich schon, dass wir mindestens einmal schwimmen gehen. Es ist zum Glück bei meinem ersten Fehlversuch geblieben. Brustschwimmen oder Kraulen, das geht alles wieder, nur an der Ausdauer muss ich noch arbeiten. Aber so weit, dass mich eine der Betreuerinnen am Schwimmstil erkennt und extra begrüßt, ist es schon! Das freut mich, aber in der Woche ärgere ich mich oft.

Ansonsten gehen wir immer - mit dem Rollator „gehe" ich ja jetzt wirklich! - mehrere Runden spazieren. Ein Ziel ist die Voliere im Kurpark mit vielen verschiedenen Sittichen, Tauben, Rebhühnern sowie einer drolligen Zwergwachtel, die uns dadurch auffällt, dass sie auf einer Seite pausenlos hin- und herläuft. Auf dem Teich des Parks kann man auch eine Entenfamilie beobachten, die dort regelmäßig auftaucht, sowie eine graue Tigerkatze, die regelmäßig um den Teich herumschleicht und voller Appetit die Entenfamilie und die im Wasser befindlichen Goldfische beobachtet. Aber es muss eben beim Beobachten bleiben, zum Glück für die Enten und die Fische!

Wir machen oft eine Wanderung entlang der verschiedenen Waldwege, die es hier zur Genüge gibt. Es ist erstaunlich, was für eine schöne Wandergegend sich hier verbirgt, wo man eigentlich nur an Autobahnen denkt. Man kann zwar die Autobahn hören, aber sie klingt sehr weit entfernt, weil die Motorgeräusche durch den vielen Wald gut abgedämpft werden.

Am sogenannten Behindertenwanderweg fallen mir übrigens besonders die zweifellos notwendigen Regenquerrinnen auf, die mit dem Rollator schwierig zu passieren sind. Deswegen betrachte ich diese Wegbezeichnung mit einer gewissen Ironie.

Der Radius unserer Rundgänge vergrößert sich also allmählich. Beispielsweise ins „Diska" dauert der Hinweg eine gute halbe Stunde. Klar, dass man da nicht einen normalen Wanderschritt ansetzen darf. Aber wenn wir losmarschieren, dann geht es hintereinander weg.

Doch ich muss immer wieder sagen: Allein würde ich mich nicht zurecht finden. Wo wir abbiegen müssen? Die wievielte Querstraße? Sind wir in der richtigen Richtung? Grob gesehen, vielleicht. Aber wenn wir links und rechts und schräg mehrfach um mehrere Straßenecken herum sind, dann sieht das schon anders aus. Zurückfinden würde ich mich wieder einmal überhaupt nicht. Klar, mich lässt hier niemand einfach in der Landschaft stehen, wie man das so aus „Hänsel und Gretel" kennt. Aber dieses Gefühl: Allein kommst du jetzt nicht mehr zurück, nun brauchst du wieder mal Hilfe! Das ist einfach nicht besonders schön.

Noch so eine Begebenheit: Wir laufen die Hauptstraße entlang. Plötzlich von links hinter dem Gartenzaun lautes Gebell. Bösartig und zähnefletschend und unter ständigem Bellen ist da plötzlich ein Schäferhund. Er ist nicht zu beruhigen. Ich bleibe stehen und atme durch.

„Wenn ich nun herzkrank wäre und vor lauter Schreck einen Infarkt bekommen hätte?"

„Ja, dann hättest du wahrscheinlich Pech gehabt."

„Aber das kann doch nicht sein, so was! Hier sind ja einige Patienten mit Herzproblemen in der Klinik!"

Da betritt der Besitzer seinen Garten. Er geht nach hinten, zu einer Hütte, und bringt irgendetwas hin. Alles andere kümmert ihn nicht. Der Hund bellt weiter und läuft hinter dem Zaun immer mit uns mit.

„Na gut, dann bell ruhig noch ein bisschen weiter!", meine ich, und wir gehen wieder in umgekehrte Richtung. Der Hund folgt uns und kläfft weiter.

„Würde ich anfangen, in seinem Garten zu randalieren, dann würde ich den Lärm einsehen. Aber ein Tier, das so unmotiviert herumbellt, muss am besten seinen Besitzer richtig nerven!" meine ich zu Ralf. Und wir gehen noch ein paar Mal an diesem Zaun auf und ab. Schließlich laufen wir weiter.

Ins „Diska“ gehen wir nun öfter einkaufen. Hier erweist sich der Rollator als ziemlich günstig, denn wir brauchen keinen Einkaufskorb, da sich die Artikel im Korb des Rollators ablegen lassen.

Ums Bezahlen kümmere ich mich nicht, das erledigt Ralf. Das hat auch den Grund, dass ich zu solchen Dingen wie Portemonnaie öffnen und die richtigen Münzen herausnehmen einfach nicht in der Lage bin. Ich finde das wieder einmal unglaublich, aber das ist jetzt so. In meinem Hinterkopf läuft eine Art Film ab, wie das denn wäre, wenn ich das nun selbst machen würde: Ich nehme das Portemonnaie und reiße es auf (denn von „normalem“ Öffnen könnte ich da nicht reden). Dadurch fallen viele der Münzen heraus und auf den Boden ringsum. Die hilfsbereiten Leute helfen mit beim Einsammeln. Nun würde das Herausnehmen der Münzen folgen. Nehmen wir an, es wären 7,83 Euro. Weil ich es selber nicht hinbekommen würde, die richtigen Münzen herauszusuchen, und natürlich würde das auch ewig lange dauern, gingen verständlicherweise schon die ungeduldig werdenden Blicke der Leute nach uns los. Also müsste ich dann Folgendes tun: Ich reichte das Portemonnaie der Verkäuferin und ließe sie die Münzen heraussuchen. Selbstverständlich würde sie das auch machen ...

Schluss damit!

Mir fällt übrigens beim Betrachten unseres Einkaufs wieder einmal an mir auf, dass ich neben verschiedenen Früchten genug Süßigkeiten auswähle, Schokolade, Kekse und so etwas. Ich habe gegenwärtig immer ziemlichen Appetit auf Süßes, das kann ich nicht verleugnen, das ist so. Ob ich die berühmten Glückshormone nötig habe oder ob das eine Medikament dahinter steckt, das als Einschlafhilfe gegeben wird und bei dem ich im Beipackzettel auch etwas von „Antidepressivum“ gelesen habe und von Gewichtszunahme - ich weiß es nicht.

Nach den ganzen Ereignissen will mir das Ralf nicht ausreden. Das wäre wohl auch ziemlich schwierig geworden. Jedenfalls ist die Gewichtszunahme einfach nicht zu vermeiden. Dagegen kann ich einfach nichts tun. Im Grunde weiß das der vernünftige Mensch: Genüsse haben ihre Konsequenzen. Aber die Vernunft hat an dieser Stelle einfach nichts zu melden. Nichts zu machen!

***

Meine Physiotherapeutin fragt irgendwann, ob ich Nordic-Walking-Stöcke habe. Natürlich! Also probiere ich mit einem zunächst leihweise überlassenen Stock das Gehen. Es funktioniert. Und schon wieder bin ich einen Schritt weiter! So laufe ich nun mit einem solchen Stock durch die Gegend, im Gebäude und auch draußen. Einziger Nachteil, den besonders Ralf beim Besuchen feststellt: Mit einem Stock sieht es einseitig aus. Man sollte deshalb möglichst beide Stöcke nehmen, wegen der ganzen Körperhaltung.

***

5. bis 11. Okt.

Gehen mit dem geborgten NW-Stock. Habe am Mittwoch unsere eigenen NW-Stöcke mitgebracht.

Seitdem gehen wir mit den NW-Stöcken spazieren und nicht mit Rollator.

Gehen sieht noch steif aus (Hals/Kopf), Schulter ist schief (rechts hoch, links tiefer), linker Fuß oft nach hinten.

Sie läuft aber über große Strecken gut. Sprechen wie gehabt.

Mo., 12. Okt. – Abschlussuntersuchung

ALLES, WAS DIE MENSCHEN IN BEWEGUNG SETZT, MUSS DURCH IHREN KOPF HINDURCH; ABER WELCHE GESTALT ES IN DIESEM KOPF ANNIMMT, HÄNGT SEHR VON DEN UMSTÄNDEN AB.
(FRIEDRICH ENGELS)

Oktober 2009

Am 13. Oktober, einem Dienstag, ist es soweit: Ich komme endlich nach Hause! Eigentlich weiß ich ja schon gar nicht mehr, wie das ist - zu Hause. Nicht, dass ich nicht mehr weiß, wie es hier aussieht. Oder etwa, dass ich gar nicht nach Hause will. Nein, das ist es überhaupt nicht. Aber durch die ganzen Umstände bin ich in gewisser Weise „weg davon“. Es ist immerhin ein Vierteljahr her, seit wir so nichtsahnend in den Urlaub gestartet sind.

Alle Sachen sind nun eingepackt. Das habe ich schon selbst geschafft. Schließlich fehlt es mir da nicht an Zeit. Mehrmals schaue ich noch einmal nach, ob ich auch nichts vergessen habe irgendwo hier - im Bad, im Kleiderschrank, im Nachttisch und sonst im ganzen Zimmer. Nein, das war alles.

Ralf kommt mich am frühen Vormittag abholen. Sämtliche Taschen und Beutel kommen auf einen Wagen und dann zum Auto. Zunächst gehen wir zur Rezeption zum Abmelden, nachdem ich mich bei der Schwester auf der Station verabschiedet habe. Dann begeben wir uns zum Auto. Ralf lädt alles ein. Ich kann nur dabei zuschauen, denn schwere Taschen heben kann ich sowieso nicht.

So, nun ist alles drin. Ralf macht mir die Beifahrertür auf, und ich setze mich. Tschüss, Klinik!

Die Heimfahrt dauert ungefähr eine Stunde. Wann werde ich so eine Strecke wieder selbst fahren können? Werde ich das überhaupt? Momentan ist das unvorstellbar für mich. Wünschenswert wäre es schon, aber mehr Gedanken sollte ich mir erst einmal nicht machen. Zumal ich aus manchen Mitteilungen entnommen habe, dass man nach einem Schlaganfall unbedingt das nächste halbe Jahr nicht selbst fahren sollte - eine vernünftige Regelung, so erscheint es mir jetzt.

Als wir schließlich ankommen, da ist es doch ein ziemlich eigenartiges Gefühl, nach dieser langen Zeit „wieder zu Hause" zu sein. Ein bisschen unwirklich ist es, denn wenn man irgendwo lange nicht war und sieht es wieder, dann erscheint alles irgendwie anders Und so geht es mir jetzt auch.

Da kommen auch solche Fragen wie: Was werden denn die anderen sagen, genauer: Was wird wer sagen und tun? Ich darf gespannt sein. Wir fahren in unsere Straße ein. Zu sehen ist niemand. Ich steige langsam und vorsichtig aus, gehe vors Haus und schaue mich erst einmal um, während Ralf alles aus dem Auto holt. Den Weg zum Hauseingang über die paar Treppen gehen wir gemeinsam, und ich halte mich lieber bei ihm fest, damit ich nicht nach einer Seite hinfalle.

Mit Schrecken denke ich daran, dass das alles hätte umgebaut werden müssen in dem Fall, dass ich Rollstuhl oder Rollator weiterhin oder vielleicht dauerhaft gebraucht hätte. Und das hätte er gemacht, wenn es erforderlich gewesen wäre!

Fiel mir das in den letzten Wochen manchmal ein, dann musste ich immer denken: Hoffentlich nicht! BITTE nicht!

Und wenn es doch nötig gewesen wäre, dann wäre es eben so gewesen, ganz einfach. Jedenfalls bin ich heilfroh, dass da alles so bleiben kann, wie es ist.

***

Die., 13. Okt.

Während wir so gemeinsam auf die Haustür zugehen, muss ich wieder daran denken: Da ich nicht wusste, wie das mit Katrin wird, hatte ich mir schon ein paar Varianten überlegt, den Hauseingang umzubauen. Schließlich sind die Stufen nicht geeignet für Rollstuhl oder Rollator. Und wie das bei Katrins Entlassung aussehen würde, das war ziemlich ungewiss. Kein Rollstuhl mehr - ja, das dachte ich schon. Aber dass der Rollator zumindest eine Zeitlang noch bleibt, das wäre durchaus auch anzunehmen gewesen. Also habe ich schon gedacht, dass ich immer nachmittags schrittweise den Hauseingang entsprechend verändere - die Stufen weg und dafür einen leicht schrägen Weg bis zur Haustür. Erst die Gehwegplatten an der Seite neu setzen als Begrenzung und dann dazwischen das Pflaster neu legen. Vor solchen praktischen Arbeiten habe ich sowieso keine Angst und mache sie gerne. Sie gelingen mir auch immer gut. Da ist nichts mit dem Lehrer und den zwei linken Händen, im Gegenteil.

Wenn ich überlege, um wie viel alles schlimmer sein könnte, so hätte ich das letzten Endes gern gemacht!

Zum Beispiel hätte ich ja ein Geländer bauen können, aber das scheint alles nicht erforderlich zu sein. Zum Glück wird alles noch besser, als ich manchmal angenommen hatte.

***

Schlüssel ins Schloss - Tür auf - und ich gehe hinein in den Flur. Ich muss erst einmal stehen bleiben. Geradeaus gelangt man in unsere Wohnung, und links die Treppe hoch, da ist die Wohnung, in der meine Eltern gewohnt haben, als sie noch lebten. Wie alt wären sie denn jetzt? Sechsundneunzig Jahre mein Vater, einundneunzig Jahre meine Mutter - da wären viele Fragezeichen gewesen.

Ich glaube, mein Vater hätte die jetzige Situation überhaupt nicht erfasst. Und meine Mutter? Wenn ich mir dann vorstelle, dass sie, die immer helfen und unterstützen wollte, in ihrem hohen Alter diese Treppe Schritt für Schritt herunterkäme wie so oft, dann stehen bleiben würde und dann? Ich kann da überhaupt nicht weiterdenken, will mir gar nichts vorstellen. Die Vorstellung allein ist schon schrecklich genug, bitte nicht!! Also verdränge ich diesen Gedanken und denke: In dieser Hinsicht ist es gut, dass meine Eltern das nicht mit erleben müssen.

Ich gehe weiter, ins Wohnzimmer. Auf dem Tisch steht eine Vase mit Blumen. Wir setzen uns gemeinsam aufs Sofa. So, jetzt sind wir gemeinsam da. Herzlich willkommen zu Hause!

Doch, wirklich, jetzt bin ich auch innerlich angekommen. Ganz bestimmt nicht so, wie ich eigentlich ankommen wollte, aber nun gehts hier los! Ich bin einfach richtig froh, dass wir wieder hier beisammen sind und uns noch haben.

Aber was wird denn nun eigentlich? Nun schlägt der Alltag zu. Es ist bald Mittag. „Wollen wir gleich Makkaroni machen?“

Na klar, unser schnelles Standardgericht, wenn wir gleich mal nicht wissen, was wir sonst zu essen machen sollen. Schon steht Ralf am Herd. Er kocht ja sowieso gern. Zum Glück, muss ich jetzt sagen. Ich stelle mich ans Fenster, schaue zu und lasse mich buchstäblich bekochen. Und es schmeckt, das Begrüßungsmahl!

In den folgenden Stunden arbeite ich mich durchs Haus und schaue mir alles an. Ich sehe sozusagen alles mit neuen Augen. Das ist nun der Start in ein neues Leben. Wer hätte das gedacht??

Ausnahme
Ihr, die ihr blind und gehörlos seid,
geltet als körperversehrt.
Aber die Geschmacklosigkeit
wird nie zum Gebrechen erklärt.
(Hans-Georg Stengel)

Ich bin heilfroh, dass Rollstuhl und Rollator hinter mir liegen. Hürden, die zum Glück geschafft sind. Doch da liegen ja noch genügend vor mir. Ich kann noch gar nicht absehen, wie ich die nehmen soll und ob sie überhaupt zu nehmen sind. Die Anzahl und der Umfang der „offenen Baustellen" ist unüberschaubar, so kommt es mir vor. Eines weiß ich nur ganz sicher: Ich muss das alles angehen, einen anderen Weg gibt es überhaupt nicht. Und noch etwas weiß ich auch ganz sicher: Ich bin dabei nicht allein, beginnend mit meiner tollen Familie. Aber auch darüber hinaus gibt es viele Unterstützung von den verschiedensten Leuten, auch welche, von denen ich das nie gedacht hätte! Was mir immer wieder Auftrieb gibt und worüber ich sehr dankbar bin, auch wenn ich meistens nichts sage.

Einfach nur: DANKE!

***

Wie geht es mir gegenwärtig so bewegungsmäßig? Ich bestehe gewissermaßen aus zwei Teilen: Rechts funktioniert alles annähernd so, wie ich es bisher gewöhnt bin. Auf der linken Seite ist das anders. Auf der rechten Seite hat der Infarkt im Hirn ziemlich zugeschlagen - „Kleinhirn- und Posteriorinfarkt rechts bei traumatischer Vertebralisdissekton rechts" heißt das ziemlich exakt medizinisch. Und auf der linken Seite merke ich das dann bei den verschiedensten Dingen.

Zum Beispiel beim Gehen muss ich immer auf diese Seite besonders achten. Darauf, dass ich so auftrete, dass ich einigermaßen geradeaus laufen kann. Ich sage „einigermaßen", weil man das noch keinesfalls sicher nennen kann. Immer muss ich hinschauen, wo ich hinlaufe, denn jede Unebenheit kann mich aus dem Gleichgewicht bringen. Da spielt die visuelle Kontrolle eine große Rolle, merke ich. So wie bisher, dass ich selbstverständlich Unebenheiten des Bodens während des Laufens ausgleiche, ohne hinzuschauen, das geht einfach nicht. Daraus folgt, dass ich den Kopf notwendigerweise immer ziemlich starr geradeaus und auf den Boden vor mir richte, und das sieht man.

Um möglichst geradeaus gehen zu können, benötige ich die Nordic-Walking-Stöcke, sonst gerate ich aus dem Gleichgewicht. Außerdem kann ich so während des Gehens auch die Arme, speziell den linken, mit beschäftigen und trainieren.

Mit der linken Hand ist das so: Das Greifen geht prinzipiell schon, festhalten schon besser als vor einiger Zeit. Nur lässt die Kraft ziemlich schnell nach. Folge: Gegenstand fallen lassen! Das bewusste Loslassen funktioniert nicht so gut.

Wenn man meine Armbewegungen links verfolgt, dann sieht es aus wie bei einem Roboter, ruckweise. Wenn ich eine Tasse Kaffee mit links füllen und von einem Ort zu einem anderen transportieren könnte, ohne zu kleckern, da hätte ich viel erreicht! Gegenwärtig kann ich so etwas nur mit rechts machen, ohne eine deutlich sichtbare Spur zu hinterlassen.

Problematisch ist es auch, den linken Arm richtig nach oben zu heben. Oder nach hinten auf den Rücken langen, um sich dort zu kratzen. Das tut so weh, dass ich freiwillig aufhöre. Wenn ich links etwas greife oder umlagere, bin gut beraten zu kontrollieren, wie das geschieht. Sonst werfe ich etwas rücksichtslos um, weil ich es erst einmal gar nicht gesehen habe.

Im Haus kann ich zum Glück ohne weitere Hilfen gehen. Ich brauche allerdings immer etwas, womit ich mich in der Balance halten kann. Das Treppenlaufen herauf und herunter geht bei weitem noch nicht so schön mühelos, wie ich das „aus meinem früheren Leben“ kenne. Unsere Treppengeländer sind dabei aber so günstig, dass ich mich gut daran festhalten kann.

Wenn ich treppauf laufe, funktioniert das etwas besser. Ich kann mit genügend Konzentration sogar freihändig die Treppe hoch steigen, aber ich muss eben auf jeden einzelnen Schritt achten. Doch abwärts geht das so: Erst drei oder vier Stufen steigen und dabei links und rechts am Geländer festhalten, dann stehen bleiben, umgreifen am Geländer, und wieder drei oder vier Stufen, und so weiter. Die Treppe hinunterstürzen, das wäre das Schlimmste, was mir zum Glück nie passiert ist. Und das darf auch zukünftig einfach nicht passieren, unter keinen Umständen!

Sicherheit ist A und O!

Während des Laufens auf der Treppe noch etwas in der Hand tragen, das wäre wirklich etwas viel verlangt, das kann ich nicht! Nichts ist mit „einfach mal was in den Keller schaffen"! Oder einfach die Treppe hinauf- oder hinunter rennen, unmöglich! Wird es das jemals wieder geben??

Und dann die „kleinen Kunststückchen": Auf einem Bein zu stehen! Rechts geht das ziemlich problemlos, aber links, na Hilfe! Oder das berühmte Kaffeebohnenlaufen - vorwärts oder gar rückwärts - oh je!

Dass es um meine Balance nicht so gut bestellt ist, merke ich auch, wenn ich auf unserem schönen großen Gymnastikball, den wir uns schon vor Jahren zugelegt hatten (damals aus Überlegungen zur Sitzhaltung) sitzen möchte. Das geht gar nicht so ohne weiteres. Weil ich merke, dass ich damit ganz schnell umfallen würde, platziere ich ihn kurzerhand in einen Winkel, damit er nicht wegrollen kann.

Die gesamte linke Seite fühlt sich schon mal ganz anders an. Das ist schwer zu beschreiben: Vielleicht so, als ob die linke Seite völlig mit einer Art Binde umwickelt ist, welches natürlich bei jeder Bewegung stört. Die linke kleine Zehe und der linke kleine Finger sind wie gefühllos und, wenn ich mich ruhig hinsetze, wie eingeschlafen. Das war und ist so. Sie sind aber dabei nicht kalt, also ist es „nur" wie eine Irritation.

Allerdings spüre ich links alles - ob ich etwas berühre, Heißes oder Kaltes - eigentlich schon immer, zum Glück. Dass das auch ganz anders sein kann, darüber haben mir in der REHA verschiedene Leute einiges erzählt. Zum Beispiel, dass man den linken Arm unters Wasser hält und dabei nicht bemerkt, dass welches darüber läuft, auch nicht, ob es kalt oder vielleicht ganz heiß ist.

Doch da gibt es noch mehr: Dass man nicht bemerkt, was auf der linken Seite des Tisches liegt. Dass man die Uhrzeit, die auf einer großen Uhr angezeigt wird, gar nicht deuten kann. Und so weiter. Es sind alles Dinge, bei denen ich erleichtert sagen kann: Nein, so ist es nicht!

Aber diese insgesamt nicht gerade schöne Situation hat natürlich Konsequenzen für vieles Praktische. Hier muss ich immer wieder daran arbeiten, meine linke Seite fit zu machen. Wie lange wird das dauern, und inwieweit wird das wieder möglich sein? Ziemlich dringende Fragen für mich, die mir aber niemand so richtig beantworten kann.

***

Man sagt so schön: „Hast du deine Sinne beieinander?“

Sachlich gesagt: So ein Hirninfarkt erzeugt eine Reihe tote Stellen im Gehirn. Mitten durch diese geschädigten Areale verläuft zum Beispiel der Sehnerv. Warum soll der also nicht auch etwas abbekommen? Eine ausgesprochen unschöne Frage. Er hat ja auch offensichtlich etwas abbekommen bei mir. Im linken oberen Quadranten fehlt etwas. Wie?? Schaue ich auf einen Punkt nach vorn, dann fehlt links etwas. Was ist dort? werde ich öfters gefragt. Ist es dort schwarz? Nein, so ist es nicht. Da ist eben nichts. Schaue ich weiter nach links, bemerke ich, dass da doch etwas ist.

Beim Schauen in den Fernseher aus nicht allzu großer Entfernung kann man es deutlicher sagen: Blicke ich ein bis zwei Meter rechts neben den laufenden Fernseher, dann ist da nicht mehr das Fernsehbild, sondern Graues, eben nichts. Das Bild ist dann nicht da, es bewegt sich nichts. Schaue ich woanders hin, kann ich das Bild genauso von der Seite sehen, wie man das „normal“ annimmt. Ansonsten ist dort eben, wenn ich in eine bestimmte Richtung schaue, der leere Fleck. (Übrigens könnte ja auch eine völlige Blindheit die Folge sein. Andererseits habe ich schon von manchen Leuten aus der REHA gehört, dass sich ihr Gesichtsfeld wieder gebessert hat - Hoffnung!).

„Aber Sie sind ja noch jung, warten Sie nur ab, da haben Sie doch gute Aussichten!“ So etwas geht mir zugegebenermaßen wie Öl herunter (mit rund fünfzig Jahren).

Also hoffe ich immer weiter, dass vielleicht einmal nachwachsenden Nervenzellen einiges bewirken können. Unser Wunder-Gehirn ist ja doch zu so etwas in der Lage, was ich in der Schule einmal anders gelernt habe, wo es nämlich hieß: Nervenzellen wachsen nicht nach! Aber das scheint nicht die ganze Wahrheit zu sein. Man kann hoffen: Nervenzellen wachsen schon nach, aber sehr, sehr langsam. Oder besser: Benachbarte Areale können verloren gegangene Funktionen allmählich - falsch: seeeeeeehr allmählich - übernehmen.

Konsequenzen? Ich muss gegenwärtig besonders achten auf das, was von links kommt oder was sich links befindet, um nichts zu übersehen. So etwas ist fürs Autofahren undenkbar, es sei denn, der Gegenverkehr bleibt zu Hause ...

***

„Kannst du eigentlich riechen und schmecken?“ werde ich einmal gefragt. Ich kann erst einmal nichts sagen. Eine Selbstverständlichkeit, an die ich noch gar nicht gedacht habe! Und warum habe ich nicht dran gedacht? Weil es zum Glück offensichtlich weiter richtig funktioniert. So kann ich in diesem Falle mal eine positive Antwort geben und bin selbst wieder beruhigt, dass es da keine weiteren Lücken gibt.

Genauso ist es mit dem Hören. Das teste ich selber mehrfach, zum Beispiel, ob ich beim Spazierengehen Fahrzeuge von hinten kommen höre, oder wenn jemand von weitem ruft oder so. Ich glaube, da stimmt es auch mit mir. Ein messbares Ergebnis bringt der Besuch beim HNO-Arzt, und siehe da: Der Hörtest enthebt mich aller Sorgen in dieser Beziehung, und so bringe ich wieder unbelastet heraus: „Schlecht hören konnte ich schon immer gut!“

Auch mein Gleichgewicht ist medizinisch in Ordnung. Meine Balanceprobleme sind also eine Frage der Kraft und Koordination auf der linken Seite und haben mit dem Gleichgewichtsorgan nichts zu tun, zum Glück. Also werde ich meine Bewegungsprobleme mit der linken Seite unter dieser günstigen Voraussetzung angehen können.

Wieder eine dieser Selbstverständlichkeiten, die zum Glück noch funktionieren. Ich freue mich über jede positive Tatsache, denn es gibt leider daneben genug andere weniger positive Dinge.

***

Anders ist es schon mit dem Sprechen. Zum Glück weiß ich, was ich zu sagen habe, habe keine Wörter vergessen. Deswegen kann ich in dieser Hinsicht erleichtert aufatmen. Nur das Aussprechen, das dauert, und dann kommt alles auch oft recht verwaschen und mitunter unverständlich heraus. Da gibt es noch einiges zu tun. Es fehlt die „Alltagstauglichkeit“. Das Reden selbst sollte ja normalerweise Nebensache sein. Ist es aber für mich nicht. Ich muss mich noch zu sehr darauf konzentrieren. An meinen Beruf darf ich dabei lieber gar nicht denken.

Bei den „normalen“ Unterhaltungen hapert es auch noch. Bestimmte Wörter machen Schwierigkeiten. Welche, das merke ich meist erst, wenn ich sie aussprechen will und dabei hängen bleibe.

Zur Problematik „Reden“ mal eine Begebenheit kurz nach meiner Ankunft zu Hause: Wir waren zu einer Geburtstagsfeier in der Nachbarschaft eingeladen. Über die Freude des Wiedersehens brauche ich wohl kein Wort zu verlieren. Natürlich war mein Bedürfnis, mich zu äußern, arg nahe dem Nullpunkt durch meine Probleme mit dem Sprechen überhaupt. Eines kam noch hinzu: Als ich dann doch einmal etwas schildern wollte, ging das nicht, besser: sehr schlecht. Warum? Ich hatte nach dieser langen Zeit wieder einmal ein Glas Wermutwein getrunken, ein kleines wohlgemerkt. Obwohl ich im Kopf völlig klar war, merkte ich, dass ich nichts so recht sagen konnte von dem, was ich eigentlich wollte. Das, was ich von mir gab, kam so heraus, dass ich so bald wie möglich verstummte. Für meine Gegenüber dagegen sah das ganz anders aus.

Als wir uns dann nach Hause begaben und das Aufstehen und Zur-Tür-Gehen durch mein Problem mit der linken Seite auch nicht ganz geradlinig vonstatten gingen ... Das sah bestimmt aus wie zugedröhnt mit Alkohol! Ich konnte jedenfalls den ganzen Vorfall so richtig wie von außen beobachten (was man bei einem Alkoholrausch eigentlich nicht mehr kann!).

***

Um das Gedächtnis ist es nicht so besonders gut bestellt. Wenn ich eine Tätigkeit unterbreche, weil plötzlich etwas anderes zu machen ist, vergesse ich garantiert, was ich zuerst gemacht habe. Ich merke es unter Umständen erst, wenn ich dort wieder vorbeikomme, wo ich diese Tätigkeit unterbrechen musste. Ein bekanntes Beispiel wäre das mit der offen gelassenen Zahnpastatube. Also: Ich komme rund zwei Stunden nach dem Zähneputzen ins Bad und denke: ‚Welcher Idiot hat denn die Tube aufgelassen!?’ Die Antwort finde ich im Spiegel! Mir fällt es zum Glück wenigstens auf. Besonders zufrieden macht mich dieser Zustand aber nicht, denn über sonderliche Vergesslichkeit hatte ich bisher nicht zu klagen. Wie es jetzt ist, das ist mir einfach zu bunt.

Außerdem stelle ich an den Reaktionen meiner Gegenüber fest, dass ich Dinge unnötig mehrfach erzähle. Oder ich fange an zu überlegen, mit wem ich denn über ein bestimmtes Thema gesprochen habe und mit wem noch nicht. Einfach belastend!

Bei manchen Dingen hilft zum Beispiel: zu erledigende Dinge in einer Liste notieren und danach abarbeiten. Den Kurzzeitwecker nutzen, um an Wichtiges so zu erinnern. Gerade vor Arztbesuchen schreibe ich alles Notwendige auf, damit ich nichts vergesse (was man eigentlich sowieso machen sollte!).

An der Übersicht, alles Nötige zu bedenken und nichts zu vergessen, fehlt es noch ganz gewaltig bei mir. Auch zweifle ich manchmal, ob ich alles mitbekomme und erfasse.

Bei Unterhaltungen: Währenddessen fällt mir etwas ein, was ich antworten möchte. Doch ich will den anderen nicht unterbrechen und erst ausreden lassen. Das Dumme ist: Inzwischen habe ich vergessen, was ich sagen wollte, und es fällt mir auch nicht mehr ein. Nicht weiter schlimm - da sage ich eben nichts! Doch besonders schön ist das nicht, wenn man das feststellt!

Ähnliches passiert mir beim Merken von Zusammenhängen und Fakten in Filmen oder Büchern. Was war vor ein paar Minuten los? Wo kommt diese Person her? Wer ist das überhaupt? Danach fragen will ich aber auch nicht ...

Bei verschiedenen Gelegenheiten stelle ich eine ziemlich „lange Leitung“ bei mir fest. Ob meine Reaktionsfähigkeit durch den Schlaganfall gelitten hat? Oder ob es an einem der Medikamente liegt?? Jedenfalls ist da noch einiges zu machen. So, wie es derzeit ist, geht es nicht!

Worüber ich glücklicherweise überhaupt nicht zu klagen habe, das sind Kopfschmerzen.

***

Vor einiger Zeit hatte ich mir das Zehnfingersystem auf der Tastatur selbst beigebracht, um Arbeitsblätter, Mitteilungen und so etwas schneller schreiben zu können. Ich will nicht behaupten, dass das vollkommen perfekt war. An Profis wie Sekretärinnen kam ich damit ganz sicher nicht heran, aber für meine Bedürfnisse reichte es vollauf. Für das Lernen gab es ein Heft mit Übungen, die mit „ASDF...ÖLKJ“ begannen und bis zu verschiedenen Texten führten, die man möglichst schnell und möglichst fehlerfrei abschreiben sollte. Na ja, viele kennen ja, wie das anfängt.

Nun muss ich beim Schreiben besonders links wieder üben - was ich auch oft tue, zum Beispiel auch mit diesem Buch. Das klappt bei weitem noch nicht zufrieden stellend. Ich muss oft kontrollieren, ob ich auch die richtige Taste erwischt habe und ob ich sie auch nicht zuuuuuuuuuuuuuuuuuuuuu lange drücke oder gr nit.

Ähnlich ist es mit dem Klavierspielen. Einfache Stücke nach Noten zu spielen, das habe ich als Kind gelernt und immer wieder geübt. Das ging in der Vergangenheit recht gut, natürlich nur für den Hausgebrauch. Und jetzt? Links verspiele ich mich oft. Also muss ich wieder mit dem „Fröhlichen Landmann“ oder dem „Knecht Rupprecht“ beginnen (was so die Anfangsstücke sind beim Klavierlernen!?). Zweiter Fakt: Ein solches Stück reicht, dann bin ich kaputt. Also: Die Noten kann ich schon noch. Es hängt nur gewaltig an der Umsetzung. Sind weitere Sachen wie zum Beispiel „In mir klingt ein Lied" von Chopin oder ein Teil der„Mondscheinsonate“ von Beethoven passé für mich? Erst einmal oder für immer?? Ich probiere es ab und zu wieder und breche oft ab - aus Frust und Ärger!

***

Die Frage, finanziell zurecht zu kommen, ist schon wichtig. Ich muss einfach zugeben: Auch wenn das alles recht reibungslos funktioniert - ich hätte das allein niemals bewältigen können. Alles zu überschauen, was wann getan werden muss: da eine notwendige Tätigkeit, da eine nötige Antwort, da ein Brief, oder wer weiß was noch, das ist mir einfach zuviel. Das schaffe ich nicht, da fehlt mir die Übersicht. Ich bin kein Freund davon, alles machen zu lassen, aber ich schaffe es einfach nicht und vergesse garantiert etwas. Mir bleibt eigentlich nur, froh und dankbar zu sein, dass das Ralf so selbstverständlich erledigt. Da ist zum Beispiel bei mir alle paar Wochen ein Zettel auszufüllen wegen des Krankengeldes - erst zum Arzt, und dann bei der Krankenkasse abgeben. Und das ist nur eines von vielem. Noch gar zu reden von den Dingen, die nicht nur mich angehen.

Thema Versicherungen. Eigentlich kann man schon bei meinem ADAC-Flug damals im August beginnen, denn der kostete ja Geld und musste bezahlt werden. Welch schönes Gefühl, eines Tages eine Information zu bekommen über die fünfstellige Summe, die das Ganze gekostet hatte, und erleichtert festzustellen: Wir haben ADAC+, und somit brauchen wir das nicht selbst zu zahlen. Wenn man schon an dieser Stelle einen Kredit aufnehmen müsste!

Ich gebe es zu: Als wir vor einigen Jahren eine Berufsunfähigkeitsversicherung abschlossen, lächelte ich innerlich dabei. Nun sage ich natürlich: Gut, dass wir das getan haben. Eine Versicherung ist da für den Fall, der nicht eintreten soll. Stillschweigend nimmt man immer an, dass er nie eintritt! Hier kann ich nur sagen, was ich schon lange meine: Ich zahle in eine Versicherung lieber regelmäßig einen Betrag ein. Besser, als wenn mir etwas passiert. Denn es kann ja auch andersherum kommen - aber das passiert doch nur „den anderen“. Denkste!

Erfahrung ist die einzige Schule, in der auch Dummköpfe etwas lernen können.
(G. Chr. Lichtenberg)

Vor irgendwelchen Tätigkeiten kommt erst einmal etwas anderes - der Schlaf. Schlafen ist nun auch anders als gewohnt. Klar, das eigene Bett ist das eigene Bett, und das genieße ich. Schlaftabletten brauche ich generell keine mehr seit dem Krankenhaus. Also stimmt es, dass diese Baldriantabletten keine Abhängigkeit erzeugen. Abends so um 22 Uhr herum werde ich meist müde und schlafe gut ein. Wenn ich aufwache, kann es sein, ich drehe mich herum und schlafe weiter. Das ist der schöne, aber seltenere Fall.

Oft ist es anders: Irgendwann wache ich auf. Es ist natürlich finster. Wo bin ich? Ich schaue um mich. Aha, dort ist eine etwas helle Fläche, das ist das Fenster. Wir schlafen nie mit geschlossenen Jalousien. Da erkennt man wenigstens, wo man aufwacht, und das ist jetzt doppelt wichtig. Ich kann mich deswegen jetzt erst einmal orientieren. Der zweiter Blick geht in Richtung der Leuchtziffern des Radioweckers, reichlich drei Meter entfernt. Wie spät ist es eigentlich? Ich denke schon, gegen Morgen, denn ich habe das Gefühl, eine ganze Zeit geschlafen zu haben. Die Anzeige ist recht verschwommen. Ich kneife die Augen immer wieder zusammen, und so langsam fange ich an, etwas zu erkennen. Das Bild wird allmählich schärfer, aber das dauert mir viel zu lange! Ein Uhr dreiundvierzig - entziffere ich schließlich. Mitten in der Nacht!

Enttäuscht lasse ich meinen Kopf wieder fallen. So lange noch! Und ich bin nicht mehr so richtig müde, als dass ich jetzt wieder einschlafen könnte. Dadurch, dass mir am Tag die Auslastung fehlt, bin ich nachts häufiger munter. Mich herumzuwinden, dazu habe ich keine Lust, also - aufstehen.

Ich taste mich in der Dunkelheit durch bis zur Tür, denn im Schlafzimmer Licht machen wir nicht, wenn geschlafen wird (wie manche zum Lesen). Manchmal ist es ja nachts trotzdem etwas hell, aber heute nicht, weil wir gerade Neumond haben.

Nebenbei muss ich immer noch aufpassen, dass ich nicht hinfalle, deswegen taste ich mich an der Schrankfront entlang. So, nun müsste die Tür kommen. Endlich gelange ich hinaus in den Flur. So, Licht machen.

Jetzt kann ich ins Wohnzimmer schleichen. Dort greife ich mir das Scrabble-Spiel und bastele mir in der nächsten halben Stunde Wörter zusammen. Übung fürs Hirn. Die kann ich ja immer gebrauchen.

Dann bin ich wieder müde genug, um weiter zu schlafen. Diesmal bis zum Weckerklingeln gegen dreiviertel sechs. Eines muss ich zugeben: In dieser ersten Zeit denke ich oft beim Aufwachen: Nun könnte der böse Spuk vorbei sein und wieder alles normal weitergehen. Ich habe eigentlich genug mitgemacht, es reicht jetzt. Beim Aufstehen teste ich, wie es sich mit meiner linken Seite verhält. Aber nein, dieses „Supergefühl" auf dieser Seite ist leider immer noch da, und ich muss mich nach wie vor schön langsam und vorsichtig aus dem Bett heraus bewegen. Der ganze „Spaß" geht so weiter, es gibt keine Gnade. Vorwärts gehts!

***

„Was machst du eigentlich den ganzen Tag?" Das werde ich ab und zu gefragt in Gesprächen oder Telefonaten. Da kommt das Szenario: Jetzt fällt ihr bestimmt die Decke auf den Kopf! Alle, die so denken, kann ich beruhigen. Die Situation, dass ich da sitze und erschrocken überlege: „Wann ist denn endlich mal der Vormittag vorbei, und Ralf kommt nach Hause, damit die große Langeweile aufhört ..." - die gab und gibt es nicht!

Einerseits gibt es genug zu tun, und andererseits dauert so manches leider länger, als es mal gedauert hat.

Ich stehe immer mit Ralf gemeinsam auf, und wir trinken anschließend Kaffee. Einerseits bin ich nicht mehr so müde, dass ich liegen bleiben möchte. Andererseits ist das wohl auch nicht so richtig schön: Einer steht auf und fängt an zu rotieren, und der andere schläft weiter. Das mache ich einfach nicht. Die richtige Ruhe hätte ich sowieso nicht.

Dann macht sich Ralf auf in die Schule. Bei mir hört sich die Aufstehzeit vielleicht an wie noch einmal hinlegen. Fehlanzeige! Ich bin nicht mehr müde, ich bleibe auf. Zu tun gibt es immer etwas.

Eine Sache mache ich übrigens jeden Morgen. Ich suche mir einen nicht zu langen Artikel aus der Zeitung, den ich laut lese. Das Sprechen muss ich üben, immer und immer wieder. Denn ständig bleibe ich bei manchen Wörter hängen. Ich sage nur: „fürchterlich" Das ist nämlich eines dieser Wörter!

***

Da ich nun die ganze Zeit über zu Hause bin, bin ich natürlich mit einer Reihe Tätigkeiten konfrontiert, die zum Teil leider nicht mehr so ablaufen können wie bisher.

Im Erledigen der ganz normalen Haushaltstätigkeiten kann schon so eine ganze Menge Konfliktpotenzial liegen, es sei denn, man einigt sich auf generelle Verfahrensweisen. Wir hatten da unseren Weg gefunden. Dazu gehörte, dass wir uns beide für den Haushalt zuständig fühlten, wobei jeder logischerweise seine Spezialstrecken hatte.

Und jetzt? Schließlich bin ich ja nun als Frau den ganzen Tag zu Hause. Da kann ich mich als Hausfrau entfalten, und da müsste die Bude blitzen, oder? Das gehört sich für eine gute Hausfrau!

Na ja, die war ich noch nie so richtig. Erstens bin ich nicht der Typ „Putzfrau“ (keinesfalls negativ gemeint!!). Und zweitens geht mir nun vieles alles andere als leicht von der Hand, so dass ich manchmal schon aufhöre mit dem Hintergedanken „es reicht!“, weil ich einfach nicht mehr kann und deswegen auch nicht mehr will.

Ich glaube, hier sind Stellen, an denen wir uns ganz schön aneinander aufreiben könnten, obwohl es absolut keinen Sinn machen würde. Ralf könnte öfters die Geduld verlieren, und ich könnte verbittert darüber werden, wenn etwas dauernd nicht funktioniert und ich kaum etwas ändern kann. Aber so ist es überhaupt nicht!

Zum Beispiel: Wischen soll ich erst mal nicht, meint Ralf. Er hat mir mehrfach geraten, das nicht zu tun. Ich glaube im Nachhinein, der Rat ist gut. Einerseits fällt mir das Bücken nicht gerade leicht. Wenn ich mich nicht festhalte, lande ich eventuell gleich hart auf dem Fußboden.

Aber ich habe ja den ganzen Vormittag Zeit, und abnehmen kann ich Ralf schon etwas von den vielen Tätigkeiten. Er hat noch genug anderes zu tun, denn da ist ja „nebenbei“ noch der Beruf.

Also schnappe ich mir unseren kleinen Eimer, weil mir der große noch zu schwer ist, trage ihn samt Wischlappen in die Küche. Und los gehts. Immer bücken, hinknien und aufstehen ist auch nicht so die Welt, aber langsam komme ich ins Geschick.

Dann plötzlich ein Schmerz links am Kopf. Na klar, da war ja der Tisch! Ich weiß schon, dass er da ist, aber das Unter-den-Tisch-Kriechen, ohne anzuecken, das klappt nicht so richtig. Da ist die Tischkante, worauf ich natürlich nicht geachtet habe. Also erst mal Schluss und warten, bis der Schmerz nachlässt.

Tja, das ist eben so: Durch mein Problem mit dem Gesichtsfeld passieren solche Sachen. Da kann es auch sein, dass da plötzlich links ein Stuhl im Wege steht, und den schubse ich rücksichtslos weg, weil ich ihn zu spät oder gar nicht sehe. Oder ich hole mir eine Beule an einer Tischkante wie jetzt zum Beispiel, trotz aller Vorsicht, wenn ich mich gebückt habe, aufstehen will und nicht sehe, dass da ein Hindernis ist.

Nach der kleinen Pause mache ich langsam weiter, bis ich fertig bin. Vor jeder Ecke lasse ich mindestens doppelte Vorsicht walten. So passiert mir nichts mehr, aber es dauert auch ganz schön lange. In-Acht-Nehmen kostet Zeit, das Auswinden des Scheuerlappens bereitet mir immer mehr Mühe. Am Ende schwitze ich, bin aber zufrieden, dass ich es geschafft habe.

Als Ralf kommt am frühen Nachmittag, tun mir seine lobenden Worte gut, weil es ja jetzt in der Küche wieder schön sauber aussieht: „Das ist ja schön, dass du das gemacht hast, aber ich hätte das auch machen können!" Und ich bin glücklich und stolz darüber, dass ich das geschafft habe.

***

Noch so ein Bonbon: das Staubsaugen. Geht ganz einfach. Denkste! Immerhin habe ich hier den Vorteil, dass der Staubsauger mich außer dem, was er tun soll, noch in der Balance hält.

Also los. Hin, her, hin, her. Um den Tisch herum. Und vorher die Stühle zur Seite stellen, damit Platz ist. Puhhh! Das macht ja richtig Arbeit! Weiter hin, her, hin, her.

Erst das halbe Wohnzimmer ist fertig. Und mir reicht es einfach. Ich schwitze, als hätte ich ein großes Beet umgegraben, und muss mich hinsetzen. Ich bin außer Atem. Wenn ich in den Spiegel schaue, sehe ich ein Gesicht mit Schweißperlen. Und auch am Pulli gibt es ein paar Schweißflecken. Ich kann nicht mehr. Also setzt ich mich auf den Sessel und schaue mich um. Durchatmen.

Nach fünf Minuten geht es wieder, und ich kann endlich weitermachen mit der zweiten Hälfte des Zimmers. Und da habe ich schon gar nicht manche Sachen zur Seite gestellt, um auch in die Ecken zu kommen. Das lasse ich einfach weg, weil schon der Vorgang „etwas zur Seite stellen" einige ungeahnte Probleme beinhaltet - und es mir deswegen schlichtweg egal ist.

Soll das jetzt immer so sein?? Ich mache irgend etwas, was nun wirklich nicht schwierig ist, und muss aufhören, weil es einfach nicht mehr geht?! Aber das ist nun einfach so! Ich sollte mich darauf einrichten, dass solche Tätigkeiten doppelt so lange dauern, weil ich nur langsam über die Runden komme und zwischendurch ausruhen muss.

***

Beim Wäschewaschen geht es weiter: Die schmutzige Wäsche muss in die untere Etage geschafft werden, wo sich die Waschmaschine befindet. Schon wieder so etwas, was mir zur Zeit ganz schlecht möglich ist: Die Treppe herunter laufen und dabei noch etwas tragen! Ich muss mich festhalten, damit ich nicht hinfalle, und die Vorstellung, die Treppe abwärts zu fallen, ist nicht so verlockend! Da könnte ich Ralf bitten, mir die Wäsche hinunter zu bringen. Dazu habe ich aber keine Lust. Oder ich befördere sie in einen Stoffbeutel und bringe sie so in zwei bis drei Etappen selbst die Etage nach unten. Das geht schon eher.

Einmal mache ich es auch einfach so: Ich werfe die Wäschestücken die Treppe hinunter und sammle sie dann unten einzeln wieder ein. Nicht besonders elegant, zumal ja so alles irre kreuz und quer herumliegt, aber so geht es auch. Warum nicht!? Keiner ist da, der sagen könnte: „Warum machst du denn das auf diese Art und Weise, und wie sieht das denn aus!?" Na, gut, Ralf würde nichts sagen, sondern sich nur stark wundern.

Ich setze anschließend zwar die Waschmaschine in Gang, aber das Folgende getraue ich mir noch nicht. Die Wäsche muss danach in den Wäschetrockner. Übrigens: gut, dass wir ihn haben! Sonst müsste alles auf die Wäschespinne. Die erste für mich nicht lösbare Aufgabe in diesem Fall wäre das Aufmachen der Wäschespinne. Die zweite Aufgabe, das Aufhängen der Wäsche, ist im günstigsten Falle anstrengende Ergotherapie - und es dauert sehr lange! In der wärmeren Jahreszeit mache ich das schon, aber jetzt nicht.

Aber das Bestücken des Trockners und das Entnehmen der trockenen Wäsche, die in einen Korb kommt und die Treppe wieder hinauf geschafft werden muss. Das ist einfach noch nichts für mich.

Die getrocknete Wäsche muss nun noch zu einem zum Glück geringen Teil gebügelt werden. Meinetwegen, aber an ein heißes Bügeleisen traue ich mich vorerst nicht heran. Also wird das meiste einfach zusammengelegt. Einfach? Etwas ordentlich zusammenzulegen, das ist mir ein Grauen, weil es nicht so richtig funktioniert. Das will und will nicht glatt werden! Ein paar Abstriche gestatte ich mir da einfach, zwar ungern, aber die Geduld ist auch irgendwo zu Ende. Und dann muss die fertige Wäsche noch in den Schrank sortiert werden!

Der Mensch liebt es, über seine Krankheiten zu reden, dabei ist es das langweiligste Thema in seinem Leben.
(A. Tschechow)

Am Tage meiner Ankunft treffen wir uns am Abend mit einem unserer Nachbarn, der Arzt ist. Er würde meine Behandlung übernehmen, und ich sähe das auch gerne, wenn es möglich wäre. Aber das geht leider nicht, da er als Arzt ein anderes Spezialgebiet hat. Wo er mir helfen kann, würde er das sicherlich tun, versichert er, als wir zusammensitzen.

Von meiner bisherigen Auffassung, dass ich recht selten zum Arzt gehe, nämlich zu den Routineuntersuchungen, muss ich mich wohl lösen. Mal sehen, wie das wird. Einfach hingehen ist schon mal nicht drin, denn ich wohne auf dem Dorf, und die Arztpraxen sind meist in der Stadt und manchmal auch nicht gleich im Nachbarort. So werde ich also zunächst zu meinem Hausarzt gehen und auch zum Neurologen. Außerdem wird ein Termin bei der Augenärztin vereinbart wegen meines Gesichtsfeldes. Darum, dass die Therapien gleich beginnen können, will sich unser Arzt in der Nachbarschaft kümmern, also um die Logopädie und die Ergotherapie. Die Physiotherapie ist im Hause bei unserem Fitnessstudio, also bietet sich das an.

***

So gehen wir zuerst zu meinem Hausarzt. Wie das jetzt so ist: Der Bürokratie muss Genüge getan werden. Es sind zunächst die zehn Euro Krankenkassengebühr zu entrichten. Nicht, dass ich prinzipiell etwas gegen das Bezahlen eines Arztbesuches hätte - aber dass das Einkassieren dieses Betrages, den ja dann die Krankenkassen bekommen, voll den Ärzten aufgedrückt wird, ist nicht in Ordnung. Die haben genug Schriftkram; so etwas fehlt ihnen gerade noch. So ganz nebenbei müssen sie sich ja auch noch um die Patienten kümmern. Außerdem sollen sie sich dummerweise noch die bitteren Bemerkungen mancher Leute darüber anhören (ob diese berechtigt sind oder nicht), obwohl sie gar nicht dafür zuständig sind.

In mir läuft da manchmal im Hinterkopf wieder ein Film ab, sicher nicht sehr realistisch, dafür aber vielleicht ein bisschen amüsant: An der Tür zum Arztzimmer steht ein Riesenspalier, nämlich von jeder der über hundert Krankenkassen oder wie viel es gegenwärtig gerade sein mögen ein Angestellter. Dort wird die Kassengebühr eingesammelt, und natürlich muss jeder Patient bei seiner Krankenkasse bezahlen, was erst mal festgestellt werden muss ...

Nicht zu vergessen: die Überweisungen zu den anderen Ärzten! Und immer schön in Quartalen denken, denn neues Quartal heißt sozusagen „neues Glück“. In meinem gegenwärtigen Zustand sind das gleich eine Riesenmasse Probleme. Ich weiß gar nicht, wie ich alles bewältigen soll. Ich bin heilfroh, dass mir Ralf dabei sehr hilft.

Ich gehe mit Ralf gemeinsam ins Sprechzimmer. Schließlich kann er sich schneller und besser verständlich machen, und vier Augen und Ohren sind besonders in diesem Fall besser als zwei. Ich bin mir selbst nicht so sicher, ob ich alles richtig und vollständig mitbekomme und nichts vergesse zu sagen oder zu fragen. Besser gesagt: Ich vergesse garantiert vieles. So ist das leider zur Zeit bei mir.

Mein Hausarzt schaut schon etwas verwundert, als er mich da sieht, kommt aber dann gleich zu den Notwendigkeiten. Nach verschiedenen Befindlichkeitsfragen, die meistens Ralf für mich beantwortet, wird der Blutdruck gemessen - in der Norm wie immer, runde 120:80 . Und das Blut wird kontrolliert. Letzteres musste regelmäßig gemacht werden wegen des Quickwertes für die Blutverdünnung, was bei dem Medikament Falithrom erforderlich ist. Also werde ich wohl ständig zur Blutkontrolle kommen müssen. Besser: Ralf muss mich herfahren, denn allein von uns zu Hause hierher ist ein Ding der Unmöglichkeit für mich! Anhand des aktuellen Quickwertes wird immer wieder neu über die künftige Dosis von Falithrom entschieden, bekomme ich erklärt. Und was mir überhaupt nicht gefällt: Es muss dazu eine Ampulle Blut entnommen werden. Blut ziehen aus der Vene ist mir einfach ein Grauen, auch wenn solche Entnahmen in letzter Zeit oft waren. An so etwas gewöhnen werde ich mich wohl nie. Da lege ich mich schon vorbeugend auf eine Liege, damit ich nicht umfalle. Wie lange soll das so gehen?

Das Einnehmen des Blutverdünners geschieht zum einen in der Hoffnung, dass das verschlossene Blutgefäß im Nacken (es gibt ja zwei in jeder

Richtung) vielleicht doch noch freigespült wird. Da meine Blutgefäße offensichtlich nicht zugesetzt sind, wäre das wohl denkbar. Ob das geschieht, das kann mir logischerweise wieder einmal niemand vorhersagen. Zum anderen ist in meinem Fall leichter fließendes Blut von Vorteil.

So ein Blutverdünner kann auch Probleme bringen. Über Falithrom erzählt man sich allerlei. Zum Beispiel werden blaue Flecken schneller und intensiver, als man das so gewöhnt ist. Das habe ich schon mitbekommen. Da sehe ich unter Umständen gleich mal aus wie verprügelt, und eigentlich war gar nichts weiter. Ich hatte mich nur ein kleines bisschen gestoßen! Grauenhaft!

Mit einem Rezept verlasse ich schließlich die Praxis. Darauf steht nach unserem ausdrücklichen Hinweis nicht mehr „Remergil". Nein, ich brauche keinen Stimmungsaufheller gegen Depressionen, die ich nie hatte, keine Schlaftablette, die auch noch offensichtlich das Gewicht nach oben verändert!! Depressionen gab und gibt es nicht bei mir!

***

Zwei Wochen später ist dann der Termin beim hiesigen Neurologen, das ist bei meiner Krankheit ja klar. Auch hier ist es mir sehr recht, das Ralf mit ins Sprechzimmer geht. Nach einer Reihe Fragen, die Befindlichkeit und die Therapien betreffend, aus deren Beantwortung er auch mein mühsames Sprechen ersehen kann, testet er noch Reflexe und anderes, um meinen Zustand konkreter festzustellen.

Beim Laufen mit geschlossenen Augen hält er mich sicherheitshalber fest, ebenso beim Rückwärtsgehen, besser gesagt: beim Versuch. Kaffeebohnenlaufen vorwärts und etwa noch rückwärts - das ist nichts für mich, hatte ich schon selbst gemerkt. Fassen an die Nase bei geschlossenen Augen geht mit der rechten Hand ganz gut. Der linke Zeigefinger allerdings landet bei diesem Versuch deutlich neben dem eigentlichen Ziel, zum Glück nicht im Auge. Hier offenbaren sich noch ganz schöne Defizite! Wieder einmal steigt bei mir der Gedanke auf: Wie kriege ich das alles in den Griff!? Werde ich das jemals schaffen? Ist das überhaupt zu schaffen??

Aus seiner Art, mit einem zu reden, zum Beispiel Verschiedenes Wichtige mehrfach zu sagen oder sehr langsam und sehr deutlich zu sprechen, merkt man auch den Psychiater heraus. Na ja, und mit meinem Gedächtnis scheint es wirklich nicht besonders gut auszusehen. Ich bekomme hier am Ende einen Kontrolltermin in einem Vierteljahr und ein Rezept mit den notwendigen Medikamenten. Dieses hält sich zum Glück stark in Grenzen.

***

Nach einigen Wochen gibt es dann den Termin bei der Augenärztin. Zunächst heißt es: Platz nehmen im Wartezimmer und eine ganze Weile warten, auch wenn ich einen Termin habe. Hier hängt übrigens ein Plakat im Raum, auf dem Sehfehler dargestellt sind, wie dem Patienten ein Bild erscheinen kann. Hilfe, was es da alles gibt! Verzerrungen und Verformungen, ein Teil des Bildes ist schwarz, an der Seite oder in der Mitte ... Ich kann mich nur damit beruhigen: Schau mal an, was ich alles haben könnte und nicht habe. Mein Problem ist wieder ein anderes.

Schließlich werde ich aufgerufen, zunächst zum Sehtest. Was ich früher nie so beachtet habe, ist jetzt wichtig: Wie komme ich möglichst geradlinig und ohne zu straucheln an mein Ziel - die reichlich fünf Meter zur Tür, die zum Behandlungsraum führt? Was mögen die Leute denken, wenn ich so vorbeilaufe, und wie sieht das überhaupt aus? Ich bemühe mich schon, relativ „normal“ zu erscheinen, aber wie ist es in der Realität? Offensichtlich nicht so ganz „normal“, denn manche beobachten mich schon etwas genauer. Richtig einschätzen kann ich das schlecht. Die Unsicherheit beim Laufen merkt man sicher, aber das ist mir egal. Das nützt sowieso nichts, sich darüber Gedanken zu machen. Aber es klappt. Ich komme am Ziel an, ohne etwa auf den Schoß eines anderen Patienten zu stolpern. Huch, wie wäre das peinlich!

Als ich im Raum angekommen bin, soll ich mich auf einen Stuhl setzen, und die Schwester testet zunächst meine Sehschärfe. Dann kommt das Gesichtsfeld an die Reihe. Dabei schaut man auf eine runde Fläche, auf der irgendwo und irgendwann Leuchtpunkte erscheinen. Wenn ich sie aufleuchten sehe, soll ich einen Knopf drücken. Das dauert für jedes Auge einige Minuten. Wie lange genau, weiß ich nicht. Mein Eindruck (oder meine Befürchtung?) ist, dass ich besonders im linken oberen Bereich nicht alles erwische. Mal sehen.

Nach einer weiteren Wartezeit werde ich zur Ärztin gerufen. Sie fragt zunächst nach dem Befinden und versucht, mir Mut zu machen. Die Auswertung der Gesichtsfeldprobe ergibt, wie ich schon vermutet habe, links oben einen defekten Bereich. Die Ärztin erklärt mir, dass Netzhaut und Sehnerv in Ordnung sind. Nur das Gesichtsfeld vor allem links oben hat eben eine Stelle, an der etwas fehlt. Wenn ich es beschreiben sollte: wie eine Art (unsichtbarer) Streifen im Sichtbereich, der nicht weggeht und irgend etwas verdeckt. Ich muss deswegen unterschreiben, dass ich nicht Auto fahre - was ich sowieso nicht getan hätte. Inwieweit sich das behebt und was man da tun kann? Das frage ich natürlich. Fleißig lesen oder zum Beispiel Rätsel lösen, und abwarten, ob sich hoffentlich etwas bessert, dazu noch der aufmunternd gemeinte Hinweis, dass sich in meinem Alter sicher noch einiges bessern wird, mit der Zeit. Manchmal glaube ich, zumindest ist diese Lücke von „nichts sehen“ inzwischen auf „hell-dunkel“ übergegangen, aber vorhanden ist sie noch.

Die Überprüfung der Sehschärfe ergibt, dass ich keine Brille brauche. Die Anpassung nah - fern bzw. hell - dunkel dauert etwas länger, was insgesamt aber wohl relativ normal ist (in Worten: „dem Alter entsprechend gut“).

Doch der Gesichtsfelddefekt lässt sich mit einer Brille leider nicht korrigieren. Das käme bei einigen mit der Zeit vieles wieder. Diese Äußerung habe ich immer im Hinterkopf behalten. Daraus ergibt sich meine Hoffnung, dass ich da einmal etwas Positives erlebe. Garantien kann mir selbstverständlich niemand geben.

Dass das mit dem Sehen nicht mehr wie gewohnt funktioniert, habe ich ja schon mitbekommen. Das ist auch durch den Schlaganfall verursacht, erfahre ich, und wird sich wohl noch bessern. Der berühmte, viel beschworene Zeitfaktor wird da noch einiges bringen. Hoffen, hoffen, hoffen - was sonst bleibt mir?? Ach so, und nicht zu vergessen: ständig etwas tun!

Nach einem angebotenen Test auf grünen Star oder seine Vorboten, der zum Glück negativ ausfällt, können wir gehen. In einem halben Jahr ungefähr soll die nächste Kontrolle sein.

***

Nach wenigen Monaten bekomme ich dank meines Hausarztes auch einen Termin für ein MRT. Auch eine gute Kontrollmöglichkeit. Wie das funktioniert in so einem Apparat, das weiß ich ja inzwischen ein bisschen besser.

Ich werde aufgerufen. Es gibt eine Anzahl Türen, die für mich in Frage kommen. Welche ist die Richtige? Aha, hier soll ich hinein. Die Schwester sagt, dass ich mich bereitlegen soll und fragt, ob das allein geht. Natürlich. Das Hinlegen ist zwar etwas mühsam, aber ohne Hilfe möglich, und darauf kommt es mir an.

Also kann es schließlich losgehen. Ich bekomme noch einen Knopf in die Hand, der es mir erlaubt, ein Signal zu geben, wenn mir nicht gut sein sollte und deswegen abgebrochen werden müsste. Außerdem gibt es Kopfhörer mit Musik. Dass diese nützlich sind, habe ich schon mitbekommen. Also lasse ich sie mir mit Kennermiene aufsetzen. Nun werde ich in die Röhre gefahren. Rundherum ist alles cremefarben bis weiß. Wenn man hier Platzangst hätte, dann käme jetzt die Panik. Zumindest das Gefühl, dass man sich da hineinsteigern könnte, das habe ich schon. Aber ebenso kommt die vernünftige Überlegung: Lass das jetzt, bleib einfach liegen, denk an etwas, was dich so beschäftigt, dass die Zeit vorbeigeht. Also überlege ich mir irgendwelche Dinge dem Alphabet nach, wie ich es oft in solchen Situationen mache, erst mal deutsche Städte: Augustusburg, Berlin, Chemnitz, Dortmund, ... Mal sehen, ob ich mit dem Alphabet durchkomme, dann kann ich mir etwas Neues überlegen.

In der Röhre knallt es mehrfach, wie angekündigt und bekannt, und die Kopfhörer dämpfen das Geräusch ganz gut. Dann ist wieder Ruhe. Und wieder so ein Knall. Ruhe. Knall. Und so weiter. Warten.

Ich frage mich: Ist mir noch gut? Ja. Wie lang ist es noch? Keine Ahnung. Noch ein ganze Weile bestimmt. Ich öffne die Augen und sehe den Apparat über mir, um mich herum. Liegen bleiben, weiter nichts! Alles andere ist sinnlos! Sonst muss es wieder von neuem losgehen, und das will ich nun überhaupt nicht. Ich schließe die Augen erneut und zwinge mich zur Ruhe. Dann geht das Knallen wieder von vorne los. Einfach vorbeigehen lassen. Und das nächste Geräusch. Ruhe. Und wieder das metallische Geräusch. Ruhe. Schließlich ist die Viertelstunde vorbei. Ich werde herausgefahren, atme auf, nehme die Kopfhörer ab und stehe auf. Geschafft!

Was sagt nun das MRT? Das Ergebnis bekommt der Hausarzt zugeschickt, und der erläutert mir das bei einem Arztbesuch ein paar Tage später. Eigentlich liest er viel von dem vor, was dort auf dem Blatt steht. Aber besser verstehen kann ich manches deswegen auch nicht, denn mit den medizinischen Fachbegriffen bin ich nicht sehr vertraut. Andererseits fällt mir das Erfassen nicht ganz leicht, besonders weil es mir um einiges zu schnell geht. Fragen? Was denn?

***

Nach einiger Zeit entschließe ich mich, den Hausarzt zu wechseln. Sei es, dass dort im kleineren Ort Behandlungstermine vergeben werden (das war im anderen Fall aus verschiedenen Gründen gar nicht möglich), sei es aus der Erwägung „anderer Arzt - andere Möglichkeiten“, oder wie auch immer. Schließlich bleibt mir nichts übrig als auszuprobieren, was mir hilft und mich weiter bringt. Und zum Ausprobieren habe ich nur dieses eine Leben und nicht unendlich viel Zeit. Die Überlegungen bis zu diesem Schritt sind vielfältig und nicht ganz einfach.

Ich rücke zum ersten Termin an mit meinen ganzen Befunden. Diese Ärztin hat auch einige alternative Therapien anzubieten. Zum Beispiel gehe ich nun in zweiwöchigem Abstand zu einer Art Lichtimpulstherapie, vergleichbar mit einem Stroboskop. Ich schaue rund zehn Minuten auf Lichtblitze in grün - rot - blau. Ziel ist es, die Nerven anzuregen. Vielleicht tut sich etwas am Gesichtsfeld. Mit Gewissheit kann da niemand etwas sagen, das ist mir schon klar. Garantierte Aussagen sind nicht möglich.

Bei abgesetztem Falithrom ist es auch möglich, Blut zu entnehmen, mit UV-Licht zu bestrahlen und wieder einzuspritzen. Das wirkt sich positiv auf den Sauerstoffgehalt des Blutes aus.

***

Auch einen Termin in der thüringischen Klinik, in der ich einige Wochen war, besorgt mir die Ärztin. So können wir nach einiger Zeit dorthin fahren. Als erstes ist eine Ultraschallanalyse an der Reihe, um den aktuellen Stand der Blutgefäße am Kopf zu prüfen. Das ergibt leider, dass die verschlossene Arterie weiterhin zu ist. Eine knappe halbe Stunde später unterhalten wir uns mit einem jungen Neurologen, der sich genügend Zeit nimmt und vieles recht genau erklärt.

Er ruft auch die MRT-Aufnahmen vom September auf und erläutert sie. Die eine Arterie wird vermutlich verschlossen bleiben, erfahre ich. Das ist aber nicht weiter bedenklich, denn manche werden auch nur mit einer solchen Arterie anstelle zwei geboren und wissen das gar nicht, ohne dadurch einen Nachteil zu merken.

Das Bild des Gehirns sieht man im Computer. Man kann es mit der Maus in alle Richtungen drehen. Egal, aus welcher Richtung, eines sieht man: Beim Infarkt sind eine Reihe Nervenzellen ausgefallen, und deren Funktion müssen andere Zellen erlernen. Ich sehe es an einer Reihe heller Stellen. Das sind die Bereiche des abgestorbenen Gewebes. Sie sind quer durch das gesamte Hirn verteilt, so, als ob man dort eine Schrotladung abgeschossen hätte. Weil zum Beispiel der Sehnerv mitten durch das Gehirn verläuft, sind so die Stellen erklärbar, die mir im Gesichtsfeld fehlen. Und im Sprachzentrum sind offensichtlich auch solche Stellen - sie behindern das Sprechen. Da haben wir auch das Bewegungszentrum, das hat ebenso etwas abbekommen.

Das sind eben die vielen Dinge, die deswegen nicht mehr oder schlecht funktionieren und die ich wieder durch viel Übung lernen muss. Und keiner kann mir garantieren, welchen Erfolg die Bemühungen haben werden! Deswegen kann auch dieser Neurologe mir keine umfassende Hoffnung machen, dass sich das je wieder ganz geben wird. Wie weit überhaupt, ist ungewiss. Aber er hat mir Mut gemacht, und dafür bin ich ihm dankbar.

Bezüglich des Absetzens von Falithrom will er per E-Mail Bescheid geben. Vermutlich ja. Zum Antiepileptikum Trileptal meint er, es verleiht die Sicherheit der Anfallsfreiheit und sollte deswegen unbedingt weiter genommen werden. Wenn es nicht schläfrig macht (macht es mich nicht!), dann könnte ich es bedenkenlos weiter nehmen und trotzdem Auto fahren. Ein Jahr Anfallsfreiheit sollte sein, dann wäre das Autofahren auch mit Medikament möglich - eine positive Auskunft. Außerdem müsste sich eben das Gesichtsfeld noch positiv entwickeln, und linke Hand und linker Fuß müssten „normaler" werden.

Das ist alles endlich recht umfassend und ausführlich. Und schließlich will ich auch nicht auf dem Stand stehen bleiben, nur regelmäßig meine Medikamente einzunehmen. Mir ist klar, dass ich verschiedene Dinge ausprobieren muss, um voranzukommen.

Schließlich darf ich von Falithrom zu ASS wechseln. Damit sind die mir langsam lästigen Blutkontrollen wegen des Quickwertes nicht mehr erforderlich, zum Glück! Auch manche andere ärztliche Behandlung ist ohne Falithrom weniger umständlich beziehungsweise erst möglich.

***

Andere Wirkungen von Falithrom muss man einfach erleben - oder besser nicht! Ich weiß ja, dass ich einen Blutverdünner nehme. Ich weiß auch warum. Das vor einiger Zeit Erlebte ist normalerweise eine Kleinigkeit, über die man gar nicht sprechen müsste:

Eines Tages öffnete ich eine Konservenbüchse Champignons mit dem elektrischen Öffner. Beim Hochklappen des Blechdeckels passierte das, was irgendwann einmal vorkommen kann: An der ziemlich scharfen Kante verletzte ich mir den rechten Daumen, nur ein kleines bisschen. Also Pflaster raus, ausprobieren, ob es denn auch richtig klebte, und dann drauf auf den kleinen Riss. Nach ein paar Minuten schaute ich nach, ob ich das Pflaster, was mich bei jeder Tätigkeit störte, abmachen könnte - nein, noch nicht. Also wieder zukleben. Nach ein paar Minuten wieder das Gleiche. Es hatte immer noch nicht aufgehört mit Bluten!

Eine kleine Weile später schaute ich mir das Pflaster wieder an: Das Blut fing an, an der Seite herauszulaufen. Also musste ein neues Pflaster drauf. In Ordnung. Ein paar Minuten später ein erneuter Kontrollblick: Das Pflaster färbte sich wieder, also wieder ein neues drauf, sonst würde das Blut noch irgendwo an ein Kleidungsstück kommen, und dann müsste ich das Blut auch noch auswaschen. Machen wir es kurz: Den ganzen Tag über hielt mich diese kleine Wunde in Atem.

Das Ganze hatte übrigens auch einen Vorteil: Wir erneuerten unseren Pflastervorrat, weil ich auf diese Weise das Päckchen aufbrauchte.

Am Ende dieses Tages konnte ich endlich feststellen: Das Bluten hörte endlich auf! Aber aufgepasst! Wenn ich den Daumen zu sehr bewegen würde, könnte die Wunde wieder aufreißen. - Oh nein, bitte nicht, lieber vorsichtig sein.

Am Abend legte ich mich diesmal ganz vorsichtig schlafen, die verletzte Hand mit einem dicken alten Handtuch umwickelt. Und öfters wachte ich auf und kontrollierte: Geht es meiner Hand noch gut, oder schwimmt schon alles in Blut? Am nächsten Morgen erwachte ich, natürlich nicht so recht ausgeruht, aber alles war in Ordnung. Und es blutete nicht mehr!

Bei meinem nächsten Arztbesuch fragte ich etwas beiläufig, was ich denn tun solle, wenn ich mich trotz aller Vorsicht einmal verletzen sollte - wegen Falithrom und so.

„Na, da müssen Sie schon aufpassen, dass das möglichst nicht passiert. Und wenn: Legen Sie einen Druckverband an, und rufen Sie umgehend den Notarzt!"

Ach so. Ich bedankte mich für die Auskunft und verlor kein Wort mehr. Mein „Erlebnis" erwähnte ich tunlichst nicht. Ein Grund, warum ich über den Wechsel dieses Medikaments sehr froh bin.

Eine weitere unschöne Sache hat damit zu tun, womit wir Frauen einmal monatlich beansprucht sind („ ... wir Männer aber müssen uns rasieren." - Kurt Tucholsky). Zwangsweise ist man es gewöhnt, seine „Tage" zu haben. Aber mit Falithrom erhöht sich dieser zweifelhafte Genuss noch. Mag es auch damit zusammenhängen, dass ich durch meinen Schlaganfall reichlich drei Monate „Pause" hatte, jedenfalls wurde das zu einem unvergesslichen monatlichen Ereignis für mich. Denn mein Körper schien eine Zeitlang in dieser Hinsicht Versäumtes unbedingt nachholen zu wollen. Ich bezeichne das mal kurz und bündig als Sauerei.

Jedenfalls kam es auch einmalig dazu, dass ich Ralf anrief, er solle kommen, weil ich nicht wusste, ob mir schwindlig werden würde. Mein Blutdruck ist sowieso nicht so hoch, was an sich nichts Schlechtes ist, aber zusammen mit dem Blutverlust kann das ein „interessantes" Befinden hervorrufen. Seit diesem einen Mal nehme ich, wenn es die Situation erfordert, vorbeugend Kreislauftropfen, um den Blutdruck etwas anzukurbeln.

Da kommt mir manchmal der Gedanke: Wie soll denn das werden? Ich kann doch nicht ständig jemand her holen. Und immer in der Angst zu leben, dass da etwas passieren könnte, na, ich weiß nicht!

Seit ich auf ASS umsteigen durfte, haben sich da einige Probleme gegeben.

***

Insgesamt halten sich die Medikamente zum Glück in ziemlichen Grenzen. Klar denke ich manchmal: Wäre dir das nicht passiert, bräuchtest du nichts zu nehmen! Aber „hätte“, „wäre“, „könnte“ - das sind Wörter, die ich unter „unnötig“ verbuche. Das bringt gar nichts. Und die Frage, was noch notwendig ist, ist als Standardfrage bei Arztbesuchen einprogrammiert bei mir.

Manchmal habe ich auch den Verdacht, dass das Antiepileptikum „Trileptal“ eine „lange Leitung“ macht - wohl auch ein Grund dafür, dass die Fahrtüchtigkeit beeinträchtigt wird. Andererseits ist es möglich, dass die Reaktionsfähigkeit durch den Schlaganfall gelitten hat. Diese Erklärung habe ich auch schon gehört. Schließlich habe ich durch meine ganze „Zwangspause“ insgesamt weniger Reaktionstraining, was auch schlecht zu ändern ist.

Requip gegen die Restless Legs ist gut eingestellt und eine Tatsache, die mir wohl bleiben wird. Und ein Cholesterinsenker kann wohl nicht schaden, wenn ich auch meine Ernährung nicht als so sehr cholesterinintensiv ansehe, als dass es schädlich und bedenklich werden könnte.

UNSER ÄRGSTER FEIND KANN NUR UNSER MANGELNDER GLAUBE AN UNS SELBST SEIN.
(ANGELA MERKEL)

Herbst 2009

Wir machen täglich einen Spaziergang. Die Bewegung an frischer Luft und das Umschalten tut nicht nur mir gut, sondern vor allem auch Ralf. So ist das eine schöne und nützliche Regelmäßigkeit für uns geworden. Die Spaziergänge kann ich kräftemäßig gut bewältigen, wobei dabei die Nordic-Walking-Stöcke notwendig sind.

Klack - klack - klack - klack! Das gefällt mir im Grunde überhaupt nicht. Notwendig sind sie aber schon. Einerseits wegen des Gleichgewichtes beim Geradeauslaufen und andererseits, weil so der linke Arm ständig mit bewegt wird. Eines habe ich immer wieder herausgehört: dass das Wiederlernen am besten funktioniert durch ständige Bewegung und ständigen Gebrauch. Daran geht kein Weg zur Besserung vorbei. Außerdem tut es meinem linken Arm gut, wenn er merkt, dass er eine Aufgabe hat. So gleichmäßig, wie er soll, funktioniert er sowieso nicht. Links komme ich immer irgendwie schief auf mit dem Stecken. Ein Glück, dass da niemand läuft! Das wäre richtig gefährlich!

Die ersten Male laufen wir einfach die Straße entlang bis zum nächsten Ort. Höre oder sehe ich ein Fahrzeug kommen, bleibe ich stehen und stütze mich ab, damit ich unter keinen Umständen auf die Fahrbahn oder in den Seitengraben strauchele. Wenn das Auto vorbei ist, laufe ich weiter.

Oft macht mich dann Ralf auf etwas aufmerksam: „Schau doch mal, da drüben der Baum!" - Aha, da schräg rechts hinten meint er. Also bleibe ich stehen, schaue in die Richtung und sehe, was er meint. Doch mit der Zeit bin ich richtig genervt damit, ständig nach etwas zu schauen. Ich habe genug zu tun, vorwärts zu laufen, und habe deswegen gar keinen Sinn für das Drumherum. Während des Laufens nach der Seite schauen oder gar nach hinten ist unmöglich! Da falle ich gleich hinterher!

Außerdem scheine ich auch nicht so ganz normal aufrecht zu laufen, sondern etwas vornüber gebeugt. Das fällt mir manchmal auf, wenn die Sonne aus einer für diese Wahrnehmung günstigen Richtung scheint und ich meinen Schatten sehe. Aber auch das geht nicht anders. Ich bin froh, dass ich überhaupt laufen kann. Doch so bleiben soll das bitte nicht! Das will ich eigentlich schon noch ändern.

Das Extremste bei einem dieser Spaziergängen ist ein Stück Weg im Tal, der durch knietiefes Laub führt. Solche Dinge erspart mir Ralf nicht. Auf einmal sind wir hier, und wir müssen da durch, weil der Weg zurück viel weiter ist. Schritt für Schritt muss ich mich vorwärts tasten, auch mit Hilfe der Nordic-Walking-Stöcke, denn mit Unebenheiten komme ich noch nicht so klar, weil ich sie mit dem linken Fuß schlechter spüren kann.

Insgesamt fällt es mir dieses eine Mal besonders schwer. Ohne die Nordic-Walking-Stöcke zum Abstützen und Vorwärtstasten wäre das gar nicht gegangen. Aber da muss ich durch, da gibt es nichts! Erst raus aus dem Laub, dann noch den Berg hoch. Und als wir endlich zu Hause sind, ziehe ich mich gleich um, denn die Sachen sind alle nass vom Schwitzen. Aber geschafft habe ich es!

***

Wir fahren gemeinsam in den „Netto", unseren nächstgelegenen Supermarkt. Es ist das erste Mal, dass ich hier wieder mit hineingehe. Nachdem ich mich aus dem Auto herausgequält habe, gehe ich an Ralfs Arm bis zu den Einkaufswagen. Dort versuche ich vergeblich, ein fahrbares Einkaufsbehältnis zu bekommen. Denn der Euro fällt ständig herunter, anstelle sich einschieben zu lassen, damit der Einkaufswagen freigegeben wird. Also gebe ich lieber auf und lasse mir helfen. Dann habe ich endlich den Wagen zum Festhalten, und wir betreten den Supermarkt.

Der Blick in die Regale ist verwirrend. Es ist alles so bunt, so grell. Davon wird mir richtig schwindlig. Ich muss mich darauf konzentrieren: Was wollten wir überhaupt, wo ist das Wurstregal, wo die Getränke, wo das Gemüse? Es ist alles so viel, so überwältigend.

Dann kommen die Dinge, über die man mal Witze gemacht hat: Da ist eine Pyramide von Konservenbüchsen aufgebaut. Der Durchgang ist natürlich schön eng, so dass ich aufpassen muss, überhaupt daran vorbeizukommen.

Jetzt läuft wieder in meinem Hinterkopf ein Film ab: Man könnte doch auf die putzige Idee kommen, ausgerechnet die linke untere Büchse herauszunehmen, denn es wäre doch interessant, gerade diese zu nehmen.

Das gäbe einen schönen Krach! Und da ist auch schon die versteckte Kamera! - Aber jetzt ist die Lage anders. Das Umwerfen eines solchen Stapels könnte ganz schnell gehen, denn die Gefahr, dass ich dort anecke, ist jetzt viel größer. Schritt für Schritt schleiche ich an dem Stapel vorbei und passe auf, dass ich nicht mit dem Wagen aus Versehen zu nahe dort heran komme und mir wirklich so etwas Dummes passiert. Überhaupt ist es überall so eng zum Vorbeilaufen!

Was da an Leuten da ist und ob vielleicht jemand Bekanntes dabei ist, darauf kann ich jetzt überhaupt nicht achten. Das ist einfach nur unwichtig. Eigentlich weiß ich auch gar nicht mehr so richtig, was wir eigentlich hier wollten. Wo bin ich jetzt überhaupt? Wo ist der Ausgang? Ich halte mich fest und schaue mich um. Wo ist eigentlich Ralf? Orientierung ist zur Zeit überhaupt nicht meine Stärke, das merke ich wieder einmal. So, nun habe ich erst einmal die Richtung heraus, wo die Kassen sind. Dort muss ich hin. Ich setze mich langsam in Bewegung. Nun treffen wir uns glücklicherweise auch wieder.

Beim Herausnehmen der Artikel aufs Band und dann wieder Hineintun helfe ich vorsichtig mit, aber weil ich mit der linken Hand nicht sicher zugreifen kann, geht das natürlich ziemlich stockend. Das Bezahlen aber delegiere ich stillschweigend ab. Wenn ich ans Herausnehmen des Geldes denke, muss ich mir immer wieder vorstellen, wie ich das jetzt bestimmt machen müsste - das Portemonnaie der Verkäuferin hingeben oder ihr das Geld hinschütten und sie den Betrag heraussuchen lassen - nein, bitte nicht! Na gut, mit Karte bezahlen, das ginge da einfacher, und unterschreiben, das könnte ich ja wenigstens vielleicht noch wie gehabt. Aber Ralf macht das schon, das brauche ich also auch nicht zu machen ...

Ich bin jedenfalls froh, als wir hier wieder draußen sind. Um noch bis zum Auto zu kommen - ja, wo ist es denn eigentlich, da stehen so viele? Da ist es wohl am besten, ich gehe mit in die Richtung, die Ralf einschlägt ...

***

Da liegt er, der Patient. Er hatte einen Schlaganfall. Die Angehörigen kommen ans Bett, schauen. Und sieh an, der Patient schlägt die Augen auf. „Wie geht es dir?“, fragt die Partnerin. Und - er antwortet klar und verständlich. - Eine Szene aus der Krankenhausserie, die wir uns regelmäßig ansehen, auch jetzt noch zugegebermaßen. Nur dass wir jetzt manches, zum Beispiel das, mit anderen Augen betrachten.

Für uns ist sie natürlich zur Zeit eher unglaublich, diese Szene. Klar, der Film muss ja auch irgendwann ein Ende haben. Aber das beginnt schon mit diesem spektakulären Moment des Aufwachens. Den könnte ich bei mir gar nicht angeben, Ralf auch nicht. Auf keinen Fall war es so, dass ich aufwachte und gleich bewusst um mich schaute - und dann noch klare Sätze sprach?! Schön wär's! Darauf warte ich jetzt noch.

***

Fitnessstudio, was wäre ohne?

Vor rund fünf Jahren gab es in meinem Kopf das Klischee vom Fitnessstudio: Um dorthin zu gehen, musst du jung, fit und vor allem markengerecht angezogen sein, sonst hast du da nichts zu suchen oder fühlst dich zumindest nicht wohl. So wird es in manchen nicht so guten Berichten suggeriert. Also hatte ich das abgebucht als nicht besonders erstrebenswert. Bis unsere Krankenkasse ein Angebot hatte, nämlich sechs Wochen kostenlos ein Fitnessstudio eigener Wahl zu besuchen, was wir daraufhin auch taten. Man konnte das unter diesen Voraussetzungen mal ausprobieren! Danach aufhören könnten wir dann immer noch. Gelesen - getan.

Ja, und was war nach diesen sechs Wochen? Wir hörten nicht auf, weil hier das genannte Klischee überhaupt nicht stimmte. Gesundheitlich taten wir uns etwas Gutes, mit vereinbartem Trainingsplan, aber ohne Zwang und Druck. Außerdem kamen wir in eine schöne Gemeinschaft und fühlten uns wohl dabei. Von unter zwanzig bis über achtzig war alles vertreten. Seitdem bearbeiteten wir auf diese Weise ein- oder manchmal auch zweimal in der Woche unseren inneren Schweinehund. Die vorherige Meinung haben wir hier ziemlich korrigiert.

Nun wollen wir wieder in Fitnessstudio. Inzwischen ist über ein Vierteljahr vergangen, seit ich das letzte Mal unter „normalen“ Umständen hier war. Ich will aber jetzt, auch unter den neuen, nicht gerade günstigen Bedingungen, wieder einen Anlauf in diese Richtung nehmen.

Vier Etagen sind es nach oben. Klar, es gibt auch einen Fahrstuhl. Also, das wäre doch mal etwas, zumal wir das noch nie in Anspruch genommen haben! Aber nein, es geht auch ohne. Nur das Festhalten am Geländer ist wichtig für mich. Ohne das wäre das Hinaufgehen undenkbar. Nein, ein sonderliches Konditionsproblem habe ich nicht, denn außer Atem komme ich so schnell nicht beim Treppensteigen. Es ist mehr die Balance, die Probleme macht. Schließlich gelangen wir oben an. Das ist gewissermaßen schon die erste Fitnessübung, dieses Hochsteigen in die vierte Etage. Doch es geht, und das ist wichtig.

Irgendwie ist es schön, dort begrüßt zu werden. Und sofort wird gemeinsam ein Programm erstellt, was alles gemacht werden sollte, welche Geräte, mit welcher Belastung.

Zum Herumlaufen brauche ich noch die Nordic-Walking-Stöcke, wegen der Balance. Das „noch" ist bewusst von mir gewählt - schließlich soll es unbedingt damit einmal besser werden, davon gehe ich einfach aus. Wie auch anders?

Dass da ein paar Leute gucken, weil das ja ungewöhnlich ist - sei's drum, das ist mir schlicht und einfach egal. Wer was wissen will, kann ja fragen oder auch nicht. Eine ganze Reihe der Leute, denen wir dort begegnen, wissen, was mit mir ist. Wenn sie sich freundlich erkundigen und einen vielleicht noch ermutigen, das gibt mir schon Elan. Wenn mir zum Beispiel eine ehemalige Kollegin sagt, dass eine Bekannte mit ähnlichem Schicksal nach fünf Jahren wieder arbeiten konnte, dann ist das doch eine realistische Zielorientierung. Und die brauchen Leute wie ich ab und zu ganz einfach.

Zunächst lege ich die Gewichte an den Geräten minimal auf. Später komme ich hoffentlich wieder in die Regionen ähnlich wie vor dem Unfall.

Mir wird auch empfohlen, mit der Zeit die Stöcke nicht mehr beim Hin- und Herlaufen zu nehmen. Versuchen. Wir werden sehen.

Auf dem Laufband soll ich lieber barfuß gehen, meint meine Physiotherapeutin, denn wenn die Füße direkten Bodenkontakt haben und den Untergrund möglichst direkt spüren, ist es nur günstig. Damit komme ich ganz gut voran. Auch Joggen probiere ich wieder, denn Joggen - vor allem auch in der Natur - gehörte vor meinem Unfall einfach dazu. Dabei muss ich mich jetzt aber unbedingt festhalten. Aus dem Schnitt von 9 km/h sind jetzt ungefähr 6 km/h geworden, und das für drei bis maximal fünf Minuten. Doch Hauptsache, es geht überhaupt! Das Gehen auf dem Laufband funktioniert auch ohne Festhalten. Ich muss mich aber dabei ziemlich konzentrieren und darf nicht nach der Seite schauen.

WIR ERWARTEN VOM NEUEN JAHR IMMER DAS, WAS DAS ALTE NICHT GEHALTEN HAT. DABEI SIND WIR ES DOCH SELBST, DIE DAS JAHR GESTALTEN.
(PETER AMENDT)

Winter 2009/2010

Es naht Weihnachten. Das bedeutet für uns immer: Familientreffen. Unsere Kinder kommen - das ist für sie selbstverständlich, und das ist gut so. Wir holen Ralfs Mutter her; die einzige von unseren Eltern, die noch übrig geblieben ist. Sie genießt die Weihnachtstage bei uns, fühlt sich in unserer Gemeinschaft wohl. Und einer muss der Weihnachtsmann sein, der die Geschenke von allen sammelt und sie mit originellen Bemerkungen ausgibt. Weihnachtsmann - das ist sehr großzügig gefasst, denn das war ich meist in den letzten Jahren. Mit roter Mütze und Minirock, na ja. Dieses Jahr übernimmt das Ralf, denn so gut mit dem Sprechen ist es bei mir doch nicht.

Wichtig ist: Alle sind beisammen! Alle sind WIEDER beisammen. Es ist schon recht eigentümlich dieses Jahr, weil das jetzt auf einmal keine Selbstverständlichkeit mehr ist, sondern eine Besonderheit.

Als wir uns an den Tisch setzen zum Essen, werde ich sehr ruhig. Ich bringe kein Wort mehr heraus, weil bei mir der berühmte Kloß im Hals sitzt. Plötzlich habe ich wieder das Wochenende im Oktober vor Augen, ich endlich wieder zu Hause war und unsere beiden Kinder auch. Wir nahmen uns alle vier in den Arm, und ich konnte nur „danke" denken, weil ich so etwas nicht ständig sage (und ich sowieso nichts sagen konnte). - Und nun haben wir uns wieder im Arm. Es werden besonders schöne Feiertage, und sie sind, wie das immer so ist, viel zu schnell vorbei.

Zu Silvester? Da sortieren wir unsere Fotos, was denn sonst!?

Natürlich geht mir zum Jahreswechsel so allerlei durch den Kopf. Ich kann es nicht leugnen: Die Frage nach dem WARUM kam und kommt oft. Warum das? Warum gerade ich??

Antwort: „Du hast dich halt selten blöd angestellt, und dann ist es noch sehr dumm gelaufen." So könnte man es vereinfacht sagen. Hätte ich mir „nur" ein Bein gebrochen oder so ähnlich, dann hätte ich schon lange Ruhe. Solche Überlegungen sind jedoch sehr müßig und bringen außerdem gar nichts.

Ein Glück nur, dass niemand anders an der ganzen Sache schuld ist. Da würde ich womöglich öfter denken: Wegen dem ...

Und bei den Szenarios, wie es denn noch schlimmer sein könnte, höre ich einfach auf - wozu denn das!?

Ich komme übrigens immer häufiger zu dem Punkt, dass alles, bei dem ich hinterher jammere: „Hätte ich nur ..." oder „Ich könnte doch ..." falsch ist. Viel mehr muss alles dazu dienen, die genügend besch... Situation zu verbessern. Was ich dabei erreiche, ist in Ordnung, und was nicht - das hat nicht sollen sein. So einfach und so brutal ist es.

Wer mir in dieser Richtung hilft, da rückt das Wort „Freund" in greifbare Nähe. Wer nicht, dem werde ich niemals bösen Willen unterstellen. Der kann es eben nicht. Tja, und da stelle ich mir schon die Frage: Was würde ich selber als „normaler" (eigentlich hier kein schönes Wort) Mensch sagen oder tun?? Was jedenfalls vollkommen falsch ist: Alles abnehmen wollen, bei jeder Kleinigkeit helfen wollen, gar nichts zutrauen. Nach Hilfe fragen, wenn etwas überhaupt nicht geht, kann man doch immer noch!

Oder aber ich habe es mit einem dieser schrecklich mitleidigen Mitmenschen zu tun, die sich im Grunde sehr hilfreich vorkommen. Dazu kein Kommentar weiter. Stecken lassen. Und tschüss! Ich sage nichts - das beste, was ich machen kann.

Das Nachdenken und Hineindenken in die Situation kann auch zu diesem Ergebnis führen: Manche finden Erleichterung darin, zu beten und mit Gott zu sprechen. Voll in Ordnung, wenn es funktioniert und derjenige darin Trost findet. Aber ich selbst glaube ausdrücklich nicht an einen solchen „Trost von oben". Nebenbei bemerkt, ist denn so was richtig: Man war bisher nicht gläubig, und nun auf einmal ruft man den Himmel an in der Hoffnung auf irgendeine Hilfe?? Meiner Auffassung nach kann so etwas nicht funktionieren!

Außerdem scheint dieser WER-AUCH-IMMER - ich nenne es lieber Schicksal - ziemlich blind zu sein für manches, was offensichtlich ungerecht ist und ebenso offensichtlich ungestraft passieren darf.

Trost in der nächsten Welt?? Das ist mir zu diffus.

Besser: „Mein Glauben ist meine Familie." Wie heißt das so schön bei der Eheschließung: „In guten und in schlechten Zeiten." Daran denkt man naturgemäß erst einmal nicht. Aber dabei sind wir jetzt, so könnte man es sagen. Und dieser Teil funktioniert auch! Das ist sehr, sehr viel wert! Davon möchte ich unsere beiden Kinder keinesfalls ausnehmen. Sie sind genauso betroffen von dieser üblen Situation, und sie helfen genauso, so sehr sie können. Wir halten zusammen als Familie. Was kann es in diesem Fall Schöneres geben?!

Mir fallen jetzt auch viele Satzfetzen ein, die ich in der letzten Zeit von verschiedensten Seiten gehört habe: „Wie du das nur machst. Bei mir sähe das anders aus!" - „Du kannst von Glück sagen, wie das bei dir ausgegangen ist. Es hätte viel schlimmer kommen können!" - „In so einer Situation hilft nur Geduld!" - „Ein bisschen Geduld musst du schon haben. So schnell geht das nicht!" - „Da könnte man doch glatt tauschen! Nicht arbeiten müssen, du bist ja richtig zu beneiden!"

Fakt ist: Wäre ich nur auf mich allein gestellt, wäre ich nicht so weit gekommen, niemals! Also - danke für jede Hilfe!

***

In der Winterzeit liegt von Jahresbeginn 2010 bis März Schnee, und weil wir so gute Bedingungen haben, versuche ich es mehrmals mit Langlauf. Hinter unserem Grundstück hinaus auf das schneebedeckte Feld, Skier ran und los! „Skier ran" - das braucht selbstverständlich bei mir Zeit und Hilfe, aber wenn es geschafft ist, geht es vorwärts! Schön langsam und schön vorsichtig, aber es funktioniert. Das Gute ist, dass ich mich mit den Skistöcken gut in der Balance halten kann.

Natürlich komme ich nicht sehr weit, ungefähr drei Kilometer höchstens. Jedoch dürfen keine Abfahrten dabei sein! Insgesamt funktioniert das Skilaufen bei mir viel mühsamer als gewohnt. Aber dass es überhaupt geht, das ist mir wichtig. Die Kondition lässt ziemlich zu wünschen übrig, und das Balancehalten ist schwierig. Taucht da ein (kleiner) Berg auf, komme ich mir schlimmer vor als ein Anfänger. Sofort Unsicherheit und Straucheln. Hinfallen - nein. Doch das schaffe ich trotz aller Vorsicht natürlich auch - beim Überqueren der Straße! Warum? Weil dort logischerweise kein Schnee ist. Das Aufstehen nach dem Hinfallen ist für mich dann ganz schön mühsam.

Ich gebe zu, dass ich mir, während wir so entlang laufen, gern vorstelle, dass da jemand schaut und sagt: Schau mal, jetzt fährt sie sogar wieder Ski! So viel Eitelkeit muss erlaubt sein!

***

Zweimal wöchentlich sind, seit ich wieder zu Hause bin, regelmäßig Therapien. Zum Beispiel eine dreiviertel Stunde lang Ergotherapie. Zunächst massiert die Therapeutin den linken Arm und die linke Schulter mit dem Igelball. Anschließend steige ich zum Beispiel auf die unten hingelegte Gummimatte hinauf und wieder herunter. Das Ganze rückwärts, das ist besonders schwer. Und dann mehrfach nacheinander. Mir ist es auf jeden Fall sicherer, eine Stuhllehne zum Festhalten in der Nähe zu haben. Oder die Therapeutin passt auf, dass nichts passiert. Andere Möglichkeit: Ich bleibe auf dieser Matte stehen, und wir werfen einen Ball hin und her. Schön Balance halten dabei!

Die Gelegenheit, die seitlichen Rumpfmuskeln zu trainieren: Man legt sich unten hin, auf die Seite. Dann werden die gestreckten Beine angehoben, nur ein paar Zentimeter, das reicht völlig. Bis die Therapeutin meint: „Pause!“, ist es bestimmt nur eine halbe Minute (gefühlt erscheint es viel länger!). Aber ich zwinge mich, nie vorher aufzugeben. Natürlich genieße ich die Pause danach! Das auf jeder Seite dreimal - das reicht völlig!

Anschließend machen wir noch etwas am Tisch. Zum Beispiel mit einer ordentliche Masse Knete. Mit der linken Hand drehen und dabei allmählich eine Kugel formen. Sagen wir: So lange, bis das, was da in meiner Hand entsteht, sich der Vorstellung der Therapeutin von einer Kugel genügend angenähert hat. Das Maß meiner Geduld spielt auch eine gewisse Rolle! Dann aus der Masse eine Walze entstehen lassen. Mit Daumen und einem weiteren Finger die Masse auseinander ziehen oder zusammendrücken, mehrmals, bis ich am Ende der Walze angelangt bin. Neue Walze und wieder von vorn. Mehrmals.

Bleibt noch ein Rest Zeit übrig, dann gibt es zum Beispiel das berühmte Solitärspiel mit Holzsteckern oder Kugeln.

Oder die Therapeutin gibt mir ein Säckchen, in dem sich Holzgegenstände verschiedener Form befinden. Ich muss die Form dieser Gegenstände zunächst erfühlen und diese dann zuordnen zu Bildern, die sich auf dem Tisch befinden.

***

Auch die zweimal fünfundvierzig Minuten Logopädie wöchentlich vergehen recht schnell. Da ist schon die Uhr nötig, dass man die Zeit nicht verpasst! Das ist für die Therapeutin selbstverständlich noch viel wichtiger als für mich. Deswegen stellen wir beizeiten meinen Reisewecker auf den Tisch.

Zum Anfang lässt sich im zwanglosen Gespräch feststellen, wie es um meine Redefähigkeit steht. Ich merke dabei, bei welchen Wörter ich hängen bleibe und noch ein zweites Mal ansetzen muss.

Zum Beispiel, wo „r" oder „ch" (am besten noch mehrfach oder zusammen) enthalten ist, da klappt das garantiert (eben „fürchterlich"!). Anfangs- und Lockerungsübung zwischendurch ist oft das Summen bei geschlossenem Mund. Meist konzentrieren wir uns dann auf einen speziellen Laut oder eine Kombination davon und üben eine ganze Reihe Wörter, Wendungen oder Sprichwörter, die das enthalten, nach dem Muster „Vorsprechen - nachsprechen".

Im weiteren ziehen wir beispielsweise immer abwechselnd von einem Kartenstapel eine Karte. Einer muss erklären, was man darauf sieht, ohne den Begriff zu verwenden, und der andere muss erraten, was gemeint ist. Außerdem gibt es die Möglichkeit, abwechselnd Wortketten zu bilden (meist zu einem bestimmten vereinbarten Thema). Der Endbuchstabe des alten Wortes ist der Anfangsbuchstabe des nächsten. Neben dem Sprechen ist das auch eine Anforderung an den „Grips"!

Oder ein längerer Text oder ein Dialog wird gelesen.

Ich merke immer, wie sehr ich mich auf das Sprechen konzentrieren muss. Normalerweise ist das Aussprechen eine Art Nebensache. Man legt sich im Kopf zurecht, was man sagen will, und dann spricht man das ziemlich mühelos aus. Jetzt ist das undenkbar für mich, so nebenbei noch auf anderes zu achten oder während des Sprechens schon neue Gedanken bereitzustellen.

Ganz nützlich erweisen sich auch Vergleichsaufnahmen auf Band, am Anfang und am Ende einer solchen Stunde oder von einer Woche zur anderen.

***

Für die Physiotherapie sind zweimal wöchentlich zwanzig Minuten geplant, und die genügen, um ins Schwitzen zu kommen! Den großen Gymnastikball, den wir manchmal verwenden, besitzen Ralf und ich ja schon länger. Dass er nun diesen weiteren Nutzen hat, hätten wir wohl nie gedacht.

Inzwischen kann ich einigermaßen auf dem Ball sitzen, ohne umzufallen, aber immer mit genügend Vorsicht. Wenn ich in der Therapie allerdings dabei noch einen Fuß heben soll und womöglich noch den rechten, dann wird es ziemlich wacklig!

Über den Ball legen und beide Arme hoch und mit den Beinen halten fordert die Balance. Noch mehr, wenn die Therapeutin Schubse gibt und ich das ausbalancieren muss. Die gleich Variante gibt es noch, wenn ich mich über den Ball lege, mich dann nur mit den Armen halten muss und die Beine gehoben werden. Schweißtreibend kann das dann werden, wenn ich noch dazu Liegestütze machen soll.

Manchmal folgt noch eine Phase Ball zuwerfen (das kann ein ganz kleiner Ball sein, aber auch der große Gymnastikball, auf dem ich vorher gesessen habe). Erschwert wird das noch, wenn ich währenddessen auf einem luftgefüllten Kissen stehe. Und dabei kann man sich noch unterhalten oder Fragen beantworten ...

BEGINNE NICHT MIT EINEM GROẞEN VORSATZ,
SONDERN MIT EINER KLEINEN TAT.
(SINNSPRUCH)

Frühjahr 2010

Solange Lisa-Marie noch da ist, fahren wir ab und zu in die nächstgelegene Schwimmhalle. Allein dorthin zu kommen, ist ein Unding für mich (Bus mit Umsteigen und noch eine ziemliche Strecke zum Laufen. Dann den ganzen Spaß wieder zurück, von den Busfahrzeiten noch gar nicht zu reden).

Seit meinen ersten Versuchen in der REHA möchte ich auch weiter möglichst ab und zu schwimmen gehen. Vor einiger Zeit war es für mich üblich gewesen, vierzig Bahnen, sprich: einen Kilometer, zu kraulen. Das nahm ich mir immer als Norm, kann für mich jetzt aber nicht der Maßstab sein. Doch schwimmen gehen, wenn es möglich ist - jederzeit gerne! Um die Mittagszeit ist zum Glück in der Schwimmhalle äußerst wenig Betrieb. So ist es möglich, dass wir dort unsere Bahnen ziehen, ohne viel aufpassen zu müssen. Abgesehen von notwendigen Pausen, die meiner katastrophalen Kondition geschuldet sind, ist so mehrmals das Schwimmengehen ein Genuss für uns beide.

***

Joggen ist eine Sache, bei der ich mich immer entspannt habe. Einmal rund um den nahe gelegenen Berg - das bedeutete für mich eine knappe Stunde. Am Beginn stand immer der berühmte Schweinehund zum Überwinden, aber dem hatte ich mit der Zeit immer weniger Chancen gegeben. Der Hinweg - zunächst bergab, gewissermaßen zum Angewöhnen - dann eine ganze Strecke ständig bergauf - der Rückweg nun wie von selbst - und kein Aufhören zwischendurch mehr. Das war einmal! Auf dem Rückweg fühlte ich buchstäblich die Glückshormone und die ersehnte Entspannung und den befreiten Kopf.

Nun möchte ich trotz aller Missstände das Laufen wieder aufnehmen, nicht nur auf dem Laufband. Allein ist das nicht ratsam. Was mir da alles passieren könnte! Ich kann meiner selbst nicht mehr sicher sein. Wird mir unterwegs schlecht? Stolpere ich? Übersehe ich etwas? Zu viele Ungewissheiten. Allein mit dem Handy-Einstecken ist es nicht getan.

Auch hier ziehe ich gemeinsam mit Lisa-Marie los, die sich selbst gern sportlich betätigen möchte. Der Unterschied zu früher ist: Wir fahren zunächst die Strecke zum Berg und beginnen dort erst mit dem Laufen. Die ganze Strecke wäre viel zu viel geworden. Den Versuch muss ich unbedingt wieder machen!

Hier geht es zunächst eben hin, und nun wird gelaufen. Es geht ganz gut! Auf die linke Seite muss ich eben besonders aufpassen, aber ist das Rennen einmal im Gange, dann funktioniert es. Das finde ich gut so. Nur muss ich höllisch aufpassen, dass ich nicht strauchele. Aber ich merke mit der Zeit, dass das linke Bein nachlässt, und muss mich deswegen mehr anstrengen. Dadurch wird es bald knapp mit dem Atmen etwa wie zu der Zeit, als wir mit dem Laufen anfingen. Sich beim Laufen etwa noch zu unterhalten, das ist unmöglich. Berge aufwärts will ich jetzt überhaupt nicht rennen, da sind Gehpausen nötig. Als es dann bergab geht, rennen wir wieder. Hier kann ich im weiteren Strecke um Strecke hinzunehmen, wo ich nicht mehr gehe, sondern renne. Da ist wieder mein Starrsinn gefragt! Der Anfang ist nun gemacht. Es ist immer wieder so - ohne Arbeit und Mühe wird nichts.

***

Unser Garten am Haus beinhaltet ständig Aufgaben, wobei ich einschätzen muss, dass viele gegenwärtig nichts für mich sind. Noch nicht oder nie mehr??

Der Bereich mit den Erdbeeren, von denen wir jedes Jahr drei oder vier Reihen haben, wartet zum Beispiel wieder einmal auf mich, eigentlich wie immer. Die Senker sprießen und tasten sich in alle Richtungen. Die Reihen schreien förmlich danach, in Ordnung gebracht zu werden, damit wir im Juni ordentlich ernten können. Eigentlich wäre das schon eine Arbeit für den vergangenen August gewesen, aber das ging nun wirklich nicht. Denn immer im August mache ich aus den „alten" Pflanzen und eventuell ein paar neu dazu gekauften die frischen Beete. Das war immer eine meiner Arbeiten gewesen.

Dieses Jahr sind die Gegebenheiten anders, aber versuchen möchte ich das schon. Alles Ralf überlassen, das geht einfach nicht, da gibt es schon genug anderes.

Die Beete sehen viel versprechend aus: Ziemlich zugewachsen, dabei noch durchmischt mit den verschiedensten Unkräutern. Ich kann zwar noch die Erdbeerpflanzen ausmachen, aber da wächst noch vieles andere dazwischen. Ich nehme das „Ursprungsbild“ in mich auf mit dem Vorsatz: Das muss hinterher völlig anders aussehen, wenn ich da drüber war, damit ich zufrieden sein kann!

Schaffe ich das?? Los!! Aber wie am besten? Einfach hinhocken ist zwar schön gesagt, geht aber nun nicht so einfach auf dem lockeren Boden. Beim Hinhocken tut mir außerdem das linke Bein weh. Das Beste wird wohl sein, einen Campinghocker zu benutzen, auf den ich mich setzen kann bei meiner Arbeit. Und so mache ich es auch. Der Hocker kommt an eine günstige Stelle im Beet, so dass er in der weichen Erde gut steht und dass ich von dieser Stelle aus möglichst viel erreiche. Noch ein Eimer fürs Unkraut, eine Schere zum Abschneiden alter Triebe und eine kleine Schaufel zum Herausheben der alten Pflanzen, das müsste es gewesen sein. Mal sehen, was das wird.

So funktioniert es ganz gut. Es dauert nur um einiges länger als gewohnt, weil ich mich wieder einmal ganz schön anstrenge und ich mich ab und zu ausruhen muss. Wenn ich an einer Stelle fertig bin, nehme ich den Campinghocker und lagere ihn um. Ich muss übrigens sowieso erst einmal radikal alle Pflanzen herausnehmen, sonst wird das nichts. Danach werde ich die kleinen Pflänzchen ansehen, welche ich wieder verwenden kann und welche nicht.

Nach einer halben Stunde reicht es mir erst einmal. Erstens ist der Unkrauteimer voll, und den muss ich zunächst zum Komposthaufen bringen. Zweitens bin ich kaputt. Mann, oh Mann! Was habe ich eigentlich geschafft? Ein kleines Stück, nicht viel. Man sieht es wenigstens, aber es erscheint mir deprimierend wenig. Auf jeden Fall brauche ich jetzt eine Pause und erst mal einen Schluck aus der Wasserflasche. Diese ist aber ziemlich weit weg, dort vorm Beet. Und so kommt es, wie es kommen muss. Irgendeiner der Schritte dorthin in der weichen Erde bringt mich aus der Balance, und ich finde mich sitzenderweise im Beet wieder. Wieder hoch - auch das ist jetzt nicht so einfach, wie das mal war. Umschauen : Hat mich jemand gesehen? Nein - ist wohl auch besser so. Dann in vorsichtigen Schritten weiter zum Ziel. Der zweite Versuch, zur Flasche zu gelangen, gelingt besser. Diesmal komme ich ganz gut an.

ich höre nun bald auf. Da ist zwar noch nicht mal eine Reihe fertig, aber ich habe einfach keine Lust mehr. Morgen ist schließlich auch noch ein Tag. Wieder einmal hat dieses bisschen Arbeit über doppelt so lange wie gewohnt gedauert. Aber wie heißt das so schön: Was lange währt, wird gut! Jeden Tag ein ähnliches Stück, dann kommt in absehbarer Zeit der Moment, wo ich alle Erdbeerpflanzen, die hinein sollten, gesetzt habe und fertig bin - in jeder Hinsicht.

***

Im Frühjahr beginnen wir mit kleinen Wanderungen. Ohne größere Mühe werden es bis zu zehn Kilometer. Es sieht für mich so aus, als ob einfachen Touren auf weitere Sicht nichts im Wege stehen wird, natürlich weiterhin mit den Nordic-Walking-Stöcken. Das ist mir auch ziemlich wichtig, denn davon wollte ich mich nicht verabschieden: wandern und dabei etwas von der Welt sehen. Insbesondere auf Berge hinauf, die sich ohne Kletterseile und sonstige Hilfsmittel ersteigen lassen. Das war eigentlich schon immer meine Welt. Doch das Schicksal fragt nicht, ob man etwas will oder nicht! Aber was ich in der Lage bin wieder hinzukriegen, das versuche ich, da gibt es nichts.

Insbesondere zu Himmelfahrt ist bei uns schon seit Jahren ein Termin, an dem wir die nähere Umgebung unsicher machen, meist zusammen mit einem Paar aus der Nachbarschaft. Deswegen soll das auch dieses Jahr so sein. Allerdings vertun wir uns auf der Hinfahrt etwas, und so landen wir nach falschem Einbiegen nicht an der Talsperre, wo wir eigentlich hin wollten, sondern an einem Weg, der ziemlich gerade auf den Auersberg (eine der höchsten Erhebungen in relativer Nähe) führt. Also dort hinauf! Nur einen Haken hat das nun schon, merken wir bald: Es ist sehr kalt für diese Jahreszeit, unter zehn Grad. Und es wird selbstverständlich noch kälter, je näher wir in Richtung Gipfel kommen. Einziger Vorteil: Es regnet nicht. Bei diesen Verhältnissen rasten wir nur kurz, als wir oben sind, und begeben uns schleunigst wieder nach unten.

Da es jetzt noch nicht einmal Mittag ist, fahren wir noch nach Morgenröthe-Rautenkranz und schauen uns die neue Raumfahrtausstellung, die es seit Sigmund Jähns Sojus-Flug 1978 dort im Heimatort des Kosmonauten gibt, an. Kein Vergleich zu der Vorstellung, die ich von meinem Besuch vor über zwanzig Jahren habe. Leider kann ich das nicht lang genießen. Nach etwa einer halben Stunde bitte ich darum, dass wir nach Hause fahren. Alles bisher habe ich weggesteckt. Die Wanderung auf den Auersberg hat mir nicht sonderlich viel ausgemacht. Doch jetzt ist Schluss. Ich weiß nicht, ob ich im nächsten Augenblick umfalle. Die Umgebung, die vielen Leute, das viele Bunte, das erschlägt mich förmlich. Also fahren wir nach Hause, und ich lege mich für einige Stunden schlafen. Finito, nichts geht mehr!

Therapie ist der Versuch, der Krankheit beizubringen, wer von nun an befiehlt. (Billy, Schweizer Aphoristiker)

Mai/Juni 2010

Ohne weitere Nachfragen bekomme ich einen erneuten REHA-Aufenthalt bewilligt, und zwar wieder in der Thüringer Klinik, in der ich im Herbst schon war. An dieser Stelle muss ich wieder einmal sagen, dass meine Krankenkasse alles Notwendige für mich tut, und das ohne irgendwelche Reibereien. Das finde ich einfach nur gut.

Montag früh bringt mich Ralf in die Klinik. Zuerst melde ich mich an der Rezeption. Nach kurzer Zeit holt mich eine Schwester ab und bringt mich auf mein Zimmer, das sich auf einer anderen Station befindet, als ich damals war. Es ist erfreulicherweise wieder ein Einzelzimmer. Das Zimmer hat Blick nach draußen, in den Wald, nicht zur Hofinnenseite der Klinik. Im Mai ist das ein wunderbarer Blick.

Genau genommen, fühle ich mich schon wieder wie zu Hause hier. Gar keine Frage: Über das richtige Zuhause in den eigenen vier Wänden geht nichts. Doch ich weiß, wozu ich jetzt hier bin, und möchte die Zeit nutzen. Zu diesem Zweck habe ich innerlich wieder einmal zweckmäßig umgeschaltet.

Es beginnt mit einem Anfangsgespräch bei der Stationsärztin. Nach einigen Tests, betreffend Reflexe, Gleichgewicht, Fähigkeiten und Einschränkungen, kommt die Frage, was ich mir denn als Ziele stelle. Als unrealistisch bezeichne ich die Erwartung, alles käme in Ordnung - obwohl das ganz schön wäre! Es muss an Vielem gearbeitet werden, wie Beweglichkeit, Gesichtsfeld, Konzentration, Ausdauer - na ja, genug. Die Liste ist bestimmt noch nicht vollständig. Jedenfalls ist sie lang genug, um zu sagen: Und das soll alles noch werden?! In diesem Sinne ist das unüberschaubar. Wenn man richtig darüber nachdenkt, könnte man sagen: Hilfe, wo fange ich denn da am besten an!? Auf keinen Fall geht das in der Weise, wie ich eigentlich Sachen angehe: Immer schön eins nach dem anderen, und dann kommen wir unserem Ziel überschaubar näher. Das Ziel (wie formuliere ich das eigentlich??) liegt verschwommen irgendwo da vorn. Ich kann nur immer darauf zugehen mit der grundsätzlichen Absicht: Es muss auf jeden Fall besser werden! Wie viel besser es wirklich wird - keine Ahnung. Schon die Perspektive: ICH KANN DARAN ARBEITEN, die ist wesentlich für mich, und die ist es wert, etwas zu tun. Genau genommen bleibt wohl auch nichts anderes übrig, oder?

Also heißt das zum Beispiel: Gehstil verbessern mit dem Schwerpunkt linke Seite, dass es wieder „normaler" aussieht. Denn wenn ich mich von außen sehen könnte, dann würde ich feststellen, dass es bei Weitem noch nicht an dem ist. So viel ist mir schon klar.

Die Feinmotorik der linken Hand - genauso eine Daueraufgabe. Tja, die Hand ist eben kompliziert aufgebaut, und es braucht Zeit, damit sie wieder richtig funktioniert. Wenn sie es tut, denkt man nicht darüber nach - warum auch? Ich habe für mich immer wieder den Vergleich mit einem Roboter mit Schrittmotor. Hebe ich zum Beispiel links etwas an, dann merke ich förmlich, wie die Signale hin- und hersausen.

Am Sprechen arbeiten, was ja für den Beruf unumgänglich ist! Von diesem Ziel gehe ich nicht ab. Ich will wieder in die Schule. Dass ich davon noch ziemlich weit weg bin, merke ich selbst. Deshalb muss ich ja dieses Ziel nicht aus den Augen lassen. Außerdem – man zeige mir die Person, die so ganz lässig ihren Beruf, der ihr etwas bedeutet, sein lässt! Das ist eines der wichtigsten Probleme für mich, für das ich auch noch keine Lösung sehe, nicht mal eine zufriedenstellende Ausweichlösung.

Kondition und Alltagstauglichkeit können weiter qualitativ verbessert werden, ebenso die geistigen Leistungen. Das heißt: Weniger vergessen, weniger Fehler machen, Ausdauer weiter steigern.

Das Gesichtsfeld links oben möglichst von seinen Lücken befreien.

Und wegen der Medikamenteneinnahme möchte ich gerne die Leberwerte kontrolliert haben.

Außerdem möchte ich unbedingt abnehmen. Nach dieser idiotischen Gewichtszunahme, die vermutlich vor allem auf das eine Medikament zurückgeht, müsste ich sonst die Größe 40 allmählich abschaffen und alles in Größe 42 kaufen. Denn mir wird allmählich alles zu eng, es reicht! Das ist richtig deprimierend. Nein, das WILL ich nicht!! Also muss in dieser Hinsicht etwas passieren. Schließlich bringt mir ein höheres Gewicht auch Probleme in der Beweglichkeit und überhaupt eine absolute Unzufriedenheit bei mir. Ich werde aus diesem Grunde auf 1200 kcal gesetzt, und abends soll es keine Kohlenhydrate geben. Mal sehen, wie das wird.

Diese Ziele schreibt die Ärztin sich auf, und mir ist es ziemlich ernst damit.

Was mir weniger gefällt: Wegen des epileptischen Anfalls damals im Krankenhaus werde ich nicht allein schwimmen gehen dürfen. Und dabei hatte ich mich so hier auf die Schwimmhalle gefreut, darauf, dass ich gegen Abend dort meine Runden drehen könnte. Geplatzt, diese schöne Vorstellung! Wie lange hängt einem denn so etwas an!? Nur am Wochenende darf ich zusammen mit Ralf ins Bad gehen, sagt man mir. Wenigstens das.

Einen Hinweis erlaube ich mir bei den Therapieplänen: Die sollen schön voll sein. Überlastet bin ich nicht so schnell. Ausruhen kann ich mich zu Hause, wenn es sein müsste. Wozu bin ich schließlich den lieben langen Tag hier? Doch ich soll natürlich sagen, wenn es mir zuviel wird. Dazu wird es aber bestimmt nicht kommen!

***

Es ist gut, in vertrauter Umgebung zu sein. Das macht den ganzen Aufenthalt leichter und vertrauter. Die Selbständigkeit ist weiter erhöht gegenüber damals. Termine mit Zeit und Ort auf der Station wie Arztvisiten und Blutdruckmessen werden per Plan auf einem ausgedruckten Blatt bekannt gegeben und sind gut eingetaktet. Folgepläne kann ich mir dann in meinem Postfach in der Nähe der Rezeption abholen.

Das Blutdruckmessen bereitete mir ein gewisses Vergnügen. Meine Vorhersage „es wird wohl wieder etwa 120 zu 80 sein“ bewahrheitet sich immer annähernd, eine schöne und beruhigende Tatsache. Zum Glück sind Blutabnahmen eher die Ausnahme, denn die mag ich nämlich nach wie vor überhaupt nicht.

Eines fällt mir übrigens auf: Viele der Therapeuten, mit denen ich im Herbst vor etwa einem halben Jahr zu tun hatte, kennen mich sogar mit dem Namen. Ich finde das ziemlich erstaunlich. Andersherum ist es doch leichter für mich! Doch das kann man auch so sehen: Selbst mit meinem lädierten Gedächtnis kann ich mich noch recht gut an vieles entsinnen. Eine schöne Feststellung für mich.

Zu den Therapien kann ich selbst gehen und bin, ehrlich gesagt, schon neugierig. So finde ich mich zum Beispiel in der Physiotherapie ein. Der Wartebereich füllt sich kurz vor der angegebenen Zeit mit den unterschiedlichsten Patienten. Dann kommt ein Therapeut nach dem anderen und holt sich seine Leute, etwa die Hockergruppe oder die Entspannung oder die Krankengymnastik, sodass es im Laufe der Zeit immer weniger wartende Leute werden.

Zur Krankengymnastik gehe ich mindestens dreimal in der Woche zu einer Therapeutin einzeln. Außerdem ist täglich Krankengymnastik in der Gruppe. Die Hockergruppe heißt so, weil wir uns dort im Kreis jeder auf einen Hocker setzen und dann Übungen machen wie: sich einen Ball zuzuwerfen - entweder zum Nachbarn oder nach Belieben zu irgendjemandem im Kreis. Oder Ballübungen mit einem Partner. Oder alle bewegen ein großes Tuch, in dessen Mitte sich ein Ball befindet, den wir so gemeinsam hochwerfen. Und noch vieles andere mehr.

Zur Physiotherapie gehört zum Glück auch ein- oder zweimal in der Woche eine halbe Stunde im Bad, wo ich am Ende immer selbst ein paar Runden schwimmen darf.

***

Auch die Logopädinnen kennen mich noch beim Namen, selbst einige, bei denen ich damals „nur“ in der Gruppe war. Immer wieder erstaunlich. Bei wem werde ich landen? Ich erinnere mich an den vergangenen Herbst, an die Stunde in der Gruppe, als der Spaßvogel mit drin saß, der auf alles eine lustige Bemerkung herausließ und alle ziemlich zum Lachen brachte. Er fand damals die intensive Art der Therapeutin sehr übertrieben und äußerte sich entsprechend.

Nun gehe ich zum ersten Mal ziemlich gespannt dorthin - und lande genau bei dieser Therapeutin. Unterm Strich finde ich übrigens ihr Vorgehen sehr gut, zumal ich besonders nach den Therapien das Gefühl habe, besser sprechen zu können. Das liegt an der kontinuierlichen Behandlung, denn Logopädie ist jeden Tag dran, und das kann nur gut sein. Die Therapeutin hört sich alles genau an und lässt mich so lange wiederholen, bis es schließlich klappt mit der Aussprache. Meist findet sie auch heraus, woran es wieder einmal hängt bei mir. Und was man bei „Klipp - plapp - plick - klick“ alles so beachten sollte, das glaubt man eigentlich gar nicht. Oder wie oft ich „Sprache - sprechen - spritzen - sprossen - sprudeln“ vorwärts und rückwärts und in verschiedenen Varianten geübt habe ...

Als sie schließlich fragt, welches Gedicht aus Schulzeiten ich vielleicht noch kann, riskiere ich den bekannten „Osterspaziergang" von Goethe - und staune selbst, dass sogar ungefähr die Hälfte in irgendwelchen Tiefen meines Hirns hängen geblieben ist (gelernt ist eben gelernt!), sodass ich zunächst keine Textvorlage benötige. Nur - es geht ja vor allem um die Artikulation, und da fange ich so manche Zeile noch ein zweites oder ein drittes Mal an und bin logischerweise aus dem Konzept.

Neben den Einzelübungen werden auch mehrmals in der Woche Gruppenübungen vor dem großen Spiegel gemacht - Zunge verschieden bewegen, Luft schaukeln, mit oder ohne den Spatel. Schön intensiv und schön oft.

***

Die Ergotherapie findet wieder im bekannten großen und verzweigten Raum statt. Fast täglich macht die Therapeutin mit mir die verschiedensten Übungen: Gymnastik auf der Matte in allen Varianten, Greifübungen und vieles andere mehr. Außerdem kann ich, wenn es frei ist, jederzeit das bekannte Kiesbett nutzen.

Zweimal in der Woche kann ich außerdem in der Ergogruppe im Laufe der Zeit, die ich hier bin, wieder einen Korb basteln. Diesmal entsteht ein etwas komplizierteres Muster. Zum einen mache ich diesmal den Boden anders und aufwändiger. Das veränderte Muster hat sich aber niemand so ausgedacht, sondern beruht auf einem Fehler meinerseits. Da ich aber nicht noch einmal einen Teil wieder aufmachen will, mache ich daraus dieses andere Muster und finde das letzten Endes ganz passabel.

***

Eine recht schöne Sache ist die Tanztherapie. Es geht hier nicht um Turniertänze, sondern einfach das Bewegen nach Musik. Dass das überhaupt noch so möglich ist, das erstaunt mich. Beim letzten Mal Tanztherapie studiert die Therapeutin im Laufe der reichlichen halben Stunde eine Art Paartanz in der Runde ein mit nicht ganz einfachen Schrittfolgen und ständigem Wechsel zum nächsten Partner. Am Ende können es die meisten, und es macht richtig Spaß - aber da ist ja leider die Zeit vorbei!

Mehrmals in der Woche findet Computertraining statt, wo zum Beispiel Punkte fixiert oder gesucht werden müssen. Oder verschiedenste Konzentrations- und Gedächtnisübungen. Man empfiehlt mir schließlich auch ein Programm mit verschiedensten Übungen zu einem recht erschwinglichen Preis.

Täglich gibt es auch zwanzig Minuten auf dem Fahrradergometer, außerdem spezielle Bäder und Wärmepackungen.

Meine Tischnachbarn fragen mich beim Abendbrot immer erstaunt, ob ich denn gar kein Brot esse. Nein - das halte ich eisern durch, und ich muss sagen, ohne großartiges Magenknurren. Sehr günstig ist das hier mit den Büffets gelöst - eines für Vollkost, eines kalorienarm, aber deswegen keinesfalls schlechter. Bei dem freundlichen, hilfsbereiten Personal schmeckt es noch einmal so gut! Übrigens freut man sich so richtig auf das Frühstück, wenn das Abendbrot sparsamer gehalten wird!

***

Am Freitag Nachmittag ist ein Treffpunkt angesetzt für eine Wanderung in die Umgebung, ungefähr sieben bis acht Kilometern mit einem kurzen Gaststättenhalt vor dem Rückweg. Das Wetter sieht gut aus: ab und an sonnig, frühlingshaft warm, also los!

Ich rüste mich aus mit leichter Jacke, Jeans, Turnschuhen und Nordic-Walking-Stöcken und setze mich ins Foyer, wo sich die Interessenten treffen sollen, auf einen der vielen Sessel. Beim Blick rundum sehe ich eine Reihe Leute. Wer davon wird wohl noch dazugehören? Schließlich wird es, wie vereinbart, 15 Uhr, und eine Gruppe von zehn Personen findet sich zusammen. Ich schaue mich in der Runde um. Nordic-Walking-Stöcke hat niemand, also scheinen die anderen in dieser Hinsicht relativ „gut drauf" zu sein. Ein besorgter Blick in meine Richtung und die Frage nach dem Durchhalten. Verständlich ist das, und im Inneren antworte ich auch: „Ich weiß noch nicht, mal sehen." Auf jeden Fall soll ich sagen, wenn es nicht mehr geht. Ja, das würde ich schon machen, aber dazu soll es gar nicht erst kommen.

Also starten wir. Wir laufen lange durch den Wald, vorbei an kleinen Gewässern, aus denen teilweise lebhaftes Gequake dringt. Wenn wir direkt vorbei gehen, tritt zunächst Schweigen ein. Als wir uns entfernen, nehmen die Frösche ihre Laute wieder auf. Bevor wir uns auf den Rückweg machen, genießen wir einen kleinen Imbiss - Gulaschsuppe, Würzfleisch oder eben nur ein Radler oder ein Kaffee.

Der Rückweg führt woanders entlang. Diesmal ist es ein südlicher Bogen. Das Mithalten bereitet mir Mühe. Das äußert sich darin, dass ich ganz schön schwitze. Aber um nichts in der Welt hätte ich irgendein Signal gegeben, dass es mir zu schnell ist. In den folgenden Wochen gehe ich natürlich wieder mit!

Was mir noch auffällt, ist, dass das Knie beim Laufen wehtut. Soll das jetzt so bleiben? „Man wird ja nicht jünger, und da stellen sich eben bestimmte Sachen ein." Ein Satz, den ich besonders gerne höre. Nicht, dass ich ein Problem hätte, aber womit soll ich mich denn noch abfinden?? Die Tatsache „schmerzhaftes Knie" ist aber da. Beim Wandern merke ich das dann, intensiver nach einer gewissen Strecke und besonders den Berg hinunter. Erst einmal sehen, ob das nun wirklich bleibt.

***

Am Ende der REHA nach fünf Wochen kann ich feststellen: Beim Laufen tut nichts mehr weh. Von den Knieschmerzen merke ich fast nichts mehr. Meine linke Seite ist nach wie vor anders. Wegzaubern, das geht nun einmal nicht. Erfreulicherweise habe ich dadurch, dass ich abends konsequent keine Kohlenhydrate zu mir genommen habe, fast vier Kilogramm abgenommen!

Aber nach wie vor kann mir (verständlicherweise, aber leider) keiner Versprechungen machen, ob ich meinen Beruf wieder ausüben kann. Die Psychologin sollte in einigen Gesprächen scheinbar auch abtesten, inwieweit mich diese Aussichten beeindrucken oder vielleicht deprimieren. Denn ob, wann und wie ich schulisch etwas machen kann, ist völlig ungewiss und zurzeit unmöglich. Dieses Ziel habe ich trotzdem nach wie vor nicht aufgegeben.

***

Nun bringt mich Ralf wieder nach Hause. Am ersten Vormittag, an dem ich allein zu Hause bin, gehe ich zum Kleiderschrank und nehme einige

Stücke heraus, die ich als zu eng aussortiert habe. Die vier Kilo, die ich abgenommen habe, müssen ja irgendwo zu merken sein! Und siehe an: Die eine Hose passt wieder! Die nächste auch. Überhaupt: Vieles passt wieder oder sieht im Spiegel so aus, dass ich es akzeptieren kann. Ich bin zunehmend begeistert deswegen und probiere ein Stück nach dem anderen. Ade, Schreckgedanke von der Größe 42! Ich bleibe bei der 40, jubele ich innerlich.

***

Als Ralf gegen Mittag nach Hause kommt, fragt er erst einmal: „Was ist denn hier los?" Klar, schließlich habe ich alles, was ich anprobiert habe – und das ist nicht wenig – auf dem Bett abgelegt. Überall liegen meine Sachen herum. Als ich es ihm erklärt habe und er das Ganze versteht, mache ich gleich noch eine kleine Modenschau. Ich genieße es, mich endlich wieder einmal richtig freuen zu können, und außerdem scheint er Gefallen an der ganzen Sache zu finden! Das wesentliche Ergebnis: Mir passen wieder meine Sachen, wie sie mir immer gepasst haben! Was ja nicht ausschließt, dass ich mir endlich etwas Neues kaufe!

LEBEN IST, WAS WIR DARAUS MACHEN.
(HENRY MILLER)

Herbst 2010

Die Leute sagen alle, sie haben die Pilze richtig satt, es reicht. Und wir haben dieses Jahr zum Pilzesuchen noch nicht einmal die Gelegenheit ergriffen! Das kann nicht sein. Also machen wir uns eines schönen Tages auf in den Wald an eine unserer gewohnten Stellen, um selbst endlich einmal Ausschau zu halten, ob wir auch etwas finden wie so viele jetzt. Obwohl ich inzwischen bei vielen Gelegenheiten die Nordic-Walking-Stöcke weglasse. Diesmal nehme ich sie wohlweislich mit, denn es geht über Stock und Stein. Wir fahren zum Waldrand. Ralf geht suchen wie gewohnt. Für mich sieht es etwas anders aus, denn so einfach über den weichen Waldboden laufen mit eventuellen Unebenheiten und Hindernissen, das wird so nichts. So laufe ich eben mit den Stöcken durch den Wald. Zunächst ist es zwar noch eben, aber weiter vorn muss ich einen ziemlich steilen Hang hinunterkommen. Daran führt nichts vorbei. Und so „ganz nebenher" möchte ich ja auch ein paar Pilze finden, sonst macht es keinen Spaß. Ab und zu stelle ich mir einen Beobachter vor, der mich so durch den Wald laufen sieht. Interessant wäre schon, was der sich denkt (obwohl mir das letzten Endes egal ist!). Pilze aufspießen und so ...

Aber immerhin, es geht jedenfalls. Und der steile Berg wird auch zum lösbaren Problem.

Sieh an, ab und zu finde ich sogar auch ein paar Pilze, meist Ziegenlippen oder Braunkappen. Von der Menge her ist es natürlich deutlich weniger als sonst, aber unsere gemeinsame Beute reicht für ein leckeres Abendbrot, welches wir uns nach dem notwendigen Pilzeputzen zubereiten und voller Appetit verspeisen.

***

Irgendwann in nicht allzu ferner Zukunft möchte ich schon wieder Auto fahren. Erstens gehöre ich zu den Leuten, die gern Auto fahren, und ich möchte von mir behaupten, dass das in der Vergangenheit recht passabel geklappt hat. Von den bevorzugt männlichen Mitmenschen mit der anmaßenden Meinung von der „Frau am Steuer“ halte ich, gelinde gesagt, nicht viel. Manchmal erkenne ich da höchstens ein übersteigertes Selbstbewusstsein nebst bequemem Festhalten an irgendwelchen Macho-Klischees. Ich bin ein bekennender Gern-Autofahrer, und so ist für mich die gegenwärtige Situation einfach hart und nicht akzeptabel. Andererseits wäre es für irgendwelche berufliche Absichten notwendig und günstig, wieder fahren zu dürfen. Je mehr Zeit vergeht, umso mehr komme ich aus der Übung. Schon wegen meines Gesichtsfeldes gibt es da Hindernisse, wo ich aber weiterhin Besserung erhoffe. Ich vermisse manchmal ganz gewaltig ein paar Tipps, was man da noch tun kann, außer fleißig lesen und so. Außer dem Cogpack-Computerprogramm und einigen Hinweisen aus der REHA war an anderer Stelle im Grunde nichts außer tröstenden Worten.

Eine praktische Möglichkeit ist das Üben auf einem großen Einkaufsparkplatz - natürlich am Sonntag, wo da keiner ist. Also los! Und siehe da: Es funktioniert ganz gut. So ist es ja erst einmal das Fahren an sich, also Anfahren, Wenden, Einbiegen, Einparken, ohne dass irgendjemand anders in der Nähe ist, den ich gefährden könnte. Aber ich bin einfach froh, dass es so geht. Wenn es ernst wird, wären wohl ein paar Stunden bei einem Fahrlehrer anzuraten.

Bei manchen Erlebnissen im Straßenverkehr komme ich nicht umhin zu sagen: „So, wie manche fahren - das könnte ich auch, aber besser!“ Auf den praktischen Beweis meinerseits verzichte ich, einfach aus Verantwortung. Mir bleibt da nur die verdammte Hoffnung, die ich nach wie vor nicht aufgegeben habe.

„Die nicht können, die dürfen oft trotzdem, und die können, die dürfen nicht immer.“ Der Ausspruch ist von mir. Er kommt mir oft in den Sinn, wenn ich das Geschehen im Straßenverkehr beobachte. Kein weiterer Kommentar. Weil ich sonst stocksauer werde.

***

Nun nehmen wir es endlich in Angriff, unser Wohnzimmer. Eine Zimmerhälfte, die mit dem Tisch und den vier Stühlen, ist ja so weit in Ordnung. Die weißen Wände mit der Raufasertapete hatten wir schon vor drei Jahren gestrichen. Im anderen Teil hatten wir im Sommer ein neues Sofa gekauft. Bei dem vorherigen waren in einem Teil die Federn schlicht und einfach kaputt. Das hörte man bei jedem Hinsetzen. Nach etwa fünfzehn Jahren kann das ja wohl sein, dass man sich etwas Neues anschafft! Mit den neuen Schränken, das wird noch ein paar Wochen dauern bis zur Lieferung.

Nun wird es interessant mit den Veränderungen. Die Korkdecke soll bleiben, aber neu tapezieren wollen wir schon. Bei dem „Wie" entscheiden wir uns, an einer Wand die „alte" Tapete mit Struktur zu lassen und nur zu überstreichen. An die anderen beiden Wände kommt neue Tapete. Also los - erst die alte Tapete ab und dann neu tapezieren. Als wir einzogen vor rund fünfzehn Jahren, richteten wir alles selbst vor, und da hatte ich mir diese Wände allein vorgenommen. Ralf hatte schließlich auch noch anderes zu tun, zum Beispiel Fliesen legen.

Wie machen wir das jetzt? Zumindest das Vorbereiten der Tapeten kann ich schon machen, also zuschneiden und einstreichen. Auf die Leiter steigen und die Tapete exakt ankleben, das kann ich nicht.

Vor dem Tapezieren beginnt erst einmal unsere bisherige Schrankwand „zu verschwinden" (also: Ralf baut selbige Stück für Stück ab, und ich räume die darin befindlichen Sachen in ein anderes Zimmer), und das Sofa „wandert" anschließend auf die andere Seite. Mit den neuen Möbeln werden wir nicht enttäuscht - sie kommen am vereinbarten Termin. Nun können wir endlich beginnen, richtig Ordnung zu machen im Wohnzimmer und die Schränke wieder einräumen. Natürlich tritt an manchen Stellen Schweigen ein bei der Frage: „Wo ist denn ...?" Aber das ist wohl normal so.

Für die Therapeutinnen, die regelmäßig zu mir kommen, ist das sicher immer interessant anzusehen. Praktisch jeden Tag sieht das Wohnzimmer anders aus. Man muss auch sagen, dass insbesondere Ralf darauf achtet, dass sich möglichst immer wieder etwas verändert hat. Und ich freue mich natürlich schon auf die Blicke um die Ecke herum: Was gibt es denn heute wieder Neues??

Irgendwie sagen die ständigen Veränderungen etwas aus wie: Bei uns ist trotz alledem noch nicht alles vorbei!

So ist es ja auch gemeint.

WENN ES EINEN GLAUBEN GIBT, DER BERGE VERSETZEN KANN, DANN IST ES DER GLAUBE AN DIE EIGENE KRAFT.
(MARIE VON EBNER-ESCHENBACH)

Oktober 2006

Die Höhe lag vor uns. Immer irgendwie ein schönes Gefühl: Man ist frisch und voll bei Kräften und weiß: In ein paar Stunden, anstrengenden Stunden, sind wir dort oben. Schönste Belohnung war immer, dann von oben herabzuschauen auf das Geschaffte und auf die Gegend ringsum da unten. Wir suchten uns immer Ziele, die man an einem Tag erreichen konnte. Wenn sie außerdem noch in genügender Höhe lagen, dann war es besonders gut. Kletterseile und andere Hilfen verwendeten wir nie. In diesem Rahmen konnten wir durchaus auch an Höhen über 3000 Meter denken. Und in diesem Bereich war der Piz Boe angesiedelt - 3152 Meter.

Die Zeit war günstig gewählt. Ende Oktober könnte ja auch schon viel Schnee liegen, was uns weniger gefallen würde. Es kam auch darauf an, wie das Jahr wettermäßig ausfiel. Und da hatten wir in diesem Jahr ausgesprochenes Glück. Schönes ruhiges und noch relativ warmes Herbstwetter. Nur mit Herbstnebeln mussten wir teilweise verstärkt rechnen. Aber an diesem Tag nicht, da schien die Sonne, und bewölkt war es kaum.

Die Winterurlauber waren noch nicht da, sie würden erst kommen, wenn mit einiger Sicherheit Schnee läge. Und die Sommerurlauber waren zumeist schon fort. Von dieser Seite her war es also eher ruhig. Wir merkten es am Betrieb in den Urlaubsorten - ziemlich verhalten. Folglich hatten von ungefähr zwanzig Lokalen in unserem Ort die meisten geschlossen. Außerdem wurden in dieser Zeit notwendige Baumaßnahmen an den Straßen durchgeführt, bevor der große Winterbetrieb beginnen würde.

Wir fuhren zunächst zum Paso de Pordoj und stellten dort das Auto ab. Von diesem Sattel aus verkehrte eine Seilbahn in eine uns gut passende Richtung. Am Anschlagbrett war zu lesen, dass diese ausgerechnet heute, am Sonntag, zum letzten Mal in diesem Jahr verkehren würde. Das versprach also eine gute Möglichkeit für den Rückweg, denn beim Bergablaufen stauchte es immer tüchtig. Dieses Stauchen auf dem Abwärtsweg sollte man nicht unterschätzen und deswegen unbedingt bedenken wegen eventueller späterer Schmerzen.

Der Blick ging zunächst direkt nach oben. Der Gipfel, den wir erreichen wollten, war von hier aus gar nicht zu sehen; er lag hinter einem Absatz. Der erste Teil des Weges stieg recht sanft an und führte über Wiesen, bis das Geröll begann. Wir konnten den weiteren Verlauf gut erkennen. Dort, wo ständig die Leute liefen, hatten die Steine eine andere Farbe angenommen. Der Pfad schlängelte sich hin bis nach oben, noch unerträglich weit hoch. Dort war eine Art Absatz zu erkennen. Bis dahin mussten wir uns erst einmal abmühen, dann würde es sicher flacher weitergehen. Wenn wir nur schon dort wären! Ganz weit oben, kurz vor dem Absatz, waren drei oder vier sich bewegende Pünktchen zu erkennen. Offensichtlich Leute, die uns schon etwas voraus waren. Dort mussten wir auch noch hin!

Ein Glück, dass wir die Wanderstöcke mithatten. Das gab ein bisschen Sicherheit auf dem Geröll. Wir mussten trotzdem praktisch bei jedem Schritt schauen, dass wir vorankamen und nicht etwa mit den Steinen gemeinsam ein paar Meter steil abwärts rutschten. Irgendwann zwischendrin schauten wir natürlich zurück. Wir mussten uns schließlich bewusst machen, dass wir vorwärts gekommen waren. Und der Abhang hinter uns sah verflixt steil aus! Da wieder hinunter?? Nicht unbedingt. Nur, wenn es sein müsste. Alternative: Seilbahn! Und es tauchten auch viel weiter unten Menschlein auf, die auch noch hinauf wollten. Und die anderen waren jetzt so gut wie oben ...

Sehr, sehr lange erschien die Zeit, in der wir Schritt für Schritt stiegen und stiegen, kleine Trinkpausen einlegten, bis der Absatz immer näher rückte, Stück für Stück. Und dann waren wir endlich da. Es ging vorerst nicht mehr steil bergauf, das lag hinter uns. Ganz unten, dort, von wo wir hochgekommen waren, konnte man die Häuser erahnen, in deren Nähe sich unser Auto befand.

Hier oben eröffnete sich jetzt ein neuer Blick. Vor uns die Hütte, wo sich der Weg teilte. Nach links um die Ecke herum kam man zur Seilbahn, die uns am Ende zurückbringen sollte. Geradeaus liefen wir jetzt weiter über große Steine und sahen in der Höhe vor uns den Piz Boe. Da man sich hier im Schatten befand, hatte sich etwas Schnee gehalten, der die Steine zum Teil bedeckte. Also aufpassen, denn es war glatt und immer etwas anders schräg.

Nach einer weiteren ziemlichen Klettertour erreichen wir schließlich den Gipfel in schöner Sonne - von Wärme sollte man hier lieber nicht reden. Der Rundumblick zeigte uns eine Reihe Dolomitengipfel. Einfach immer wieder schön, so eine Aussicht!

Nach ein paar Gipfelfotos traten wir den Rückweg an und fuhren schließlich mit der Seilbahn bis nach unten, wobei wir unter uns gelassen von der Gondel aus auf den Aufstiegsweg schauen konnten, auf dem sich immer noch kleine Pünktchen nach oben bewegten.

***

Oktober 2010

Der Bayrische Wald ist für uns ein schönes Ziel, und wir hoffen auf schönes Wetter. Die Annonce haben wir vor einiger Zeit in einer Zeitung aufgestöbert und zusammen mit unseren Nachbarn beschlossen, übers Wochenende dorthin zu fahren. Nach etwa zwei Stunden erreichen wir vier das Quartier, eine schöne Pension mit sehr freundlichen Wirtsleuten, und schauen uns hier gleich etwas um. Von Weitem ist der Große Arber zu sehen, das morgige Ziel, übrigens auch von unserem Zimmer aus. Über das Wetter können wir uns nicht beschweren, es ist schön und klar. Es verspricht allerdings nachts kalt zu werden. Am Abend gibt es in der Pension ein gutes, reichliches und liebevoll zubereitetes Abendbrot.

Am nächsten Morgen fahren wir nach Brennes, dem Startpunkt unserer Wanderung. Zunächst führt der Weg den so genannten „gläsernen Steig" entlang zum kleinen Arbersee. Von dort aus können wir das Ziel unseres Weges gut sehen, natürlich schön weit oben. Auf einer solchen Tour benutze ich selbstverständlich die Nordic-Walking-Stöcke. Nun wandern wir weiter, immer schön schweißtreibend bergauf, zum Kleinen Arber mit einer Hütte. Auf einer Bank dort nehmen wir ein ordentliches mitgebrachtes Picknick ein, eine Stärkung vor der steilsten und letzten Etappe. Schließlich kommen wir der Kuppel immer näher und genießen, als wir dann oben sind, den herrlichen Ausblick auf die Umgebung. Wir haben es mit dem Wetter wieder einmal glücklich getroffen, denn es ist sehr gute Sicht, und in der Herbstsonne ist es angenehm warm.

Hinauf zum Gipfelkreuz sind es nur wenige Schritte. Aber kaum etwas zum Festhalten. Eigentlich könnte man ja sagen: Wir sind jetzt oben, und auf die paar Meter kommt es jetzt wirklich nicht mehr an! Doch dort hinauf muss ich einfach noch, das begreifen auch meine Begleiter. Also sagen sie mir, wo ich am besten entlanggehen müsste, und begleiten mich. Die letzten Meter hänge ich mich sicherheitshalber ein, weil da die Nordic-Walking-Stöcke weder ausreichen noch überhaupt geeignet sind. So kommen wir schließlich am Gipfelkreuz zum Sitzen. Von hier oben geht der Blick in die Runde, einfach schön, wie immer. Wie immer??

In diesem Moment ist es bei mir vorbei. Und was sehr selten ist: Ich kann einfach die Tränen nicht mehr zurückhalten. Eine Zeit lang bin ich nicht ansprechbar. Ich kann es einfach nicht so richtig fassen, dass ich das bis hierher geschafft habe, zumal ich annehmen musste, so etwas ist vorbei für immer.

FÜR IMMER?!? Ist es eben nicht!

Da mag jemand sagen: Naaaa jaaaa, die bisschen 1456 Meter Höhe, was ist denn das schon. Für mich ist das momentan sehr viel. So viel, das kann sich gar keiner vorstellen.

Was mögen wohl die Leute denken, die uns hier beobachten? Ist im Grunde egal, aber interessant zu wissen wäre es schon. Eine Frau erbietet sich bereitwillig, ein Foto von und uns zu machen, bei dem ich übrigens weder an "Cheeeeese" denke noch überhaupt in die Linse schaue.

***

Winter 2010/2011

Wie im vorigen Jahr steht wieder das Skilaufen mit auf dem Programm. Der diesjährige Dezember ist ein Wintermonat mit viel Schnee, und zeitweise fällt die Temperatur bis um die minus 20°C. So muss auch oft Schnee geschippt werden. Ärgerlich wird es, wenn der Schnee in den Nächten kommt, nach denen ein Schultag folgt. Dann muss sich Ralf früh zumindest erst einmal den Weg freischaufeln, damit er herauskommt, um in die Schule fahren zu können. Den Rest kann ich in Ruhe am Vormittag machen. Dieses Wegschieben und Wegtransportieren des Schnees fällt mir nicht sonderlich schwer. Wenn man nicht unter Zeitdruck steht, ist das ja auch eine ganz andere Sache.

Die Runden auf den Skiern können übrigens jetzt etwas größer sein als voriges Jahr. Und irgendwann stehe ich auch einmal vor einem Abfahrtsberg. Augen zu und durch - so geht es nicht ganz. Ich weiß auch nicht, wie es gekommen ist: Jedenfalls bin ich unten angelangt, ohne in den Schnee zu fallen, aber natürlich wieder mit diesem Anfängergefühl. Sonst geht es. Ich weiß ebenso wenig wie Ralf, der sich das anschaut, wieso ich das geschafft habe. Die ganze Zeit beobachtet er das Geschehen, vielleicht mit dem Gedanken: Jetzt ... jetzt ... jetzt ... Nein, es gibt keine Schneelandung bei mir! So macht das Skilaufen langsam wieder mehr Spaß und bringt nicht nur Stress und Anstrengung.

> Denn glücklich ist, wer seine Wünsche in das rechte Verhältnis zu seinen Mitteln zu bringen ... vermag.
> (Pestalozzi)

Frühjahr 2011

Die regelmäßigen Besuche im Fitnessstudio vier- oder fünfmal im Monat sind für uns weiterhin üblich und tun uns beiden gut.

Irgendwann (warum eigentlich nicht schon eher??) komme ich auf die Idee, meine Haltung beim Gehen vor dem großen Spiegel, der sich dort an der einen Wand befindet, zu kontrollieren. Ralfs Bemerkungen wie „Irgendwie läufst du anders. Man sieht, dass da was anders ist" beschäftigen mich schon länger. Er sagt mir das auf meine Frage hin und um mir zu helfen. Konkret zu sagen, WAS denn nun anders ist, das ist offensichtlich schwierig. Deshalb kann ich damit wenig anfangen, außer festzustellen, dass es doch noch nicht „wieder normal" ist. Damit bin ich ständig unzufrieden. Und dann endlich dieser Gedanke, der doch vielleicht etwas bringen könnte.

Also gehe ich mehrfach ein Stück und beobachte mich dabei, wie ich auf den Spiegel zu laufe. Die Schultern sind nicht gleich, die linke hängt tiefer, sehe ich. Es ist offenbar das Günstigste, die rechte Schulter ein bisschen herunterzuziehen, damit die Höhe beider Schultern gleich aussieht. Aber darauf ständig zu achten - wie soll denn das gehen? Und das Pendeln der Arme an der Seite - jeder würde natürlich sagen: „Das geht doch automatisch!" Bei mir stimmt das so nicht. Rechts ja, aber durch die Spastik links steht dieser Arm ständig unter Spannung. Ich kann da nur immer besonders darauf achten und hoffen, dass sich das ganz allmählich und vielleicht möglichst vollständig wieder gibt. Prognosen sind wieder einmal schlecht möglich. Da gibt es nur: Ständig beharrlich daran arbeiten, nur so kann ich vielleicht Erfolge anpeilen, EVENTUELLE!

Ein günstiges Gerät ist übrigens auch der „Wackelstab". Man muss ihn im richtigen Rhythmus hin und her schwingen, damit er in Resonanz kommt. Wenn ich das mit rechts probiere, dann kann ich sehen, wie das funktionieren müsste. Und mit links arbeite ich daran, das annähernd auch so zu machen. Ja, und was soll ich sagen? Zuerst ging so gut wie gar nichts, und jetzt, nach vielleicht drei Monaten, geht es schon ganz gut. Noch nicht richtig gut, aber immerhin.

Auch bei den Gewichten, die ich an den Geräten einstelle, kann ich eine Entwicklung sehen. Zunächst begann ich mit ziemlich wenig, und inzwischen nehme ich oft die Gewichte annähernd so, wie es war vor meinem Unfall. Das heißt, mit der Kraft sieht es allmählich zufriedenstellend aus.

In größeren Abständen wird auch immer wieder von den Betreuerinnen ein neuer Trainingsplan neu gemacht. Da hilft man mir also auch. So nebenbei merke ich, dass ich kaum nachgucken muss, welche Übungen wir ausprobiert haben. Was ich selbst gemacht und ausprobiert habe, kann ich mir offensichtlich ganz gut merken! Ein Kontra der verflixten Vergesslichkeit!

Ein günstiges Gerät ist auch das Trampolin. Ich muss es nur so aufstellen, dass ich mich während des Springens irgendwo festhalten kann, sonst könnte es eventuell eine unsanfte Landung geben. Und nach höchstens zwei oder drei Minuten reicht es. Dann bin ich fertig und schwitze ziemlich! Aber ich habe schon von mehreren Seiten gehört, dass das Trampolin ein gutes Gerät ist zum Üben, also hole ich es mir ab und zu.

Hier treffe ich auch einige ehemalige Schüler wieder. Nach ein paar verwunderten Blicken auf mich kommen wir recht gut ins Gespräch (und nebenbei bemerkt: Ich erinnere mich da wieder an vieles!). Manchmal schimmert bei meinem Gegenüber der Wunsch durch: Wie wäre es denn mit einem Klassentreffen? Nur zu, denke ich da, ich würde mich sehr freuen, zumal man schon neugierig ist, was so aus jedem geworden ist! In solchen Momenten kommt mir übrigens auch immer in den Sinn: Wann war denn das gleich: vor über fünf Jahren, vor rund zehn Jahren ... ach, du liebe Güte, wie die Zeit vergangen ist!!

***

Dass zweimal wöchentlich Therapien stattfinden, ist inzwischen eine feste Größe bei uns. Dass nach zehn oder zwanzig Therapien neue Arztrezepte her müssen, das ist eingetaktet und funktioniert. Und es gibt nie Probleme mit der Krankenkasse, etwa, weil ich „nur Kassenpatient“ bin. Da gibt es nichts. Ich meine da immer: „Sicher wollen sie das Gleiche wie ich erreichen: dass ich wieder in meinen Beruf komme."

Wie steht es jetzt damit? Ich meine, dass die ganzen „Baustellen" bei mir schon überschaubarer geworden sind. Aber wenn es hieße: ‚Morgen geht es vor die Klasse!', so würde ich mir maximal zwei Tage geben. Dann könnte man wahrscheinlich nicht mehr von einem ordentlichen Unterricht (was ich darunter verstehe reden), weil die Kinder inzwischen genau die Schwachstellen bei mir ausgemacht hätten - und dabei sehe ich ausdrücklich keinen bösen Willen! So sehr ich mich darüber ärgere: Es geht eben nicht so! Zu diesem Ergebnis zu gelangen, das ist einfach nur hart, muss ich sagen. Mehr erspare ich mir, weil es sinnlos ist und ich mich sonst nur in den Ärger hineinsteigere.

Vorhersagen macht niemand, weil es niemand kann. Also Stück für Stück immer wieder angehen, hoffen: Vielleicht wird es doch noch?? Und niemals aufgeben!

***

Im Blickpunkt bei der Physiotherapie steht immer wieder die Alltagstauglichkeit. Auf den Therapierezepten taucht der Name Bobath auf.

So gab es vor einiger Zeit auch Proben bei verschiedenen Hantierungen in der Küche: Gegenstände irgendwo, natürlich auch oben, ablegen oder von dort holen zum Beispiel. Immer wieder fragt die Therapeutin, ob ich meine Alltäglichkeiten bewältige. Ja, das meiste.

Bei einer Spazierrunde wird mein Laufstil geprüft und korrigiert.

Beim Zuspielen großer oder kleiner Bälle in den verschiedensten Varianten - links und rechts, durch die Beine, hintenherum über den Kopf, prellen, Volleyballzuspiel oder per Fuß wird immer wieder meine Reaktionsfähigkeit trainiert. Bei schönem Wetter findet das Ganze natürlich draußen statt, und das Wetter spielt in dieser Hinsicht oft mit!

Wir selbst haben noch eine Tischtennisplatte, die Ralfs Eltern vor langer Zeit unseren Kindern geschenkt hatten. Also spielen Ralf und ich ab und zu Tischtennis! Wer da denkt, das Spiel bestünde nur aus Ballholen, der irrt sich genauso wie ich, die ich das zuerst vermutet hatte. Es funktioniert so gut, dass wir das nun ab und zu machen.

Die Übungen, die vor allem auf Kondition und Balance abzielen, sind auch ab und zu dran - sowohl drinnen als auch draußen auf der Wiese: Sitzen auf dem großen Ball, einen Fuß anheben und halten; über den Ball legen und Bein und Arm diagonal anheben, mehrmals im Wechsel, Liegestütze. Bei den Balanceübungen kommt immer wieder dazu: Von verschiedenen Seiten antippen - und ich muss das ausbalancieren.

***

Die Ergotherapie beginnt, wie gehabt, mit der Igelballmassage. Anschließend werden immer wieder die Schultergelenke bewegt - auf und ab, das zugleich oder abwechselnd, und kreisen.

Dann folgt meist irgendeine Art von Zuspiel: Luftballon mit Schläger oder Klettball zum Beispiel. Zum Teil soll ich währenddessen auf der bekannten Gummimatte stehen.

Dann kommt immer wieder einmal das Solitärspiel dran: mit Kugeln oder auch mit Stecknadeln. Die nächste Schwierigkeitsstufe beim Solitär mit den Holzsteckern ist die, dass ich die Holzstecker nicht mit der Hand, sondern mit einer Wäscheklammer anfassen soll.

Varianten sind auch der bekannte „Stürzende Turm“ oder Mikado. Bei all diesen Sachen gilt logischerweise für mich: „Das mache ich mit links!“ Apropos: Bei der ganzen Lage der Dinge ist es von großem Vorteil, dass ich Linkshänder bin, denn ich will ja so diese Seite wieder eintrainieren. Ein Umlernen auf rechts macht da überhaupt keinen Sinn!

***

Eine Grundübung in der Logopädie ist nach wie vor das intensive Üben bestimmter Laute durch Vor- und Nachsprechen. Wenn dann Wörter mit einem bestimmten Anfangsbuchstaben wechselseitig genannt werden sollen, bis man keine mehr findet, vielleicht noch auf ein Thema eingeschränkt, dann ist zusätzlich noch der „Grips“ mit gefragt. Andere Variante: Einer beginnt mit einem Wort, und der Endbuchstabe dieses Wortes ist der Anfangsbuchstabe des nächsten.

Weil ich eine ganze Menge Zeit habe, lege ich dann Wortlisten mit bestimmten Anfängen wie Fr, Tr, Pfl, Kr, Schl, Schr oder so an, und dabei kommen eine Reihe normaler Wörter heraus wie Pflasterschachtel, Kryptonlicht, Schreckschraube oder Schluckspecht. Es entstehen aber auch Kreationen wie zum Beispiel: Rückenverbreiterungsgerät (= Kleiderbügel), Frühlingsflüchtling (= Schneemann), transportables Regendach (= Regenschirm) und so weiter.

Und natürlich sind auch irgendwann wieder einmal Zungenbrecher dran. Da stelle ich doch fest, dass das doch vor langer Zeit viel langsamer und viel mühsamer funktionierte. Wenn man so ab und zu merkt, dass sich etwas bessert, ist es doch schön! Doch das wird nicht von heute auf morgen, sondern nur in größeren Abständen.

Was mir aus anderen Zusammenhängen bekannt ist, ist die aktive Entspannung nach Jacobsen. Ich hatte das selbst ausprobiert und für günstig befunden, den gesamten Körper betreffend (also zum Beispiel den linken Arm intensiv ein paar Sekunden voll anspannen und danach richtig entspannen, danach den rechten Arm, die Rückenmuskeln und so weiter). Nun kommt auf diese Art und Weise auch der Kehlkopf- und Schulterbereich dran.

Übrigens: Verschiedene Leute, mit denen ich telefoniere, meinen, ich höre mich doch „ganz normal" an. Da sage ich mir manchmal: Irgendwie ist da doch etwas Wahres dran, wenn es mehrere Leute unabhängig voneinander sagen.

***

Eines hat sich eingebürgert: Im Anschluss an die Logopädie, die immer früh acht oder neun Uhr stattfindet, gehe ich joggen. Besser gesagt: Die Therapeutin nimmt mich ein Stück mit ihrem Auto mit, und ich jogge bis nach Hause, was etwa eine halbe Stunde Waldlauf ist. Für irgendwelche (nicht erwünschte, zum Glück auch nie auftretende) Notfälle habe ich das Handy einstecken.

Entscheidend im Ansatz ist die Vereinbarung mit mir selbst, dass es das Wort „Nein" eigentlich nicht gibt auf die Frage der Therapeutin „Läufst du heute wieder?" Hinter „eigentlich" stehen objektive Hinderungsgründe wie Regenwetter, Schneetreiben oder vielleicht noch so etwas wie ein Handwerkertermin. Sonst gibt es da nichts, denn wenn man einmal damit anfängt, dann bekommt der berühmte Schweinehund wieder eine unzulässige Chance. Dem habe ich im Laufe der letzten beiden Jahre sowieso auch in anderer Hinsicht wenig Möglichkeiten gegeben und glaube, dass das viel mit zu dem beigetragen hat, was ich erreichen konnte.

***

In der Logopädie nehmen wir auch ab und zu Dinge auf, etwa eine gelesene Passage oder wie ich irgendetwas erkläre. Das geht bloß dann schief, wenn der Sachverhalt unglücklich gewählt ist.

???

Es gibt da zum Beispiel die Geschichte von dem armen Mann, der einen Arbeitsunfall erlitt, als er eine Kiste voll Ziegel über eine Seilrolle vom Dachgerüst herunter in den Hof befördern wollte, und die Kiste war aber zu schwer ... Weil ich mir das ganze Drama bildlich vorstellen muss, ist in diesem Fall recht bald das Maß meiner Selbstbeherrschung überschritten, und es geht nichts mehr. Also wählen wir ein anderes Thema, zum Beispiel ein Gedicht oder eine kurze Geschichte. Wenn man das Gleiche ein paar Wochen später noch einmal aufnimmt, ist immer wieder ein guter Vergleich möglich, was sich geändert (natürlich verbessert!) hat.

So nehme ich mir auch unsere eigene Videokamera her, schraube sie auf unser Stativ und mache Selbstaufnahmen. Wie soll ich sonst herausbekommen, wie ich auf andere wirke? Im Hinterkopf spukt doch immer noch die Vorstellung vom Unterricht herum.

Die erste derartige Selbstprobe ist hinterher schrecklich anzusehen. Da steht nicht jemand ruhig da und erzählt etwas - so, wie ich mir das eigentlich vorstelle. Nein, da steht eine Person, die so stark mit dem Armen wedelt beim Reden - Hilfe! Das ist einfach nicht zum Ansehen! Das hätte ich so nicht gedacht! Deprimiert räume ich die Sachen weg und probiere das nach ein paar Tagen noch einmal. Dabei achte ich natürlich besonders auf meine Bewegungen während des Sprechens. Es wird besser, etwas zumindest.

***

Die nächste konkrete Aufgabe in dieser Hinsicht ist es, zu meinem runden Geburtstag in naher Zukunft eine Art Rede zu konzipieren. Das lasse ich mir trotz aller Widrigkeiten nicht nehmen.

Und hier mache ich etwas, das ich bei solchen Gelegenheiten sonst kaum getan habe: Ich schreibe mir auf, was ich sagen will. Außerdem muss ich das alles, was ich zu sagen habe, sinnvoll ordnen. Die aufgeschriebene Rede, das soll aber nur die Gedankenstütze im Hintergrund sein! Vom Zettel ablesen, das möchte ich selbst unter diesen Umständen vermeiden. Frei zu reden, das ist mein Ziel, auf alle Fälle.

So wird es dann auch. Es ist ja für mich eine einmalige Chance, vor einem wohlwollenden Publikum und erstmals nach langer, langer Zeit etwas zu sagen. Die Gelegenheit ist wohl am günstigsten vor dem Kaffeetrinken, schätze ich ein. Als ich mich erhebe, gibt es erst einmal ein paar verwunderte Blicke, weil man damit nicht unbedingt gerechnet hat. Was soll ich sagen: Ich bringe alles recht verständlich und zusammenhängend herüber, komme nicht ins Stocken und brauche auch meinen „Spickzettel" nicht.

Aber: Als ich fertig bin, stelle ich fest, dass ich bedeutend länger gebraucht habe als ursprünglich gedacht. Ich merke es daran, dass der Kaffee, den wir schon vor meiner Rede eingegossen hatten, kalt geworden ist! Und die Qualität des Gesagten - darüber kann man auch streiten. Ich komme schon zu einem Ende und breche nicht einfach ab, aber so richtig gut erscheint mir das trotzdem nicht. Doch das ist wirklich zweitrangig ...

***

Es naht Ostern, und das bedeutet für uns: Familienurlaub. Es ist schon zu einer Art Tradition geworden. Das muss ja mit zwei erwachsenen Kindern nicht unbedingt selbstverständlich sein, aber für uns gehört es seit einigen Jahren wieder fest dazu, dass wir zu viert irgendwohin fahren. Darauf sind wir alle stolz und freuen uns, einige Tage zu viert miteinander zu verbringen.

Nun kommt noch etwas Besonderes hinzu: Beim letzten derartigen Osterurlaub vor zwei Jahren war ich „normal" drauf. Im Jahr 2010 ging logischerweise nichts Derartiges. Aber in diesem Jahr haben wir als Ziel Schweden ausersehen, wo Benny gerade sein Praktikum macht. Die Fähre „Stenaline" bringt Ralf und mich gemeinsam mit unserem Auto von Kiel nach Göteborg, wo uns Lisa und Benny schon am Hafen erwarten. Zu viert machen wir uns dann auf zur Ferienhütte, die Benny gebucht hat. Die nächsten Tage bringen bei wunderschönem Wetter Wanderungen über die Schären, durch schwieriges, felsiges, bewaldetes Gelände und durch Lysekil, eine wunderschöne schwedische Stadt.

Und nicht zu vergessen: Es ist ja Ostern! Also müssen auch bei über zwanzigjährigen Kindern noch einige Süßigkeiten versteckt werden - das gehört einfach nach wie vor dazu und muss sein! Unser Erfolgserlebnis als Eltern ist es, wenn wir ein Versteck finden, das die beiden nicht ohne Weiteres entdecken. So ist es auch in dieser Hütte. Hier gibt es nämlich eine Standuhr mit einem Uhrkasten - wie in dem Märchen! Also sitzt da drin anstelle des siebten Geißleins ein Milka-Osterhase, und der muss etwas warten, bis er entdeckt und verspeist wird...

Nach vier wunderschönen Tagen geht es leider schon wieder nach Hause.

***

Es war doch ausgemacht: Wir wollen uns wiedersehen, die Runde, die sich damals in der Thüringer REHA-Klinik zusammengefunden hat! Und so wird es auch: Zu ihrem Geburtstag lädt Christa uns alle zu sich nach Hause ins schöne Thüringen ein. Ralf fährt mich natürlich hin, und unsere Nachbarn begleiten uns. Die Drei wollen inzwischen eine schöne Wanderung machen, während ich mich mit der Runde von damals zusammensetze.

Zunächst machen wir mit etwas Anstrengung in dem kompliziert verzweigten kleinen thüringischen Ort das Ziel ausfindig - dort an der Straße steht Christa! Und sie ist richtig gut drauf. Die Wiedersehensfreude ist beiderseitig groß. Ich verabschiede meine Begleiter, und wir gehen hinein. Da drinnen sitzen sie dann, die es ermöglichen konnten zu kommen - Beate, Karen, Eva und Christian! Jeder ist irgendwo ein Stückchen weitergekommen mit sich, und alle freuen sich so. Die Folgezeit vergeht kurzweilig und viel zu schnell. Meine Begleiter kehren von ihrer Wanderung zurück und ergänzen die Runde mit einem originellen Erlebnisbericht und fühlen sich sofort wohl. Die einzige negative Wirkung im Nachhinein: Muskelkater im Bauch, weil es natürlich wieder überhaupt nicht ernst zuging ...

Der Sinn des Lebens besteht darin, eine Aufgabe für sich zu finden.
(Wolfgang Stumph)

Herbst 2012

Die Verbindung zu meinem Kollegium, aus dem ich mich so herausgesprengt hatte, ist nie abgerissen, insbesondere zu den Fachkollegen. Darüber freue ich mich wahnsinnig. In größeren Abständen gibt es immer wieder eine Zusammenkunft. Wie gerne möchte ich wieder zurück dorthin, und gebraucht werde ich ja! Aber es geht einfach nicht, trotz aller Bemühungen (noch nicht???).

Ich habe, nebenbei bemerkt, im Laufe der Zeit genügend Leute kennengelernt, die meinen, das bisschen Lehrer, das schafft man doch, das ist nichts weiter. Schon damals schwieg ich bestenfalls in so einem Moment. Nicht, weil jemand, der so etwas sagt, recht hat. Nein! Weil ich es besser weiß. Und jetzt? Keine Chance gegenwärtig bei mir - vor einer Klasse, das wird nichts! So viel Realismus muss leider sein.

Da rebelliert es schon in mir: Warum kann das nicht endlich mal vorbei sein? Reicht es jetzt nicht endlich!? Habe ich nicht die ganze Zeit seitdem genug getan? Aufgeben ist für mich jedoch ein Fremdwort, weil es einfach keinen Sinn macht! Aber das Schicksal hat nun mal keine Gnade (oder es hat schon genug Gnade mit mir gehabt, nicht wahr?).

Also was!?

Eine Kollegin vermittelt mir eine Verbindung zu einer Runde von Leuten, die Kurzgeschichten schreiben. Jeden Monat wird ein Thema vereinbart, und nach rund vier Wochen trägt jeder sein Resultat vor, und die anderen geben eventuell Hinweise, ob es so gut wahr, was besser geht und so weiter. Ralf fährt mich jedes Mal dorthin, und so gibt es alle vier Wochen interessante Anregungen. Für mich ist das eine gute Übung auch im Hinblick darauf, meine ganze Geschichte, betreffend die letzten Jahre, aufzuschreiben. Und so entstand in langer, langer Zeit dieses Buch.

Es ergibt sich außerdem die Möglichkeit des Nachhilfeunterrichts in Mathematik für mich. Ich fahre einmal in der Woche mit dem Bus in die nahe gelegene Stadt zur Schule, in der Ralf unterrichtet. Dort übe ich mit einigen Zehntklässlern Mathematik für die große Arbeit (BLF = Besondere

Leistungsfeststellung), die sie im Juni schreiben werden. Nachdem ich ihnen erst einmal kurz erklärt habe, was mit mir los ist, wird das eine ganz gute Zusammenarbeit (schätzen beide Seiten ein). Ich selbst merke, dass ich keinen Unsinn erzähle, und die Schüler merken, dass ich ihnen ein bisschen helfen kann. Das ist das, was ich offenbar noch ganz gut machen kann, zum Glück! Auf dieser Schiene soll es weitergehen!

***

Da ich jetzt - verdammt nochmal - so viel Zeit habe, lese ich natürlich auch viel. Das geht nun wesentlich besser als damals, zum Beispiel mit dem Durchblick über Handlung und Personen. Dabei begegnen mir unter diesem unliebsamen Wort „Schlaganfall“ Namen bekannter Leute, denen das unglücklicherweise auch passiert ist. So habe ich mit einigem Interesse das Buch von Gabi Köster und das von Peer Augustinski gelesen, und es gibt noch eine Reihe weiterer Beispiele. Ich stelle dabei fest: Jeder geht anders und doch irgendwie gut an das Thema heran. Ebenso habe ich in diesem Zusammenhang einiges von „normalen“ (Entschuldigung, „weniger bekannten“ ist besser) Leuten gelesen. Ich stelle bei mir da ein gewisses Interesse fest: Was hat derjenige gemacht und gedacht und unternommen? Wie ist es dazu gekommen? Was hilft bei der Bewältigung? Und ich denke, anderen geht das auch so. An dieser Stelle wünsche ich jedem Betroffenen und ebenso jedem seiner Helfer Durchhaltevermögen, Elan und vor allem Optimismus und Zuversicht und auch Humor! Nicht aufgeben!!! Das ist, wie schon gesagt, auch der Hauptgrund, dass ich das alles hier angefangen habe.

***

Und wie sieht es jetzt, rund drei Jahre später, so aus?

Fakt ist: Runde vier Stunden Zeit zwischen Schlaganfall und gezielten Gegenmaßnahmen bleiben nicht ohne Folgen. Das war bei mir einfach zuviel.

Auf dem Minuskonto muss ich den Verlust meiner normalen beruflichen Tätigkeit verbuchen, und das ist für mich einfach nur ärgerlich. Eine Garantie, dass das wieder wird, kann mir niemand geben. Mit dem Autofahren sieht das auch nicht so rosig aus. Das ist nicht so ohne. Ich suche weiterhin nach akzeptablen Alternativen.

Auf dem Pluskonto steht zuallererst die Unterstützung meiner Familie, von Freunden, Bekannten und Therapeuten. Typisch für mich scheint zu sein, dass mir in Situationen oft ein passendes Zitat einfällt, also - hier ist es: „In guten Zeiten kennen uns unsere Freunde, in schlechten Zeiten lernen wir sie kennen." (Collins)

Viele Alltagstätigkeiten sind mir wieder möglich, versehen mit einer Portion Vorsicht, an die ich mich einfach gewöhnt habe. Wir haben auch wieder schöne Urlaube zusammen gemacht - seien es die Familienurlaube, seien es irgendwelche Wanderurlaube, seien es Zelturlaube zu zweit. Aber jedes Ablegen irgendwelcher Einschränkungen muss erkämpft werden, das ist Fakt. Erster Schritt: Einschränkungen nicht akzeptieren! Dann kann man sehen, ob da etwas zu machen ist. Wie heißt es so schön: Nicht immer, aber immer öfter.

***

Wie ist es nun überhaupt mit so einem Schlaganfallpatienten? Ich versuche, es mal so aus der eigenen Erfahrung zu beantworten und das einem „normalen" Menschen möglichst plausibel zu machen.

Die Person ist nicht schwer von Begriff. Man kann sagen: Der Schlag stülpt gewissermaßen seine hässlichen Handicaps über, die da wären: Hinderungen beim Gehen, Sprechen, Sehen, der Körperhaltung ... Man steckt wie in einer Grube, die da ist: Ich kann mich nicht (gut) bewegen, ich kann nicht (gut) sprechen, ich habe Hindernisse beim Denken und was es da leider noch so alles gibt. Und je nachdem, wie stark diese Handicaps sind (und wie alt man ist), hat man als Betroffener die Möglichkeit, dagegen anzugehen. Und das sollte man auch!! „Danke" an jeden, der einem dabei wirklich versucht zu helfen! Und - jetzt kommt die andere Seite - diese Hilfe sollte man dann auch annehmen und versuchen umzusetzen, selbst wenn das zugegebenermaßen nicht einfach ist! Von selbst wird gar nichts!

Man frage mich aber lieber nicht nach meiner Meinung über die superperfekten Leute, die das zweifellose Glück haben, gesund zu sein, und auf andere herabschauen, die es nicht sind, als ob es deren Schuld wäre.

Da gibt es genügend, die dann lieber weiter mit ihren Nichtigkeiten (wer geht jetzt ins Dschungelcamp, um sich wieder einmal ins Gespräch zu bringen; welche Fingernagellänge ist jetzt aktuell; wer hat die Pole-Position bei der Formel-1? ...) ihre Zeit verbringen. Und die sich andauernd überschätzen - zum Beispiel, wenn das bisschen Gehirn im Fuß fürs Gaspedal gelandet ist ...

Es ist übrigens wahr, was ich schon oft gelesen habe, nämlich, dass man vieles anders und bewusster sieht. Denn wir - unsere ganze Familie - sehen einiges anders! Aber da sind wir wieder beim Anfang: Wofür hat man seine Zeit und wofür nicht? Wer hat eigentlich das Recht (ich meine nicht: die Macht!), anderen ihre Zeit zu rauben, einfach so? Man sollte auch einmal nachdenken über „Jeder ist ersetzbar“ ...

Da finde ich die Botschaft, die mir meine Kinder, untermalt von geeigneten Fotos, zum runden Geburtstag im Video mitgeteilt haben (aus einem Lied des von uns ziemlich verehrten Udo Jürgens) und das ich mir nach wie vor nicht ohne Tränen ansehen kann, nach wie vor sehr gut, und die gilt wohl für jeden:

„Heute beginnt der Rest deines Lebens.
Heute fängt an, was du daraus machst!
Geh' durch die Nacht, dem Morgen entgegen,
als ob du neu erwachst.“